美人圆月咱故乡

吴松

著

经济日报
出版社

图书在版编目（CIP）数据

美人圆月咱故乡 / 吴松著. -- 北京：经济日报出版社，2021.1
　　ISBN 978-7-5196-0856-9

Ⅰ.①美… Ⅱ.①吴… Ⅲ.①散文集–中国–当代
Ⅳ.①I267

中国版本图书馆 CIP 数据核字（2021）第 025672 号

美人圆月咱故乡

作　　者	吴　松
责任编辑	王　含
责任校对	蒋　佳
出版发行	经济日报出版社
地　　址	北京市西城区白纸坊东街 2 号（邮政编码:100054）
电　　话	010-63567684（总编室）
	010-63584556　63567691（财经编辑部）
	010-63567687（企业与企业家史编辑部）
	010-63567683（经济与管理学术编辑部）
	010-63538621　63567692（发行部）
网　　址	www.edpbook.com.cn
E – mail	edpbook@126.com
经　　销	全国新华书店
印　　刷	成都兴怡包装装潢有限公司
开　　本	880mm×1230mm　1/32
印　　张	8.625
字　　数	200 千字
版　　次	2021 年 3 月第一版
印　　次	2021 年 3 月第一次印刷
书　　号	ISBN 978-7-5196-0856-9
定　　价	58.00 元

总序

爱党·爱国·爱乡·爱好

——吴松"故乡三部曲"

罗 瑞

结识乡贤吴松先生源于陆军强。陆军强约饮茶聊天，吴松先生在场，闲聊中谈到"好"，爱好、嗜好……或许是缘分吧，我们三人之"好"大多相近相似。当说到"爬格子"话题时，陆先生笑道："吴先生作文多年，见于报刊的作品我读过许多，妙笔生花啊。建议结集成书，出版时请罗先生作个序如何？"我自觉资格不够，当即婉拒。事情便搁了下来。但日子一久，吴先生的许多情况就逐渐了解了，知道他是我同乡高州朗韶大山里的农村娃，在仕途上还小有成就，当到了一所高校的领导——这个，本来与作序无关，但与吴先生的"为文"有关。走"仕途"的人大多数"全神贯注"于"仕途"，心无旁骛于"仕途"。不能说走"仕途"的人都是"官迷"，公平公正地说"仕途"确有许多正事要做，很难旁顾的。我说吴松先生难能可贵，就在于他为官之余，便"入迷"地研究为文之道。从他作品的字里行间都不难看见他的"如痴如醉"，我就从他的文章里读到了他的"四爱"：爱党、爱国、爱乡、爱好。

在吴先生眼里，党有魂。因此，他怀着对党的深情，时常为落实党的各项方针政策鸣锣开道，摇旗呐喊，在评论《坚持绿色发展理念，打造亮丽生态名片》的结束语中写道："山川秀美今有时，林海苍茫竞风流。各级党委、政府只要坚持绿色发展理念，主动作为，未雨绸缪，逐步推进，步步为营，人与自然必然和谐发展、共存共荣，天蓝地绿、山清水秀，产城融合、宜居宜业之城必将在高凉大地熠熠生辉。"他怀着对祖国的深情，盛赞山河壮美。在游记《三叠鸣泉飞暮雨》中写道："我们伫立盘石仰望，三叠泉瀑布像抛珠溅玉一样直泻下来，宛如上下翻飞的片片白鹭，宛如抖腾长空的幅幅冰绡，宛如九天飞洒的万斛明珠；好一幅幅飘如雪、断如雾、缀如流、挂如帘的自然奇观。"让人读后心旷神怡，有如身临其境。他怀着对家乡的深情，透视经济，建言献策，《"农村网触"转型助推农业发展》《小创新撬动地方经济大发展》《擦亮"一村一品"名片，推动产业融合发展》等一篇篇"新语"短评文章言简意赅，字字珠玑。他怀着对亲人的爱恋，在散文《父亲的声音》中写道："那洪亮的声音却依然在飘荡，飘荡于我的耳际，飘荡于浩瀚的天宇……"在散文《阿婆在福利院》中写道："每每想起阿婆在福利院那段共享天伦之乐的日子，怅然若失，唏嘘不已。但愿阿婆的音容笑貌永远定格在那段日子，烙刻在我的脑海，回响在我的耳际，飘荡在无边的天宇……"字字句句都没有离开爱，离开情，他是一个有情人。

他的爱好造就了他的品格，那就是勤奋敬业，平易近人，谦虚谨慎，和蔼可亲。他待人诚恳，情真意切，心胸宽广，笑口常开，是我的忘年之交……

引用他在《有一种幸福叫爬格子》中的文字作为结束语，与大家共勉：爬格子是一种劳动，光荣的，幸福的。劳动，创造了财富；劳动，创造了一切。

2019 年春

作者简介：

罗瑞，国家一级编剧、"五个一工程奖"获得者，主要著作有《平津之战》《裙带·玉带·红帽子》《魂系雾岭》《金融奇才周作民》《莘路集》《也写路漫漫》《果魂》《与海共舞》《金梦残圆》等。

序

万水千山总是情

晓　音

朋友送来一部书稿，嘱我为之写一些文字。

这部 32 开本、厚达 260 多页的书稿收录的是吴松自 20 世纪 90 年代中期开始创作至今的上百篇文学作品。

从大学读书期间到成为基层公务员再到领导干部，读者可以从他 20 多年写下的文字中，读到他人生的轨迹。

散文集分为 4 个单元。但内容其实还是两类：故乡与他乡，抒情与叙事。

故乡是他一生梦牵魂绕、挥之不去的意象与心结，是他心灵的根所系所在。

这些年，随着工业文明的发展，城镇化建设的无限扩大，我们记忆中的农村已不再是那种青山绿水、男耕女织、日出而作、日落而息的农耕情景，但是，故乡曾经的容颜却深深地刻写在我们记忆的屏幕上。

吴松笔下的故乡永远都是美的源泉，是生命的动力。

如《家乡门前两条河》，吴松以工笔画式的笔法浓墨重彩地写道："大河和小河是沿着一条崎岖的泥路蜿蜒流淌，河岸野生着一些树木，我们都管它们叫'水翁木'，每年夏末秋初，枝繁叶茂，葱葱茏茏，枝丫长满悠长悠长的根须，毛茸茸的垂直到水面，树上长满一串串红里透黑的'水翁子'，葡萄般大小，水灵灵，惹人喜爱。"

从人类进化史看，人类在无数次的对自然环境的选择后，以自身的生存经验，先祖们总是要逐水而居，依山筑巢。

毫无例外，吴松的家乡郎韶大坡，虽为坡，但却有一大一小两条河。正是这长年奔腾不息、流向远方的河，为儿时的他树立了最初的人生理想：外面的世界很精彩，一定要走出去！

怀念故乡、书写故乡是吴松写作的主基调之一。但是，吴松写故乡并不仅仅停留在物的书写上。他写故乡，其实与留在故乡泥土中的亲人有关，与他记忆中的亲人无私的爱有关，与他成长路上每一朵闪烁的浪花有关。

如《蓝姨，你好!》《四爹》中，吴松对乡村的叙述，是通过一个又一个具体的人来使乡村的美是那么的丰满、那么的富有人情味。"我上大学那天，去看望她，蓝姨依依不舍的，把她省吃俭用而储存下来的300元塞到我衣袋里……"在20世纪的90年代，300元是一笔巨款，而这笔巨款又是身患重病的一个普通农妇馈赠的。"四爹尤其喜欢舞文弄墨，满嘴'之乎者也'，令村民摸不着头脑，百思不得其解……村中红白喜事或与笔墨有关的大小事情，都找其帮忙，他义不容辞，从不推搪。"而正是故乡村中的这些看似名不见经传的小人物，给予了吴松最朴实的文学素材，使他在20多年的写作中，文字的根一直深深地扎于现实主义的土壤中。

读吴松写故乡的文字，会让读者想起鲁迅先生的散文《从百草园到三味书屋》。吴松自上大学离开家乡郎韶后一直在外地工作，但他的心却从来没有离开过故乡。就如鲁迅先生一样，尽管评论界一直把鲁迅的文章喻为有"投枪""匕首"式的檄文，但是面对故乡，鲁迅笔下仍然会流露出无限的眷念和少有的温馨。这也是每一个文学写作者，不管他走了多远的路，不管他身在何处，故乡总如一盏灯，与他相伴而行。

在《美人圆月咱故乡》中吴松用很大的篇幅写故乡。在他写故乡的风物、故乡的亲人外的一些篇章中，他以纪实的文字书写自己的人生经历，书写自己对世界、对人生的观感。这让他的写作带有一种非常明显的叙事性。

如《我与电影结伴同行》中吴松对童年时对电影的痴情的记叙："童年观看的电影，大多是到附近大队看的。只要知道，无论路途有多远，绝对不会放过。一次听说禾田大队放电影，我便心痒痒了，可母亲说路远且难走，不让去。尽管母亲不同意，可我哪能放过难得的看电影机会呢，于是偷偷地拿着手电筒随村中的大人绕着大马岭走过一条崎岖山路，然后渡过一条河，最后走一段平坦的路到了禾田大队。"这种白描式的叙述手法，虽然没有写因为看一部电影要付出的代价，但是从绕过一座山，渡过一条河，再走一段马路……读者可以感受到，一个曾经的乡村孩子对文化、对现代文明的苦苦追求。而这些经历，在许多文化名人的传记中也出现过。比如陕西作家路遥、诺贝尔文学奖作家莫言等。

作为一个热爱文学的人，从吴松在《我的文学情结》文中看，他从1994年发表第一篇处女作《学雷锋与社会风气》开始到现在，20多年过去了，从大学到基层公务员再到步入领导岗位，他始终没有停下手中的笔。他从最初的社评文章进入纯粹的文学创作，尤其是在散文的写作上，他不是那种"文化苦旅"式的，以大段的篇幅去写历史，再从历史事件导入当下，以此来显示自己的博学；也不是纵横捭阖的"大散文"，以一些空洞的大词来显示一个写作者的心胸。

吴松以一山一水，一景一物，一人一事，以最简单明白的文字抒发自己的内心情感。在文章中极少用典，他与许多在写作中故弄玄虚的人不同，他的文章大多一气呵成，天然而无雕饰。

从这部厚达260多页的书稿中看，吴松的创作涉及的题材很丰富。在20多年文学创作的路上，随着他人生阅历的增加，他作品的深度也随着厚度在增加。我相信，有他丰富的人生阅历与生命体验，有他孜孜矻矻的勤勉努力，未来的散文写作一定会攀上一个新的高度。

作者简介：

晓音，女，四川西昌人，毕业于北京大学作家班，文学学士。已出版诗集、文学批评论文集、长篇小说多部。有诗歌、散文作品发表于海内外刊物及各种年度选本。诗歌作品曾被选入香港中学生语文阅读教材。曾为四川省作协巴金文学院、广东省作协青年文学院合同制作家。现为广东一高校中文副教授，茂名市作家协会原主席。

目录 CONTENTS

～ 故 / 乡 / 物 / 语

真情往事

MEirEnyuAnyuEZAnguXiAng

美人圆月咱故乡

难忘八婆

八婆是五保老人，孤单一人守住那间简陋的古屋。她是我的邻居，很爱孩子。我妈体弱多病，爸爸整天忙于乡镇工作，于是，父母便把刚出生不久的我送到八婆家帮忙抚养。从此，我在那间古屋度过了童年。

八婆70多岁了，却很整洁。我肚饿哭喊，做针线活的八婆便拿下老花眼镜，挪动自己瘦弱的躯体，捧着早已熬好的稀粥，一口一口地喂我。有时害怕被烫着，她便把稀粥放在嘴边轻轻地吹凉。幽清的山村，万籁俱寂，夜风吹拂，月光粼粼，田野蛙鸣，蟋蟀欢叫，村民早已进入酣甜的梦乡。古屋在夜色中依然灯光悠悠，八婆那驼背的身影却伴着我，摸我脸，摇我床，轻轻吟起催眠曲。

"独在异乡为异客，每逢佳节倍思亲。"求学于他乡的我，总忘不了魂牵梦绕的那间简朴而洁净的古屋，忘不了八婆的音容笑貌。每到星期六，我便背起早已掇拾好的行李匆匆忙忙直奔古屋。八婆一见到我，便满脸慈容，取下我的行李，移动那张旧椅叫我坐，问饥问渴。又忙着给我煮热水冲凉，嘴里不停地嘀咕，"做什么给阿松吃？只有鸡蛋……"她苍老多了，满头银发，干瘪的嘴巴，还有布满皱纹的额角，呵护我犹如中年慈母。八婆为了我，节衣缩食，连母鸡生的蛋也舍不得吃，吩咐我拿回学校冲蛋糖喝，又叮嘱衣服不要洗，可一起拿回让她洗。此情此景，不由得我不感动流泪。

我到肇庆读大学那年，听到八婆病故的噩耗，心如刀绞，悲痛欲绝，真希望变成飞鸟，一下子回到那间古屋，为八婆送行。如今，我常常为此事而感到内疚与惭愧，每次回到家乡探亲，没有忘记去看一看那间生于斯长于斯的古屋，重觅八婆疼爱我的幸福日子，重拾那段难忘时光。诚然，每每看到古屋空空，便深感失望与痛苦，唯有把古屋打扫干净以表我对八婆的怀念、尊敬！

原载《茂名政协报》1995.10.28

蓝姨，你好！

1995 年春节，我看到很多亲朋之间电话问好，自然而然地拨通了蓝姨的电话。那边传来了亲切、和蔼而熟悉的声音，偶尔有几声咳嗽。听着蓝姨那兴奋中带着伤感的话语，渐渐地，我的脑海里活生生现出了蓝姨的形象。

那一年，在山旮旯玩泥、割草、看牛长大的我，来到了高州二中读初中。第一次涉足城市，那笔直宽阔的大街，鳞次栉比的高楼，拔地而起的新建筑群，琳琅满目的商品，令我第一次感受到外面世界新鲜精彩。陌生的城市，年幼无知的我，使得父母放不下心。总算有贵人，三家姐带我认识了在高州城的朋友蓝姨，蓝姨说有房空着，叫我在她家住。自此，我在蓝姨家中度过 6 年中学生活。

时间长了，便对蓝姨的家境、为人有所了解。她丈夫因疲劳过度，积累成疾而早逝。她靠着邮电局那份微薄的收入把二男一女拉扯成人。那几年，蓝姨身患胃病，一边为生计疲于奔命，一边忍着胃痛操持繁重的家务，一边为子女的前途东奔西跑，粥饭少进，忧心忡忡，身子一日不如一日，两鬓斑白，面黄肌瘦，刚 40 出头的蓝姨，看上去已如 50 多岁的村妇了。

蓝姨对我却关怀备至，胜似亲人，令我感受到家庭的温暖与欢乐。我自小就有熟睡后甩被的习惯，蓝姨常在半夜给我盖被子。每每看到她像慈母一样的眼睛，我便留下两行热泪。

我去上大学那天，去看望她，蓝姨依依不舍，把她省吃俭用而储存下来的300元塞到我的衣袋里，这时的她，两眼溢满泪花，说舍不得我离去，说欣喜我去上大学。6年了，感情多深呐！可恨我激动得讲不出感谢之情的话语。

自分别到如今已两年不见面了，我的心时刻在惦念着身患胃病的蓝姨，打好的探访计划常常落空，唯有说一声：蓝姨，你好！好心人应长命百岁！

原载《茂名政协报》1995.12.08

想　你

忘了，你是浪花中的哪一朵，可那被夕阳染红了的泛着波光的湖面上的那一叶小舟，仍飘荡在我的心海，还有那首悠悠飘扬的小夜曲；忘了，你是蓝天白云里的哪一朵，可把蓝黑的夜空中闪烁着晶亮的眼睛，仍点缀着我的记忆，还有那一弯淡淡的新月，月下喁喁而语的流水……

如果能找回那失落在白昼里的星星，相信它一定会悄悄地从我的心底升起；如果能找到枯萎于梦中的那棵小草，相信它仍会发出新芽，油绿我想你念你的坚笃。

夏季的炎热已被秋雨淋透，秋天的红叶也在寒风的吹刮下失落于远方。过去的，空留成一片追忆。春天仍会再来，远徙的燕也会回来……

也许，春天明媚之时，我会为你捎上一束你喜爱的茉莉花，让那淡雅温馨的幽香渗入你翕启的心田；也许，有一个轻洒着毛毛雨的清晨，你我相对微笑，便潇洒地消失在茫茫的烟雨中。

原载《茂名日报》1996.12.16

我的文学情结

我已有好几年没动笔写过东西了，妻子整天在耳边絮絮叨叨，喋喋不休，"如不再写点东西，你的笔头就生锈了"。妻子这么一说，令我回想起发表处女作的情景。

1994年3月初，我在读大学一年级，《文学概论》的授课老师结合3月份雷锋学习月活动，在课堂上布置了一道与雷锋精神有关的作文，要求现场作文。我想了想，便把自己的所见所闻、所思所想与当时的社会风气构思成了一篇短文《学雷锋与社会风气》。结果得到老师的高度评价，在文章结尾处写上了苍劲有力的评语："针砭时弊，一针见血，优"。尔后，我把这篇短文作为稿件尝试着投到了当时由肇庆市团委主办的小报《青年周报》。意想不到的是，1994年4月29日，该报居然在头版头条套红标题发表了，在中文系引起了不小的轰动。我喜出望外，处女作终于发表了！请客！请客！同学们欢呼着，簇拥着，向我投来赞许和羡慕的目光。

自处女作《学雷锋与社会风气》发表之后，一发不可收拾，豆腐块频频见于报端。1994年11月，广东省第九届运动会在肇庆市举行。肇庆市政府从大中专学生中挑选3000多人参加省九运会开幕式大型文艺《百越风流》表演，我有幸参加。1994 年 8 月，正值学生暑假，被挑选出来的学生们提前结束假期，回校参加为期三个月"魔鬼式"的文艺表演排练。我把参加排练时的所见所闻和亲身经历采写成通讯《让千舟竞发　为省运增辉》投到《青年周报》。1994 年 10 月 14 日，该报在头版头条套红标题刊登了《让千舟竞发　为省运增辉》一文，得到了学校和中文系领导的啧啧称赞。省运会结束后，肇庆市新闻出版管理办公室、肇庆市新闻工作者协会联合举办了"迎省运"好新闻评选活动，《让千舟竞发　为省运增辉》一文居然被评为"迎省运"好新闻（文字类）三等奖，我成了唯一一个获得如此殊荣的大学生。《青年周报》改版为大报《西江青年报》后，陆续刊发了我的评论《从一席宴说起》、通讯《无碘盐：害人无商量》等。

1997 年 8 月，我大学毕业后安排到茂南区镇盛镇政府党政办工作，我紧跟党委、政府的政策和国内外形势，结合工作实际，关注社会，面向基层，笔耕不辍，采写并发表了大量消息、通讯、散文、论文等，部分文章还分别获得一、二、三等奖。发表在 1997 年 12 月 8 日《茂名政协报》的《扶贫情结》，就是我结合当时社会关注的扶贫问题，利用工作之余深入采访时任茂名市政协委员、市凌志冷气公司经理朱汝志而完成的新闻稿件。他一直关注贺龙故乡湘西桑植县贫穷孩子的学习和生活，以他那博大的胸怀把情和爱洒向了湘西大地，与扶贫结下了不解之缘。此文获得了由市委宣传部、市政协办公室联合举办的茂名市第三届宣传政协好新闻（通讯类）一等奖。

原载《茂名日报》2014.08.06

父亲的声音

父亲患心脏病已多年，一直坚持吃药，身体没什么大碍，健健康康的，行动自如，生活自理，儿女的操心好像是多余的了。然而，父亲对"买码"却情有独钟，在我所住的大院，每天都能听到他那声如洪钟的声音。每到周二或周六，这是"买码"的特别日子，父亲都会到大院门岗和附近店铺走动，这时，他时而高谈阔论令左邻右舍如痴如醉，时而抛出"买码经"令"码友"受宠若惊，时而激烈的争辩声响彻云霄，时而口出逛言令人诧异。因而，我们又不得不常常担心父亲因受不了"买码"的强烈刺激而导致心脏病复发。

提起父亲突发心脏病，兄与我目睹了医生抢救父亲的情景。那年，父亲独自一人走访亲戚，返回茂名途经高州三姐家，刚吃晚饭，父亲突然面如土色，身子一歪便倒地了。三姐和姐夫紧张得不知所措，六神无主，慌乱中打电话给兄求救，"立马送高州人民医院！"兄和我连夜从茂名赶往高州人民医院。当我们赶到医院时，看见医生们正有条不紊地对父亲进行施救。忽然，父亲的心脏骤停，只见医生以迅雷不及掩耳之势拿起电除颤的电极板往父亲的胸部猛击了几下，父亲的心又慢慢恢复了跳动。父亲的命终于被抢救过来了，但还没度过危险期，需要入住 ICU 病房观察。当晚，兄和我不敢回茂名，在医院附近的高州市政府招待所住了下来。我们彻夜难眠，忐忑不安，真的很担心父亲会从此撒手人寰，祈祷着父亲能大步跨过，尽快脱离危险期。

父亲的"买码"举动，我们着实为他的身体捏把汗。每每想起抢救父亲的那一幕，我们都心有余悸。医生也曾多次告诫父亲，患病在身，情绪不能过于激动，否则危及生命。但是父亲不会听任何人的劝告，依然故我，我行我素。一次因"买码"，父亲被派出所关了半天，我们本以为父亲会"痛改前非"，与"买码"一刀两断，可是，他却不知"悔改"，对"买码"仍然乐此不疲，甚至变本加厉，居然把"买码经"和他那洪亮的声音带到了离我们所住大院几公里外的官渡市场。唉，没办法，我们只好作罢，任凭父亲去做他自己喜欢做的事情算了。

去年 3 月中旬，发现父亲饭量少了，我关切地问了一下心脏情况，他说没啥事，只是右脸腮与肩膀间的这块地方有点痛。我妻子是学医的，意识到父亲可能是心绞痛而引起局部疼痛。于是，我夫妻俩把父亲送到市人民医院门诊部就医，医生不敢大意，问了一下父亲病情，建议立即住院。住院？我们一怔，懵了。但我们还是要求医生先做心电图，检查父亲心脏是否有问题再说。还好，没事，我们拿了药便把父亲接回了家。

过了半个月，父亲的疼痛不但没有明显缓解，而且有加重迹象。到了清明这一天，我们很早就起了床，父亲还特意洗了头，收拾行李回乡下大坡扫墓。按照往年，父亲会跟着我们年轻人爬山扫墓的，可今次不一样，我们发现父亲精神有点恍惚，说话的声音有点沙哑，以为这是父亲早上洗头而引发的小小感冒，于是要求父亲不要扫墓了，待在家里休息，或到邻居家串串门，拉拉家常。翌日，我们把父亲送到了高州人民医院做了彻底的检查，一边留院调理身体，一边等待检查结果。父亲挺乐意住院的，与病友相处甚欢，时不时买买"码"，聊聊天，有说有笑，欢声笑语与父亲那洪亮的声音充斥着整个病房。几天过去了，父亲检查结果也出来了，简直晴天霹雳，一时天旋地转——"肺癌晚期，癌细胞且已转移！"我们拿着检验报告单，双手在颤抖，那抖动的双手，振幅越来越大……

"尽人事吧，年纪这么大了，只能保守治疗，绝不能化疗啊！"主治医生的话语流露出无可奈何的神情。同一病房的病友换了一茬又一茬，走了一拨又一拨，父亲的病情却越来越严重，声音模糊，吐字不清，但意识清醒，记忆尚可。偶尔听到父亲的抱怨声，埋怨医生医术不高明，病友们早已离开了好几批，自己的病情却仍然不见起色。他哪里知道自己患的是癌症呀！为了照顾父亲的情绪，我们要求医院为父亲转换了病房。时间长了，父亲便从护工嘴里听到了自己的一些病情，但那时，父亲那洪亮的声音已变得声如蚊呐，总显得气若游丝，甚至已无法说话了，我们也只能从父亲那留恋于世的眼神中意会到父亲希望早日康复的美好心愿。弥留之际，父亲很吃力地在白纸上歪歪斜斜地写下了"袁东明500、吴舒哲500、黄通通500"的字样，我们自然心领神会：三个孙子（外孙）都已长大，这是留给他们的结婚利是！

农历四月二十，父亲走了，走得很安详，没留下什么遗憾。殡仪馆内，哀乐低回，亲人们泣不成声，表情冷峻。遗体告别仪式刚刚结束准备火化之时，原本晴空万里的天气突然变坏，一时间，狂风大作，乌云翻滚，雷电交加，大雨如注，倾盆而下。"这是天意呀！天公都在为亲家作最后的告别！"我的岳母噙着泪水如是说。按照农村的风俗，我们借用亲朋好友的几辆轿车，风风光光地把父亲的骨灰带回到了他生于斯长于斯的山旮旯大坡三鼎村入土为安，安葬在大马岭他的老母亲的坟墓旁，了却了父亲生前的遗愿，让母子俩相依为命，互相照应，常伴于另一世界。

尽管父亲走了一年有余，如今，我每每站在阳台上往那熟悉的门岗和店铺方向望去，父亲那伟岸的身影却依然在晃动，在我的眼眸里晃动，在熙攘的人群中晃动；那洪亮的声音依然在飘荡，飘荡于我的耳际，飘荡于浩瀚的天宇……

原载《茂名日报》2014.08.26

有一种幸福叫爬格子

有一种幸福叫爬格子。

爬格子，对于热爱写作或以写作为事业的人来说并不陌生。电脑没进入寻常百姓家之前，人们通常用方格稿纸来写文章，而报刊大多数以数字方式支付作者稿酬，稿纸上的固定格式便于计算字数，故而对写作俗称"爬格子"。爬格子，是一种幸福，个中滋味也许只有爬格子之人才能体味得到，那是多么惬意，多么幸福的事情。

爬格子，辛苦且快乐，有一种无与伦比的幸福感。笔者学的是中文专业，大学时代就开始爬格子，后因工作繁忙等原因而沉静了 10 年之久。最近，在妻子"苦口婆心"的劝说之下，笔者重拾爬格子的勇气和信心，一有灵感就提笔。写完后，如时间仓促，就只作简单修改，如时间宽裕，就对谋篇布局或逐字逐句慢慢推敲、斟酌。无论稿件质量如何，只要自我感觉良好便向报社投稿，尔后便是翘首以望的等待。所投稿件如能变成铅字，那是所有爬格子之人的夙愿。于是，笔者便会时时刻刻留意报纸版面，或到茂名日报社门岗浏览报纸，或到阅报栏浏览，或到单位收发室浏览，或到茂名新闻网浏览……如文章见报了，心中自然暗自欢喜，第一时间先睹为快，以最快的速度扫视一下经编辑们修改润色后的文章，然后电告妻子，以分享笔者此时此刻那种欢悦之情和说不出的快感。下班后回到家中，又当着妻儿的面把当天发表的文章通读一遍，让妻儿点评，家庭的温馨和幸福之感在这一瞬间得到了尽情释放。

当然，爬格子作为一种脑力劳动，并不是每个人都能体会得到个中艰辛和文章被刊发之后的那种成就感、自豪感和幸福感。每当听到亲朋好友或领导同事那简单的一句"今天又看到了你的文章"，此时，激动得无以言对，幸福感溢于言表，心中荡起的阵阵涟漪，慢慢开始变得沸腾起来，有种欲罢不能的创作冲动，于是乎，创作的灵感立马跃然脑中。

爬格子是一种劳动，也是光荣的，幸福的。劳动，创造了财富；劳动，创造了一切！

原载《茂名日报》2014.10.08

四　爹

　　每次回到家乡，我都会驻足村中门楼，读一读那副对联："三让家风须眉珍重千秋笔，鼎隆基业巾帼栽培四季花"，那是四爹生前最得意的作品，寄寓了老人家的用心良苦和美好愿景。

　　四爹是一位人类灵魂的工程师，一直从事教书育人的工作，又是村中长老，颇受全村人的尊敬。他个子高挑，面型瘦削，喜爱穿件褪色且笔挺的淡蓝中山装，每到冬天，便在脖子上戴一条围巾，走起路来慢条斯理，风度翩翩，俨然民国时期的文人雅士。

　　他养育有三女一男，个个出类拔萃，有所作为，令村人羡慕不已。他视家如命，勤俭持家，对四奶更是关怀备至，呵护有加。在我的记忆中，很小时候，四奶就已百病缠身，生活无法自理，四爹只能来回奔波于学校与家庭，一人操持家务，上山砍柴，烧火煮饭，为四奶喂粥喂饭，端屎倒尿，冲凉擦身。傍晚，他又得走家串户，走访家长，了解学生学习生活情况，夜里还要备课、写教案、改作业，通宵达旦是"家常便饭"。次日，天刚蒙蒙亮，他把家中收拾得井井有条、一尘不染之后，便又神色匆匆地赶往学校上课，日复一日，从未间断，乐此不疲，无怨无悔。后来，四奶过早地离开了人世，四爹从此一心扑在教学上。作为七尺男儿的四爹，能把家庭传统美德演绎得如此淋漓尽致，着实令人佩服，这就是四爹的处世风格和人格魅力之所在。

为人憨厚，老实巴交，充满爱心，常常给村中小朋友教书识字，是四爹的又一人格魅力。每到周末，村中的小朋友都会站在村口等候，有的踮着脚，有的伸着头，有的反着手，有的斜着眼，有的探着身，形态各异，不约而同地朝着田埂小路的尽头遥望，盼望四爹早点放假归来。四爹一到村口，小朋友便立马围上去，只见四爹脸带微笑，不紧不慢地从衣兜里掏出糖果分给小朋友，一人一粒，谁都不会落下。尔后，小朋友们便在地堂（晒谷场）席地而坐，跟随四爹读书认字，模仿着四爹那摇头晃脑的动作，如饥似渴般一遍一遍地大声朗读，读书声响彻云霄，飘荡在山涧中。

喝茶是四爹的一大嗜好，常常以茶待客，以茶会友，只要打照面，不管男女老少，本村的路过的，他都会发出"坐坐啦"的邀请，久而久之，"坐坐啦"便成了他的口头禅，为此而闹了不少笑话。四爹一次赤脚过河走到河中间，见着路人，"坐坐啦"随口而出，令人啼笑皆非。此后，村人常常以此为谈资，然而，四爹却报以一笑，一如既往做他自己喜欢做的事情。

四爹尤其喜欢舞文弄墨，满嘴"之乎者也"，令村民摸不着头脑，百思不得其解。一旦有空，他便临摹字帖，渐渐形成了字体偏瘦、刚中带柔、刚柔并济的书法风格。这样一来，村民过年用的对联、挥春、横额，村中红白喜事或与笔墨有关的大小事情，都找其帮忙，他义不容辞，从不推搪。他还言传身教，把自己的书法技巧传授给年轻一代，儿孙们的书法得其真传，颇有造诣。对对联也是四爹的拿手好戏，只要有对联征稿活动，绝对少不了他。获奖了，如老顽童般眉飞色舞，手舞足蹈，乐得合不拢嘴。村中门楼的那副对联"三让家风须眉珍重千秋笔，鼎隆基业巾帼栽培四季花"便出自他之手，对仗工整，寓意深刻，体现了四爹老人家希望男人读书成才，女人培育子女，把三鼎村的良好家风发扬光大，把优良的传统美德世世代代传承下去。

遗憾的是，前几年，四爹走了，走得很安详，如同他生前一贯的从容与安静。

原载《茂名日报》2014. 10. 17

母亲的忧与愁

"爸爸，昨晚我做了个梦，梦见嬷嬷。"

"她说什么了吗？"

"嬷嬷什么都没说，满脸慈容，和蔼可亲的样子。"

"真的没说什么吗？你不会骗爸爸吧。"

"嗯，嗯，嗯……"儿子支支吾吾，"不过，我看得出来，嬷嬷有点孤寂，有点失落，有点忧愁。"

"啊？怎么会这样呢？爷爷不是去陪她了吗？阿祖不也去陪她了吗？"

"这个……不知道，反正我梦见的嬷嬷就那样。"

提起我的母亲，真的正如我儿子梦见的那样，很慈祥，慈容中略带孤寂、凄楚，整天都忧心忡忡的样子。

母亲约莫十五六岁就嫁给了我父亲。其时，父亲在大队当会计，打算盘是父亲的拿手好戏，噼噼啪啪的算盘声震耳欲聋，令人烦躁不安。可父亲却视算盘如命根子，如痴如醉，成为全大坡的"打算盘能手"。公社还邀请父亲做经验介绍，现场演示，令现场人员大饱眼福，啧啧称奇。父亲以大队为家，吃住在大队，很少回家，母亲独守闺房，因长时间没生育，受尽了亲人和村人的白眼。到了28岁,母亲才生儿育女,一生中养育了三男二女,其中一男被无情的生活所折磨而夭折,打那以后,母亲更加愁眉苦脸,郁郁寡欢。

80年代初期,为了改变家庭经济拮据的困窘,父亲"弃政从商",从此,母亲又多了一份牵挂,多了一份孤独,多了一份寂寞。父亲长年累月离乡别井,为了生计而疲于奔命。有一年,临近春节,父亲在广西贩卖手表,想多赚点钱,结果被公安机关以涉嫌"投机倒把"抓了起来。那时,我们尚小,不谙世事,母亲明知父亲被抓的地方路途遥远,人生地不熟,作为农村妇道人家也做不了什么。然而,母亲却仍然到处乞求叔伯帮忙,可这个忙叔伯也帮不上呀!母亲唯有天天提心吊胆过日子,以泪洗面,有时声嘶力竭,有时声如细丝,有时喃喃自语,眼睛哭肿了,声音沙哑了,表情麻木了。到了年三十,村人们都在忙碌着年夜饭,炊烟袅袅,饭菜飘香,而我家灶台冰冷,母亲那冷若冰霜的表情着实令我们瘆得慌,清茶淡饭应付了当年的年夜饭。

后来,大姐出嫁了,兄也工作了,我尚读初中,父亲也不再到外地做生意了,回到高州城开了一家名叫"菜根香酒家"的大排档。母亲和三姐也来到高州城,与父亲一起帮忙打理大排档,生意红红火火,我们的生活如日中天。然而,母亲却改不了多愁善感的性格,兄结婚生个女,母亲担心断了吴家香火,怂恿着兄应再生个仔,以续香火。我大学毕业工作了,母亲又担心我娶不了老婆,而我娶妻生子后,母亲又提起兄续香火的事情,整天在兄面前喋喋不休,"细佬生了个仔,你不生个仔,怎对得起吴家的列祖列宗啊!"母亲总有忧不完的事,愁不完的情。

前几年,母亲走了,走得太突然,没有任何征兆,我们压根儿没有心理准备。母亲带着忧与愁而走,带着孤独寂寞而走,带着失落而走，带着不了心愿而走。遗体告别仪式的当天，从没经历过亲人离世的我们唯有恸哭，哭得悲痛欲绝，哭得死去活来，哭得天昏地暗，哭得地动山摇。母亲走后的第二天深夜，我所住大院死一般的寂静，鸦雀无声，我和妻子辗转反侧，久久不能入眠。突然，一声野猫的叫喊，打破了万籁俱寂的夜空。此时，大院野猫的"叫春"声，与麻雀村猫的"叫春"声连成一片，此起彼伏，时断时续。"嬷嬷，嬷嬷……"刚读小学的儿子在梦中惊醒，听着外面那凄惨的"叫春"声，我们三个抱团而哭，看着儿子那抽咽的样子，母亲拉扯孙子的身影又在我的眼泪汪汪中晃悠……

如今，母亲已与我们阴阳相隔，作为儿女唯一能做的就是多烧些香纸，以告慰母亲的在天之灵。但愿母亲在天堂里不再孤寂，不再失落，不再有忧与愁！

原载《茂名日报》2014.10.28

阿婆在福利院

　　阿婆已近百岁，身板硬朗，不用别人照顾，生活自理，生火煮饭，打水冲凉，洗衣叠被，拄着拐杖，行动自如。一次雨天路滑，不小心摔了一跤，她的腰椎骨被摔折了，从此，疼痛伴随着她直到离开人世。

　　阿婆摔跤后，我们把阿婆送到高州人民医院治疗了一段时间，精神矍铄，能吃能喝，只是腰椎骨不见好转，腿脚出现浮肿，走路不便，在人的搀扶下，勉强能坐轮椅。出院后，由于农村没人照料，我们决定把阿婆接到茂名福利院疗养，那里有护工照顾，我们大可放心上班。然而，阿婆思想不通，不愿意到福利院，说那里没熟人，不习惯那里的生活，很无聊；说在农村生活习惯了，四爹可以照看她，陪着她说说话，聊聊天。但经子子孙孙的"轮番轰炸"，好说歹说的劝导，苦口婆心的说服，阿婆最终应允入住福利院。

　　阿婆入住后的第三天，有义工到茂名福利院为老人做义务服务，唱歌，跳舞，朗诵诗歌，打扫卫生，整理内务，为老人擦身，理发，梳头，修趾甲，剪指甲。阿婆看着义工们的一举一动，心中自然乐开了花，像个老顽童一样，坐在轮椅上竟然兴致勃发，为现场人员高歌一曲高州山歌。阿婆有一定功底，声线浑厚，拉开声喉便用大坡方言唱了起来：

"久不唱歌忘记歌，久不打鱼忘记河，久不见妹难忘妹，妹妹长在我心窝。"

一曲唱罢，人们拍手叫绝，要求阿婆再来一曲，只见阿婆润了润嗓子又唱了起来：

"六月插秧村连村，魂魄飞到哥身边。禾苗插成牛轭样，只因哥你在眼前。"

掌声过后，阿婆意犹未尽，似乎底气十足，更来劲了，又连唱了两曲：

"昨日趁墟过南关，望见阿妹在房间。想变黄蜂飞进去，又怕蟢蟧结网拦。"

"月亮出来满地光，阿妹自由择夫郎。手担勾遮跟哥去，冇使合灯也圆房。"

阿婆记忆清晰，一字不落，把山歌唱得淋漓尽致，完美无瑕，无懈可击，令在场人员不由自主地跟随着阿婆的歌声节奏，手脚"双管齐下"，和着节拍，一拍一踏，一起一伏，极富韵味。人们听得如痴如醉，掌声雷动，热泪盈眶。这些山歌使用起兴、比喻、夸张、双关等艺术表现手法，以表现平民百姓的劳动、生活、爱情的内容为主题，具有鲜明的高州地方特色和浓郁的乡土气息，语言质朴，一、二、四句尾字押韵，自然明快，朗朗上口，悦耳动听。大家都乐翻了天，笑得前仰后合，合不拢嘴。

打那以后，护工们自然对阿婆刮目相看，客客气气，如爱护小树苗般小心翼翼，百般呵护，照顾有加。晚婵更是悉心照料，每天都步行几里路为阿婆送去肉汤，风雨无阻。我们一有时间都会抽空去看望阿婆，阿婆看见我们自然喜出望外，嘘寒问暖，有说有笑，向我们倾诉入住福利院的喜怒哀乐、甜酸苦辣和逸闻趣事，偶尔也会对护工点评一下，说哪个态度温顺，哪个恶言相向，哪个工作粗鲁，总体相处甚欢，乐也融融。

2010 年 9 月 21 日，家乡大坡发生了千年不遇的洪灾，阿婆从电视中看到新闻后，心急如焚，忧心忡忡，不但担心家乡被洪水淹没后她那不值钱的家什被洪水冲走，而且担心洪水影响村民们的生活。因而，阿婆每天都嚷着要看新闻，看看大坡救灾复产情况，了解村民生活近况；我们探望她的时候，阿婆会拽着我们的手不让离开，问这问那，老是打听家乡大坡情况，有时还提出"无理"要求，要我们送她回大坡，看看她的家什是否安然无恙，看看朝夕相处的村民生活是否有着落，我们花了九牛二虎之力去解释才使阿婆放下心来，安心养病。

一天早晨，我刚刚起床，突然接到福利院打来的电话，说阿婆不知啥回事，头一歪就不省人事了，叫我立马派救护车过去。其时，兄刚好出差，我和妻子分头行动，一边联系 120 派救护车到福利院接阿婆，一边通知在茂名的其他堂兄弟到石化医院河东分院集中，一边通知在农村大坡的六叔为阿婆准备后事。医院为阿婆做了头部 CT 检查，确诊为脑梗塞，医院不敢收治了，福利院也不可能再收留了，我们只好安排父亲陪着阿婆用救护车送回家乡大坡。之后，阿婆不吃不喝，凭着坚强的意志力和顽强的生命力，又挨了 10 多天才驾鹤西去。

每每想起阿婆在福利院那段共享天伦之乐的日子，怅然若失，唏嘘不已。但愿阿婆的音容笑貌永远定格在那段日子，烙刻在我的脑海，回响在我的耳际，飘荡在无边的天宇……

原载《茂名日报》2014.11.21

忆同窗挚友祖兖

广州南方医院内科大楼 1302 号病房里弥漫着浑浊的空气，几乎令人窒息。慢性粒细胞白血病患者躺在病床上，面色苍白，毫无血色；患者家属精神恍惚，不知所措，布满血丝的双眼噙着两行泪水，嘴唇微动，泣不成声；医务人员神情专注，探视者神色凝重……病患者正是高要市新闻中心副主任，高要市屈指可数的拥有中级职称的资深新闻工作者，我的同窗挚友陈祖兖。

"恰同学少年，风华正茂，书生意气，挥斥方遒。"1993 年 9 月，祖兖与我同步进入西江大学（肇庆学院）中文系，他就读中文一班，我二班，共同的语言和爱好把彼此的距离拉近。他喜欢爬格子，无论午休抑或半夜三更，一有灵感便爬起床伏在书桌上沙沙地写个不停，完毕便向当时的《青年周报》（后改版为《西江青年报》）《肇庆教育报》和《西江日报》投稿。每每文章见报，便邀请桂泉、锐波与我几位知己到大学旁边的大排档开怀畅饮，踌躇满志，直抒胸臆，其乐无穷。某周末，我们几人坐上公共汽车直奔五邑大学，参观归来，推杯换盏，高谈阔论一番，说五邑大学校园气势雄伟，浑然天成；说专业设置与时俱进，合情合理；说学校整体规划眼光独到，意识超前。归根到底，西江大学稍微逊色，五邑大学更胜一筹。

大学毕业了，经过层层竞选，过五关斩六将，祖兖被高要市广播电视台招录为记者，锐波去了中山小榄镇当教师，桂泉回郁南县西江中学当了团委书记，而我回到茂南区镇盛镇做了公务员。祖兖工作非常搏命，称得上"拼命三郎"，有深度、有见地、有影响力的文章频频见于中央、省级报刊或者广播电视台，《舆论导向要与科学发展观有机统一》《应以群众满意为第一标准——对新闻单位开展争先创优活动的思考》等文章，视觉独特，见解独到，文笔犀利，文风朴实，一经见报，立马引起同行的强烈共鸣。调任高要市新闻中心副主任后，他坚守新闻工作岗位，兢兢业业，无私奉献，默默无闻地为高要市新闻事业发展做出了不可磨灭的贡献。领导欣赏有加，同事交口称赞，优秀新闻工作者和全国、省、市新闻奖项等殊荣接踵而至，祖兖的"无冕之王"实至名归，当之无愧。

大约 5 年前的暑假，祖兖打来电话，说要与桂泉造访茂名，我自然喜出望外，"有朋自远方来，不亦乐乎？"我清楚记得，他俩第一次踏足油城这块土地是 20 世纪 90 年代末，那时我还在镇盛镇工作，工资每月 350 元。囊中羞涩之缘故，我只能在市河东新华书店旁边的大排档安排了简单而快乐的晚餐。餐后，祖兖说不打扰我了，要连夜坐车回肇庆，我也不挽留他们。其实，我知道他心疼我那丁点儿工资，担心把我的工资花完了，当月的家庭开支便没着落了。这次是祖兖俩第二次造访茂名，约好下午 5 点火车站接车。可有时候真的天意弄人，好事多磨！我老早就到了茂东火车站，看见一拨又一拨的旅客从出站口鱼贯而出，然而却偏偏见不着他俩。奇了怪了，难道不来？抑或过了站？明明说好是今天，而且手机信息也显示已从肇庆站出发了，而现在已是 6 点了，见不着人也应该有个电话才对呀。我急得像热锅上的蚂蚁，在茂东火车站到处乱窜，两眼也瞪得圆鼓而硕大，目不转睛地四周张望搜寻，但是始终寻觅不到熟悉的身影。

手机突然响了，我赶紧摁下通话键，祖尧那熟悉的声音从手机传出，"喂，松，你在哪呀？""我在茂东火车站出站口呀。""我们也在出站口呀，怎么不见你哦！"此时此刻，我幡然醒悟，他俩可能到了公馆镇茂名火车站了，"茂东"与"茂名"，不熟悉地形的旅客肯定选择"茂名"下车。于是，我急忙地问："你们是不是在茂名火车站呀？""是呀！""我的天哪！茂名火车站离市区很远的，你们在候车室再等半个钟头吧，我现在过去接你们。"我撂下手机，猛力加了一脚油，小车"呼"的一声从旅客身边呼啸而过。

小车在油城路上如蜗牛般缓慢行驶，不好，前面堵车！离茂名火车站大约还有一公里，此时天公偏偏不作美，下起了倾盆大雨，小车一动也不动，更加堵了。眼看时针已指向晚上 8 点，我坐在车内心急如焚，如坐针毡。可是面对长长的车龙，亦无能为力，唯有慢慢等呗。车外的雨越下越大，淡黄色的路灯光线穿透密匝匝的雨水，雨并没有停下来的迹象，看来祖尧俩的造访给茂名带来了"风水"啊！晚上 9 点多，终于接到了祖尧俩，我们面面相觑，尔后，开怀大笑，哈哈哈……翌日，碧空如洗，晴空万里，偶尔飘过几朵白云，为我们出游高州水库平添了几分意境和情趣。他俩在茂名只停留了一天一夜，祖尧放心不下心仪的新闻工作，甩下一句"下次肇庆再聚"便步履匆匆地返回高要了。

　　那次茂名相聚之后，我与祖宪再也没有见过面。常言道："天有不测风云，人有旦夕祸福。"令人意想不到的是，厄运却偏偏降临在他的头上。2012年3月24日，祖宪被广州南方医院确诊为慢性粒细胞白血病，急需做骨髓移植手术，费用初步估算50余万元，简直是晴天霹雳！3月29日，高要报与高要市广播电视台慰问组来到病榻前，为祖宪鼓劲，加油！祖宪满眼泪花，哽咽着，欲言又止，令在场的人为之动容，为之心酸！4月1日，高要报在头版刊登消息《全力挽救年轻记者陈祖宪的生命》，消息传出，引起社会各界的普遍关注，牵动了数以万计人的心。病魔无情，人间有爱。热心人士纷纷奉献浓浓爱心，谱写了一曲"爱心高要、感动常在"的动人乐章。4月2日，高要市委书记、市人大常委会主任冯敏强在4月1日高要报上作了批示："请民政部门给予适当补助，并呼吁社会各界热心人士给予关心支持"；市委副书记、市长梁靖在赴广州公务活动途中得知祖宪病情后，要求高要报和高要广播电视台做好宣传发动工作，让更多社会热心人士踊跃参与捐款献爱心活动，全力挽救祖宪年轻的生命；高要市政协主席赵志强在市政协机关亲自组织捐款献爱心活动；高要乐添房地产公司总经理陈国基专程赶赴广州南方医院看望祖宪，送上爱心善款5万元；高要宝油有限公司厂长黎中华会同副厂长黄惠贤亲自把1万元送到高要报；高要报退休老干部肖仰梅送来1000元……

　　此情此景，祖宪及其家人热泪盈眶，感激不尽，铭记于心。发往高要报领导手机的信息中，祖宪如是说："请一定要代我转达对市委书记、市人大常委会主任冯敏强同志，市委副书记、市长梁靖同志，市政协主席赵志强同志等各位市领导和单位同事们，以及所有关心支持我的各位热心人士的衷心感谢！我和家人会永远铭记大家的大恩大德！我们衷心祝福各位好人一生平安！我会积极配合好治疗，争取早日治愈出院，早日重返工作岗位！"

　　桂泉闻讯后探望了祖兖，然而，远在茂名的我却蒙在鼓里，直至某天有事要找祖兖，可他的手机一直处于无法接通状态。后找到桂泉才获悉祖兖早已离我们而去，生前还不让告诉我以免添麻烦。听到噩耗，我一时天旋地转，年轻的生命就这样没了?!祖兖，我的同窗挚友，的确走了，年仅38岁。痛哉哀哉！

原载《茂名日报》2015.03.17，发表时有删节

我与电影结伴同行

　　祖屋门口右侧墙壁歪歪斜斜地写着几行字：5 月 20 日放映战斗片《今夜星光灿烂》，票价 1 角，地点：桃杏小学。这幅搞怪的"电影街招"是我孩提时的涂鸦之作，已存在了三十几年，至今仍清晰可辨，每每看着它不免让我重拾了与电影结伴同行的那段美好记忆。

　　20 世纪 70 年代，桃杏大队在"堡"里办公。"堡"，其实是出于治安管理而建并带有枪眼的大院落，围墙高大厚实，墙头杂草丛生，树木茂盛，里面有运动场、学校、代销店、卫生院和住户。那时，父亲是大队会计，我还没读书，"堡"自然而然成了我和小伙伴经常玩耍的地方，打野战，掏鸟蛋，捅蜂窝……大队也时不时在"堡"里面放电影，我第一次看电影就在"堡"里，在父亲的陪伴下还没看到一半，就已进入了梦乡，第二天，还嚷着要银幕看电影，着实为难了父亲，去哪里找电影给我看呢。

　　我所居住的旧三等（鼎）生产队也曾组织过放电影，当时放映的是《孙悟空三打白骨精》。在农村放电影，农民没文化，听不懂普通话，因而放映队的工作人员一般会充当解说员，用大坡方言解说，我尚小看不懂，但在父母亲的陪同下也看得津津有味，乐此不疲。一次，三等（鼎）生产队又计划组织放电影《我们村里的年轻人》，生产队长赶到大坡文化站拉电影设备，发现贺亨大队已抢先了一步，且人多势众，"抢"了大部分电影设备，而生产队长只拿了一个高音大喇叭回来。放映队的工作人员还亲自跑到我们生产队协商，答应了先到贺亨大队放映，第二晚再到我生产队，生产队长才勉强同意把大喇叭给了贺亨大队，害得我们在"社屋"白等了一个晚上，空欢喜一场。

80 年代初，李连杰主演的首部功夫电影《少林寺》最为火爆，且最为引人注目，大坡电影院场场爆满，甚至连续加映也满足不了群众的需求，电影院外的灯光球场里三层外三层地挤满等候观影的群众。其时，我读小学二年级，桃杏小学也组织学生去观看，每个学生 5 分钱，可我家穷得叮当响，连 5 分钱都交不起，最后还是班主任、媒人姐夫冯燕凯垫了钱，我才得偿所愿，过了一把功夫电影的瘾。

童年观看的电影，大多是到附近大队看的，只要知道，无论路途有多远，绝对不会放过。一次，听说禾田大队放电影，我便心痒痒了，可母亲说路远且难走，不让去。尽管母亲不同意，可我哪能放过难得的看电影机会呢，于是偷偷地拿着手电筒跟随村中大人绕着大马岭走过一条崎岖山路，然后渡过一条大河，最后走一段平坦的公路便到了禾田大队。当我们赶到的时候，《刘三姐》刚刚开始放映，另一部是《小字辈》，观影群众密密匝匝，井然有序，个个看得如痴如醉，笑声不断，掌声雷动。我童年看过的电影很多，诸如《笑比哭好》《十字街头》《平原枪声》《今夜星光灿烂》《渡江侦察记》《五朵金花》《两个小八路》《小花》《闪闪红星》《大渡河》以及《白蛇传》

《追鱼》《七品芝麻官》《牛郎织女》《天仙配》《梁山伯与祝英台》等，不下几十部，这些电影都是我跋山涉水、历经千辛万苦才看到的，而且情节跌宕起伏，故事感人肺腑，因而印象极为深刻。

1987年，我离开农村到了高州二中读初中，城市的生活多姿多彩，令我这个农村仔心花怒放，陶醉不已。高州街遍地都是录像室，每到周末，我便与同学甚至独自一人到高州工人文化宫观看投影录像和镭射影碟。每周必到，连售票阿姨都认得我，因此不用出示学生证都可以买到半票。那时，香港的武打片、警匪片、古装片大行其道，充斥着整个电影和录像市场，香港影星和大腕的名字我都能如数家珍，脱口而出。读高中后，慢慢淡出电影，但也看过《欢颜》《鲁冰花》《妈妈再爱我一次》《鼓手》等生活大片。1993年，我入读西江大学中文系，学生社团、共青团、班级等活动多姿多彩，极富吸引力。那时候，电脑虽然已进入了大学校园，但仍是奢侈品，只有电教中心和图书馆才有。每到周末，图书馆的电脑室便会向学生开放，我会选择性地观看《桥》《飘》《梦断蓝桥》《简爱》《红与黑》《红楼梦》《水浒传》《三国演义》等中外优秀影片，大多时间都在读书看报或者爬格子。1997年大学毕业后，很少看电影了，渐渐转向报社投稿。不久，又热衷于追红色经典，写东西少了，沉静了10多年。2014年下半年，似乎有点灵感，再次提笔向报社投稿，经过编辑们的润色，连续发表了几十篇稿，还被评为2014年茂名日报社优秀通讯员二等奖，这是我意想不到的。

时过境迁，与电影结伴同行的美好时光已成了永恒的记忆和时代的印记。现在细想，我对文学的追求，得益于自幼与电影结下的不解之缘和与电影结伴而行的那份情，得益于电影的艺术熏陶和耳濡目染，得益于平时善于对工作和生活的观察和思考。可以这样说，创作的源泉和灵感都是源自生活阅历的不断积累和文学素养的积淀升华。

原载《茂名日报》2015.05.20

痛失亲人的碎片记忆

痛失亲人，或大悲大痛，或失声痛哭，或泣不成声，或坦然以对。逝者长已矣，生者如斯夫。我所经历的几次痛失亲人的心酸与苦楚虽已成碎片，可仍然记忆犹新，历历在目。

20 世纪 80 年代初，我六七岁，还没读书。四奶患病，长期卧床不起，四爹是人类灵魂的工程师，既要教书育人，又要帮忙照看四奶，冲凉擦身，端屎兜尿。四奶走的时候，村中 4 个大人七手八脚地抬着四奶的棺材走向大马岭，后面跟着排长龙的亲人，个个哭得死去活来。我尚小不谙世事，看着那红色的棺材，害怕得要命，躲在家里不敢出来，甚至用被盖住头蜷缩在床上。打那以后，村中一有老人去世，我就躲得远远的，不敢直面那悲痛的场面。

1993 年我读大学一年级。一天课间休息，生活委员给我一封信，看着那熟悉的笔迹便知道是来自茂名兄的。我迅速打开家书，顿时傻了眼，"八婆已走了，九十多岁，让她老人家安息吧!"寥寥数语，把我弄得六神无主，不知所措，脑海里全是八婆那满头银发而驼背的身影。回到宿舍，泪流满面，泣不成声，俨然泪人，害得宿友不知如何安慰是好。八婆是五保老人，我四兄妹都是她一手抚养成人的。我年幼的时候，母亲体弱多病，父亲忙于生计和大队工作，父母亲便把我寄养在八婆家里，是八婆用那双粗糙而勤劳的手一把屎一把尿把我拉扯大的，因而我对八婆的感情甚是弥笃。我刚到肇庆读大学时，八婆的身体尚可，身板硬朗，生活自理。一次生火煮饭，不小心摔了一跤，从此不再起来，弥留之际，还念叨着我俩兄弟的名字，直到兄回到她身旁，抚摸着她那苍老而布满茧的手，她才慢慢合上双眼，驾鹤西去。

1997 年 8 月大学毕业后，我安排到镇盛镇政府工作。两年后结婚生子，我与妻子的工作都很忙，幼儿无人照顾，母亲便辗转到镇盛生活，帮忙照看儿子。2002 年 7 月，我调到市接待部门后，工作更繁忙了。儿子入读市二幼，白天，母亲打理家庭琐事，如有空闲，则会带着儿子到公园或大院的空地上玩耍，形影不离。有时候我半夜醒来，还发现母亲正悉心呵护孙子。可想而知，婆孙俩的感情是多么的情真意切。一次，母亲病了，入住高州中医院，儿子嚷着要去探望奶奶。那时，我还没有小车，便用摩托车载着一家三口从茂名"直飞"高州。儿子见着奶奶，挣脱我与妻子的手，飞奔着跑向母亲的怀抱，婆孙又聚在一起了，乐也融融。母亲的病时好时坏，而且整天愁眉苦脸、忧心忡忡的样子。2007 年 1 月，母亲的病又发作了，一病不起。春节前几天，母亲突然走了，带着忧与愁而走，带着遗憾而离开了人世。也许想念母亲心切之缘故，创作了《母亲的忧与愁》，发表在 2014 年 10 月 28 日的《茂名日报》，妻儿看后，两行热泪夺眶而出。

几年前，我的阿婆脚出现浮肿，在高州人民医院住了一段时间，稍有好转便出院了。由于大坡乡下没人照顾，我们几兄弟商量之后，便把阿婆接到茂名市福利院疗养。这样，在茂名工作的几位亲人既可以安心工作，又可以照顾阿婆的起居生活。晚婶和父亲经常往福利院跑，帮忙料理阿婆，我们一有时间也会去福利院看望阿婆。阿婆牵着我们的手，常常问起我的母亲，责怪母亲为何不去看她，可是，阿婆哪里知道母亲已离我们而去了好几年了。为了不让阿婆受太大的打击，我们一直瞒着她，每次看望阿婆，都想出各种借口和理由来搪塞。2011 年 10 月，阿婆也走了，走的时候已是百岁高龄了。

　　2013 年农历四月二十，80 多岁的老父亲也跟随先人的脚步走到了人生的尽头。父亲住院期间，我们四兄妹都很忙，无法照顾老人家，便找了护工帮忙照看。父亲的病每况愈下，我们每周都到高州人民医院看望父亲两三次。父亲走的当晚，医生来不及告知病情，4 个儿女没有一个陪伴在他的身边，护工阿姨打来电话，我们才知晓父亲去世的消息，这是作为儿女的最大不孝啊！

　　我前前后后痛失了几位至亲，那悲痛欲绝的心情难以言表，唯有化悲痛为力量，直面工作和生活，以寄哀思。

原载《茂名日报》2015.06.17

做农民，挺好

我们无论从事何种职业，都改变不了"农民"这个事实，骨子里流淌的是农民的血，根脉在农村。因而，我们理应把更多的目光聚焦农村，关注农民生产和生活，倾听农民心声，关心农民疾苦。唯有这样，农民的生活才会变得更美好、更和谐、更幸福，我们也更有充分的理由坚信：做农民，挺好！

——题记

不久前，我萌发写一篇农民的文章，试图通过笔端引起社会关注农民群体，关注农民的生活环境和生存空间，然而却苦于找不到灵感而搁浅。近段时间，史诗剧《老农民》正在热播，似乎有种创作的冲动，于是提笔写下了这个题目：做农民，挺好！

大凡读中文的，或者喜欢看农村题材作品的人，对费孝通的《乡土中国》、周立波的《暴风骤雨》、柳青的《创业史》、李准的《李双双小传》、赵树理的《小二黑结婚》、浩然的《艳阳天》等作品应该不会陌生。这些农村题材作品，脍炙人口，耳熟能详，人物刻画细腻，情节跌宕起伏，感人肺腑，让人有一种回味无穷之感。我们再细数时下活跃在荧屏上的农村题材作品，要么家长里短、打情骂俏，要么歪曲农民、丑化农民，要么娱乐化农民、软化弱化农民，不一而足，真正为农民正言的作品却凤毛麟角，忽略甚至漠视了长期存在的 8 亿农民这个庞大的群体。而电视剧《老农民》却一反常态，不仅为 8 亿中国农民树了碑立了传，还正了名正了言，让人耳目一新，给人的第一感觉就是：做农民，挺好！

我们不妨从全景式的独特视角来审视这部电视剧是如何征服观众眼球的。《老农民》从 1948 年解放初期的土地改革开始，历经互助组、合作社、人民公社、家庭联产承包制、取消农业税……直到 2008 年农民获得土地使用证，时间跨度长达 60 年之久，而且 15 个历史时间节点的每一个历史事件，脉络清晰，充满传奇色彩，加之采用编年体的叙事结构，娓娓道来，环环相扣，故事情节跌宕起伏，扣人心弦，引人入胜。牛大胆、马仁礼、赵有田、灯儿、乔月等鲜活的农民典型，他们波折迂回、悲痛沉重而又大起大落的生产生活与精神世界，经过艺术加工浓缩于长达半个多世纪的农村生活里面，活灵活现地跃然纸上，呈现于荧屏当中，彰显了中国农民那种坚忍不拔、吃苦耐劳、勤俭节约的优秀品质，展现了中国农村的巨变、农业的发展和时代的变迁，再现了新中国成立 60 年来被忽略的农民的喜怒哀乐、生死荣辱与真实生活。

中国的广袤农村，生活着形形色色的农民，这些农民老实巴交，个性鲜明，从《老农民》所塑造的一张张生动鲜明、泥土中成长起来的农民面孔便可窥见一斑。牛大胆，农民的儿子，性格倔，一根筋，机智而狡黠，且胆子大，敢想敢干，经历了中国农村波澜壮阔的变革，带领乡亲们发家致富，历经两次失败的婚姻，耄耋之年才得与真爱相守。马仁礼，长于富贵之家，曾是才华横溢的大学教师，一夜之间却变成了手握耕犁的农民，一个隐忍内敛的农民，他满腹经纶，足智多谋，却一辈子谨小慎微；与牛大胆一生争斗不止，却结成生死之交。灯儿，一个坚强勇敢的农村妇女，一场变故，使她与心上人擦肩而过；一个遗憾，却让她一辈子纠结；她执着守候，终与牛大胆喜结连理。乔月，一个善于周旋于牛大胆和马仁礼之间的女人，精于算计，聪明反被聪明误；她见风使舵，迷失了人生方向和目标；她一生被爱，却不懂得如何去爱人。这些农民血肉丰满，有棱有角，不由得令人心旌摇曳，从心底里发出对农民由衷的慨叹：做农民，挺好！

《老农民》当中的农民坚守人生信条，历经坎坷，生生不息，奋斗不止，却恰恰体现了当今农民兄弟不断追寻幸福生活和追求人生理想的秉性。新中国成立后，以牛大胆为麦香村当家人的贫苦农民分到了渴望已久的土地，而从北平归来的地主儿子马仁礼却一夜之间变得一无所有。牛大胆和马仁礼，既是一对冤家又是一对伙伴，在他们的带领下，一贫如洗的农民依靠勤劳和智慧战胜了天灾人祸，度过了三年自然灾难、文化大革命等特殊时期，最终实现了粮食大丰收。而以狗儿为代表的麦香村新一代农民，不仅把乡镇企业做大做强，而且把生意做得风生水起，红红火火，还带领农民到俄罗斯开荒种地，使农民实现了真正意义上的脱贫致富。牛大胆看着麦香村绿油油的庄稼，对美好的生活充满了憧憬和向往，眼里泛起幸福的泪花。

像牛大胆这种人生坎坷曲折、充满血与泪的农民，在现实农村生活当中俯拾皆是。他们仍然过着"日出而作，日落而息""面向黄土背朝天"的农民生活，然而，生活环境和生存空间却已不可同日而语。而我的家乡朗韶大坡三鼎村，全村20多户，百来人口，祖祖辈辈都是农民，虽然不能与牛大胆式的农民相提并论，然而，在"万般皆下品，唯有读书高"的大时代背景之下，三鼎村人却也变着戏法追求人生理想，一心想跳出农门去。民国时期，有人当兵去了，不但跳出了农门，而且官至云浮县县长，后举家迁居香港。新中国成立后，三鼎村当兵的风气尽管没能发扬光大，然而读书却蔚然成风。四爹可算是读书人中的佼佼者，无论为人处世，抑或品行修为，抑或人格魅力，堪称村中典范。"三让家风须眉珍重千秋笔，鼎隆基业巾帼栽培四季花"，这副楹联蕴含着四爹那种忧国忧民的情怀和秉承吴氏先祖"三让天下"之遗风。如今，三鼎村民风淳朴，年轻人秉承家风，奋发有为，砥砺前行，读完大学而外出工作的不下二三十人，身上始终散发着农民那种特有的淳朴、憨厚、老实、本分的气质，这从本质上说还是农民一个，毕竟父辈们是土生土长的农民，根在三鼎村。

我们无论从事何种职业，都改变不了"农民"这个事实，骨子里流淌的是农民的血，根脉在农村。因而，我们理应把更多的目光聚焦农村，关注农民生产和生活，倾听农民心声，关心农民疾苦。唯有这样，农民的生活才会变得更美好、更和谐、更幸福，我们也更有充分的理由坚信：做农民，挺好！

原载《茂名日报》2015.07.10

曲折的求学之路

如今的农家子弟考取了大学不是什么新鲜事了，亦并非稀罕事了。然而，在 20 世纪中后期的广大农村，谁家子弟要是考取了大学，那可是一件光宗耀祖的大喜事，表明了谁家的祖坟冒青烟了，终有出人头地之日了。我的求学之路，颇具戏剧性，每每想起，别有一番滋味在心头。

20 世纪 80 年代初，桃杏小学在"堡"设有分教点，我的家就在"堡"附近，因而对分教点的情况了如指掌，只有一年级一个班，学生不多，两个民办教师，冷冷清清。到了上学年龄，村中几个小伙伴便萌发到总校读书，报了名，交了学费，领了课本。一周之后，校长说要就近入学，我们无可奈何地折回到"堡"的分教点。读到二年级，终于得偿所愿，回到了总校，班主任还是我的媒人姐夫，同桌是其儿子，我甭提有多兴奋和激动。1983 年，我以优异的成绩考取了大坡中心小学四年级重点班，从此，小小年纪的我便离开了父母，独自走上了求学之路，开始了独立生活之旅。

那时候，大坡中心小学的生活条件着实艰苦，没有早餐，正餐吃的是蒸饭。每天早操和午休之后，学生便早早用自备的饭盅洗好米，调好水，尔后，井然有序地放进木制的蒸饭笼里，而且得牢牢记住自己的饭盅放在哪一层，要不然，就会容易搞错。每到周六上完上午的课，我便步履姗姗地步行回家。周日的午饭后，母亲便开始为我的住校伙食忙碌起来了，把萝卜干或酸菜漂洗干净、切碎、炒热、烘干，然后装进瓶子里，并用一种小型的蛇皮袋装好一周的大米。我背起行囊行色匆匆地赶回学校上晚修，周而复此，直到1986年。小学毕业了，我以两分之差与高州中学失之交臂，唯有选择大坡中学读初中。大坡中学的生活条件较小学要好，不用自备大米和萝卜干之类，交伙食费便行。读到初二，母亲跟随父亲到高州城帮忙打理大排档了，我只身一人留在大坡读书，孤苦伶仃。兄长看在眼里，急在心上，计划把我转学到离高州城近一点的石鼓中学。我当然高兴得不得了，转学手续还没办，便到石鼓中学读了一个月。结果，好事多磨，大坡中学校长认为我的成绩优秀，如果转到石鼓中学会影响大坡中学升学率，不同意转学，后辗转到了高州二中读初二。

入读高州二中，也许一下子适应不了城市生活和学习环境，我的成绩直线下降，中考时被陌生的环城中学（现高州四中）录取。其时，适逢茂名30万吨乙烯上马，到处招兵买马，我有放弃读高中的念头。兄得知我的想法，当头一棒，挨了一顿臭骂，"这么小，不读书，能做什么呀？"打那以后，我再也不敢提打工的事情了。入读环城中学，对数理化不"感冒"，而文科成绩也不拔尖，自认为大学离我太遥远了。90年代初，正值全国各地都在扩大城镇规模，很多农村的家长都舍得花钱为子女办理农转非户口。在肇庆工作的表哥出差封开县，得知渡头乡有大批农转非户口指标，家人一时心血来潮，把我的农村户口迁到了渡头乡转为城镇户口。1992年7月，我辗转到了封开县江口中学参加高考，结果名落孙山，那是意料之中的事。

高考落榜，何去何从？工作抑或复读？我犹豫不决。后来权衡再三，还是选择了回高州二中复读。"从你收到大学录取通知书的那一刻起，你就是国家干部了，努力加油吧！"复读期间，班主任常用这句话来鼓励和鞭策我们这些复读生，我也确实下足了功夫，逛街少了，天天埋头啃书。1993年8月下旬，我得知被肇庆西江大学中文系录取之后，便趁着离开学还有几天时间，独自坐上前往肇庆的火车，再转乘班车到封开县南丰中学领取大学录取通知书，又马不停蹄地跑到渡头乡派出所和粮所办理户口关系和粮食关系迁移证，继而坐南丰镇至封开县城的班车，并连夜改乘"红星"号客轮沿着西江赶回肇庆。当我到达肇庆时已是凌晨4点多，不便打扰表哥，于是坐在表哥家门口直到天明。在90年代初，一个从未出过远门的农村仔，居然有如此胆量和勇气独"闯"千里之外而且人生地不熟的封开县，现在想来有点不可思议，有时候真的很佩服自己的过人胆识，勇气可嘉，这也许就是自幼磨炼出极强独立生活能力的结果。

读大学后，我沉浸于紧张活泼而又多姿多彩的大学生活，积极参加社会实践活动，最有意义而且刻骨铭心的，莫过于有幸参加了1994年11月在肇庆市举办的广东省第九届运动会开幕式大型文艺《百越风流》表演。其时，凡是参加开幕式大型文艺《百越风流》表演的3000多名大中专学生，务必于8月份提前结束暑假回校参加为期三个月的"魔鬼式"文艺表演排练。我当然全力以赴，把每一个动作都烂熟于心，忘我排练，甚至废寝忘食。开幕式如期并成功举行，然而，令人痛心和遗憾的是，个别学生却因劳累过度而病倒了，我也很不幸中了"枪"，不得不休学。经过一年的休养调理，重回学校插班到94级继续学业。眼巴巴地看着与我同时步入大学校门的同学一一毕业离校，我的心都碎了，挥洒着两行泪水送别旧同学之后，重新调整心态，继续追寻大学梦。

往事如烟，世事如棋。艰难曲折的求学之路虽然成了一种青春印记和人生旅途的一个小小点缀，但是回想起却总有一种如鲠在喉、惘然若失的感觉，难以释怀。现在细细想来，但凡世间上的万事万物，不经历风雨怎么见彩虹呢？于是乎，心中顿时豁然开朗。求学之路虽苦，却苦尽甘来，不亦乐乎！

原载《茂名日报》2015.07.15

与农民兄弟打交道是件幸福事

常常听人说，与农民兄弟打交道很难，难就难在农民没有什么文化，素质低，沟通起来很吃力。其实，问题的关键不在于农民没有文化，而是个人思想在作祟，高高在上，不把农民放在眼里。如果抱着这种思想和心态去与农民兄弟打交道，那么很多工作就势必难以开展。

最近，我有幸参与广东茂名健康职业学院的建设和开办工作，而且专门负责学院的征地工作。说起征地，那可不是件好差事，有的敬而远之，有的望而却步，有的摇着头说"难"。其实，与农民兄弟打交道并不像有人说的那么难，我倒觉得农民是最实际的、最纯粹的、最善良的，他们所求，无非就是为了属于自己的那丁点儿利益。可以这样说，与农民兄弟打交道，我有种说不出的况味，而且内心深处总是洋溢着一种幸福感，总觉得自己还是农民一个。

这些天，我几乎天天与农民兄弟打交道，拉家常，侃大山，说农事，谈国事，乐也融融，其乐无穷。然而，说话却得小心翼翼，谨小慎微，稍不留神，或者把握不好分寸，或者不注意火候，就会容易得罪农民，甚至弄巧反拙而导致征地工作半途而废。9 月初，电白区委、区政府把茂名健康职业学院作为一个工作亮点而推向茂名市加快县域发展交流会。学院后面是漫山遍野的荔枝林，经多方努力，已与农民签订了征地协议。为确保参观车辆不走回头路，务必在 9 月 15 日前从山头中修建一条可走中巴车的便道，这难度可想而知。一来政府的征地款尚未到位；二来青苗费也未落实；三来清表工作还没有开始，荔枝木补偿款也没有着落。然而，事关大局，容不得半点儿戏，再难也得上。于是，我找到那艮村党支部书记和东寮山村村长商量，要通路，农民的想法很简单，征地款迟一步倒也没问题，青苗费不到位那就说不过去了。可是，青苗费也不是一笔小数目，起码要 100 多万元，钱从何而来呢？唯有先向学院 BT 项目老板借，青苗费到位后再还，这不失为一条良方妙计。

随后，我们又找到了东寮山村村民代表协商，同意修建一条 7 米宽的便道。钩机老板为方便施工，不由分说便把荔枝林横扫了一大片，结果农民要求赔偿被损的荔枝树，每棵 26 元，至少也得赔偿近万元。而且不能擅自扩大路面，否则停工。"好，没问题。"我一口答应了。过了三天，钩机停了下来，有农民出来阻挠，说钩机钩了他的祖坟。钩了农民的祖坟，那还得了。我赶到现场，看见一男一女坐在地上不让开工。男的说他今年 63 岁，3 岁死母亲，每年都拜祭母亲已 60 年了，突然间，母亲的坟墓却平白无故地就没了，昨晚一夜没睡，况且也没人通知他迁坟。更可悲的是，如今连母亲的尸骨都找不到了。

听着农民的诉说，我的心拔凉拔凉的，一时语塞，毕竟已经错了，连忙向老农民赔礼道歉，并承诺除了政策赔偿外，还给予一定的补偿，但前提是不能阻挠道路施工。很快，老农民的儿子也过来了。他的儿子五大六粗，牛高马大，挺吓人的。我本以为会被臭骂甚至毒打一顿，还会狮子大开口。然而，却出乎我的意料，他们出于对学院工作的支持，只提出赔偿 1 万元了事。这并不过分，我立马答应了，并亲自把 1 万元送到他手上。老农民激动得竖起大拇指，啧啧称赞。

现在看来，做任何事情，尤其与农民兄弟打交道，只要凭着良心做事，心系农民，把农民利益放在首位，而且作为一件幸福的事情、一件辛苦并快乐着的事情来做，那么，任何问题都可迎刃而解。

原载《茂名日报》2015.10.08

父女俩依依

去年 8 月份，适逢暑假，我们三个家庭自由组合，请了工龄假陪伴妻儿走了一趟黄山。与我同行的有一对父女，他们那种孜孜以求、不达目的誓不罢休的精神给我留下了极为深刻的印象。

我们如蜗牛般走在黄山的羊肠小道上，陶醉于风景如画的黄山景色。我们一行当中有对父女，形影不离，一举手一投足，俨然成了黄山的一道亮丽而独特的风景线。父亲胸前挎着长焦相机，女儿手拿手机，一路上有说有笑，时而手拉着手，时而搂着腰，时而挽着臂弯，时而偎依在一起，时而拍照留念，似乎就是一对热恋中的情侣，羡煞旁人。父女俩一边慢走一边欣赏黄山自然景观，走走停停，一会儿我们走在父女俩前面，一会儿父女俩又把我们远远地抛在后面。走累了，我们停下来歇一歇脚，发现父女不见了，原以为他们喜欢拍相肯定会落在后面，意想不到的是，前方不远处却发现父女俩的身影在晃悠。

到达光明顶后，离晚饭时间尚早，大家轻装上阵，决意到"千峰划然开，紫翠呈万状"的黄山西海大峡谷走一走，看一看，或许大有收获呢。崎岖的山路走了一半，雾气逼人，应该没什么看头的，加之山路没有扶栏，挺危险的！于是，我们几个原路折回，可父女俩却坚持要到谷底探探险。晚餐时间到了，父女俩仍没回来，我们有点紧张起来了，担心他们会遇到危险，于是拨通了他们的电话，"快回来了，放心吧。"听对方的语气，也许大有斩获。不一会儿，父女俩果然回来了，一副得意忘形的样子，"有收获，大有收获，快来看看呐！"我们蜂拥而上，父女俩把相机打开，诸如"谷底幽深""石峰簇拥""奇松林立""溪水叮咚"等靓丽景观如蒙太奇般呈现在我们眼前，伟，奇，险，幽，兼容并蓄，美不胜收。大家顿时傻了眼，后悔不已。"世上没有后悔药的，信命吧。"不知谁撂下一句言之凿凿的话。

是的，世上没有后悔药，也没有什么难事。然而，如果做事不上心，没有目标，没有追求，那么，即使再容易的事情也难成事。俗语说得好，"世上无难事，只怕有心人"，也正如父女俩那样，只要有心，有理想，有抱负，有目标，有追求，"咬定青山不放松"，孜孜以求，世上也就没什么难事可言了。现在看来，只要坚信命运掌握在自己手里，善于把握机会，机遇就会眷顾和垂青于你。

原载《茂名日报》2015.11.17

趁 墟

趁墟，作为一种传统农耕文化的产物，作为一种非物质文化遗产，代表了不知多少代人的集体记忆。如果要真正感受原始农贸交易的氛围，体味浓郁的市井生活气息，品尝家乡的味道，感悟农村别样的韵味，那么，我可以负责任地说，趁墟是不二之选。

——题记

趁墟，对于在茂名农村长大的孩子来说，应该并不陌生，可对长期生活在城市的孩子来说，也许就挺觉新奇了，毕竟，城市的孩子压根就没有"墟"的概念。我自幼生活在山旮旯朗韶大坡，提起趁墟自然而然倍感亲切和温馨，总有一种挥之不去的淡淡乡愁，总有一种眷恋故乡的悠悠味道，总能感觉到一种山野间散发的丝丝泥土气息。

孩提时候，常常听村中的大人说大坡墟、朋情墟、古丁墟、马贵墟、长坡墟……每逢墟日，村中的人或三五知己，或携老带幼，或拖男带女，或成群结队步行趁大坡墟。大坡墟离我家不远，大约5里路，父亲也逢墟必趁。在物资匮乏的20世纪七八十年代，要是能同父母亲一起趁一趁大坡墟，那是小孩最快乐的日子，也是一种十分奢望的事情。我多么希望父亲每次趁墟时都能带上自己，可父亲独来独往惯了，连母亲都很少跟随，更不必说不谙世事的我了。当然，有时候拗不过我的纠缠和哭闹，父亲偶尔也会把我带上，这个时候，俨然泪人的我破涕为笑，心里自然乐开了花。

20 世纪七八十年代的大坡墟，只有两条直街和一条横街，街道不算很长，泥沙路面，街边的商铺屈指可数。墟市面积虽然不大，但是每逢墟日，街面上车水马龙，熙熙攘攘，热闹非凡。伫立在横街的供销社百货门市部算得上大坡墟最大型的商场，柜台上摆满了商品，琳琅满目，整齐美观。百来平方米的商场，人头涌涌，密不透风，头顶上的几台大吊扇嗡嗡作响，商品散发出的各种味道与人体的气味交融在一起，充斥着整个商场。尽管空气浑浊得几乎令人窒息，然而却影响不了农民朋友趁墟购物或者凑热闹的狂热劲。

每逢墟日，各地商贩都会坐头班车云集大坡墟，赶早市，多挣点钱养家糊口。车顶上扎着大包小包的货物不说，连车厢也人货混载，挤得水泄不通，严严实实。车一到站，商贩便争先恐后地拎着大包小包，一窝蜂似的直奔直街，抢占有利摊位，芋头、番薯、甜薯、玉米、甘蔗、瓜果、蔬菜、生姜、蒜子等农副产品以及日用商品摆满街边，一应俱全，应有尽有。到了晌午，墟街上的趁墟人越来越多，人山人海，肩并肩，手碰手，脚跟踩脚跟，在太阳的猛烈暴晒之下，人们大汗淋漓，喘不过气来；墟街上人声鼎沸，喧哗声、吆喝声、嬉戏声、说笑声、瓢钵声不绝于耳。趁墟累了，饿了，人们便到大坡墟唯一一间国营饭店憩息。饭店里弥漫着香喷喷的肉汤气味，搅动着每个人的味蕾，令人垂涎。有的要来一海碗白饭伴几片猪头皮，有的要来一个大面包伴一碗清汤，有的干脆来一碗白饭或白粥，吃得倒也有滋有味，嘴角留香。

　　猪行可算是大坡墟最为热闹的地方，猪肉档也设在猪行的旁边，虽然分开经营，但连成整体。猪行里放养着不同品种的猪花、肉猪、母猪，满地猪屎、猪尿，难闻的气味熏得要命，但是趁墟人却视而不见，流连忘返。猪行里时而传出猪的尖叫声，响彻云霄；猪肉档的吆喝声此起彼伏，划破长空；讨价声和还价声糅合在一起，震耳欲聋，根本分不清说什么。不习惯的当然避而远之，我倒也习惯这种场面。每逢趁墟，父亲必到食品站找朋友聊天，我独自留在猪行看玲珑可爱的小猪花，切身感受猪索佬（经纪人）游说买卖猪花的深厚功力，久而久之也就习惯了那里的环境。我村就有个猪索佬，能说会道，每逢墟日都能见到他忙碌的身影，游说于买卖之间，一时满脸堆笑，一时双手比划，一时和风细雨，似乎一切都游刃有余，而且掌控得恰到好处，凭着三寸不烂之舌，不一会儿工夫就能促成一单买卖。

　　大坡粮站酿造的米酒久负盛名。父亲好酒，每次趁墟必到粮站与朋友聚一聚，喝上几杯醇香的米酒。我习惯性地待在粮站门市部，看农民如何籴米，如何粜米。"籴米五斤。"农民一进门市部便扬起手中的米袋叫嚷着，并把米袋的袋口往柜台外的出米口一套，只见工作人员用手轻轻一拉绳子，就能听到天花板上的大米斗哗啦啦的响声，一眨眼工夫，白花花的大米就从出米口滑了出来。年幼懵懂的我看得目瞪口呆，一头雾水，似乎着了迷，久久不愿离去。也许，这就是孩提时的一种童真，一种童趣，一种好奇，一种好玩。

20世纪七八十年代，物资匮乏，经济拮据，农民一般只有墟日才能进行物物交换，用粮食换取粮食或生活生产必需品。那时候，只要交一点管理费，大约5分钱，农民就可以把竹筐、扁担、烟筒、箩筐、竹篮、猪笼等农家产品拿到墟上摆卖，自由交易，不需给固定场租。如今，茂名农村集市尽管开设有形式多样的超市或自选商场，装饰新颖别致，高雅大方，然而，上了年纪的人却还是喜欢趁墟，个中缘由，现在的年轻人可能无从知晓。趁墟，人们可以根据新鲜而丰富的商品，名正言顺地讨价还价，一种传统的市井生活气息扑面而来。趁墟，仿佛全村人甚至全镇人都来了，热热闹闹，快乐无比。说白了，趁墟，就是去凑热闹，而这种热闹，并非我们常说的那种，而是一种氛围，一种乐趣，一种玩乐，一种享受，在现代大超市是无法感受得到的。

随着城镇化建设步伐的加快，大坡镇委、镇政府致力开展蓄水美城工程，对大坡墟作了全面布局调整，重新规划建设了农贸市场，沿着大坡河岸修建硬底化沿江路，安装了路灯，使大坡墟与贺口村委会连成一个整体，墟镇面积扩大了好几倍，昔日的墟市逐渐被随处可见的商店、超市、电商所替代，现代商业气味十分浓厚。

一个随时随地都可以"买买买""卖卖卖"的年代，一个作为农耕文明产物的墟市，时至今日，尽管还未全然消失，却夹缝生存，举步维艰。随着商业化的迅猛发展，趁墟的意义和性质发生了变化，趁墟的概念也日渐式微。令人欣慰的是，"墟"作为一种买卖的形式至今依然存在，毕竟，墟市象征着昔日农村的繁华和辉煌，象征着社会主义新农村建设的日新月异，象征着农民日子蒸蒸日上，生活比蜜甜。

趁墟，作为一种传统农耕文化的产物，作为一种非物质文化遗产，代表了不知多少代人的集体记忆。如果要真正感受原始农贸交易的氛围，体味浓郁的市井生活气息，品尝家乡的味道，感悟农村别样的韵味，那么，我可以负责任地说，趁墟是不二之选。

原载《茂名日报》2016.07.15

驻村的日子

过去常常听驻村干部说，驻村工作辛苦，生活清贫，工作很难开展，尤其偏远的乡村，交通落后，信息闭塞，给生活和工作带来诸多不便。要是到了晚上，山村万籁俱寂，不习惯农村生活的，心里瘆得慌。这个时候，驻村干部可以做的事情只能是读书看报或看电视或早早进入梦乡。最近，我有幸挂任精准扶贫驻村第一书记，当了一回驻村干部。驻村的日子虽然辛苦，但过得挺充实，意义非凡，并不像其他驻村干部所说的那样生活凄凉，工作不顺心。也许，这与我在乡镇工作过有关，工作开展起来倒也得心应手，顺风顺水。

今年6月下旬，我代表茂名健康职业学院驻贫困村坡心镇七星村任第一书记，与帮扶单位省渔政总队珠海支队一起共同负起精准扶贫的重担。当接到这个任务的时候，我不加任何思索便应允了，毕竟，我未曾当过驻村干部，也想下农村去锻炼锻炼，尝尝驻村的滋味，况且，可以与农民兄弟打交道，交朋友，何乐而不为呢。

其实，要做好第一书记工作也并非易事，毕竟农村工作不同机关，每天面对的是没有多少文化、素质不那么高的农民兄弟，而且农村情况复杂，问题突出，纠纷多多，矛盾重重，稍不留神，就会冲撞农民兄弟，甚至造成不良后果。为了掌握驻村第一手材料，我上网查阅了七星村的具体方位和基本村情，提早几天驾车走了一圈七星村，对七星村有了初步了解。7月初，我到七星村报到，村支书潘营带着全体村干部在村委会迎接我这个不速之客。开了个简单会议之后，潘书记便带领我走家串户，倾听民声，了解民意。

七星村的村场很大，笔直宽敞的七星大道贯穿七星村，沿着袂花江（沙琅江）堤向东走便是茂名大道，交通倒也便利。七星村近7000人，是坡心镇最远的一个村庄，来回一趟要走三四十公里，按当地人的法说，七星村就是坡心的"西伯利亚"。七星村紧邻袂花墟，是典型的人多地少村庄，人均不到3分。七星村没有集体企业，没有工业发展用地，集体收入少，村民唯一的经济来源就是那一亩三分地，或种稻谷或种蔬菜，经济效益不高。有的村民外出打工，有的做小买卖，生活并不富裕，日子过得紧巴巴。七星村有贫困户107户335人，从中便可窥见该村是名副其实的贫困村。村中大老板少，难怪在轰轰烈烈的教育创强活动中只筹到捐款20来万元，这对于一个近7000人而且拥有两间小学的大村来说，确实杯水车薪。穷之故，个别自然村也无法筹到修路款，村道至今仍然没有硬底化，一到雨天，路面坑坑洼洼，村民寸步难行，苦不堪言。从潘书记的语气当中，希望以精准扶贫工作为契机，帮助个别自然村完成硬底化村道，解决行路难问题，并借助这股东风发展产业项目，带领村民脱贫致富。

珠海渔政支队驻村扶贫工作队长杨伯山到位后，多次走访了高新区七迳镇养殖专业户和电白马踏、黄岭、林头蔬菜基地。我也多次参观了市府办驻坡心镇排河村扶贫项目，并与驻村队长柯成促膝长谈，畅聊扶贫发展大计，希望资源共享。排河村与七星村都是坡心镇的贫困村，排河村有 2000 多人，贫困户 40 多户，而七星村的人口却是排河村的 3 倍，贫困户也有 2 倍多，足见七星村的扶贫任务相当繁重。排河村的产业扶贫项目 6 月初就动工了，先搞了一个荒地复耕项目，接着又发展一个脱贫葡萄产业园，目前，该项目的各项工作有条不紊地推进。七星村作为一个人多地少的村庄，如果没有一个产业扶贫项目作为支撑，贫困户难以脱贫。于是，我与杨伯山多次交流沟通，最后决定以农村合作社形式发展大棚蔬菜，通过租地或以地入股的方法来种植，以"合作社＋公司＋基地＋农户"模式实行统购统销。这样，不但可以安排有工作能力的贫困户到蔬菜基地工作，增加经济收入，加快脱贫步伐，而且可以带动其他农户种植蔬菜，共同发家致富。令人欣慰的是，该项目正紧锣密鼓地进行；投入 50 多万元的最后 2 公里硬底化村道也动工建设了。

　　驻村的日子，辛苦并快乐着。有心栽花花盛开，这是每个驻村干部所希望的，也是各级党委、政府所乐见的，更是每个贫困户所期待的，但愿驻村的日子越过越有滋味。

原载《茂名日报》2016.10.25

紫 菡

　　紫菡的降临，我们虽苦犹乐。但愿紫菡像荷花一样出淤泥而不染，濯清涟而不妖，中通外直，不蔓不枝，香远益清，亭亭净植，可远观而不可亵玩焉，洁身自好，将来成为国家有用之才。

——题记

　　也许是上天的眷顾和命运的安排，今年农历七月二十四注定是一个不平凡而刻骨铭心的日子。这一天，一个小生命比预产期早 20 多天降临了人间，她就是我的小女儿——紫菡。小女儿的降临，给家庭带来了无限的欢乐和温馨，也平添了几许艰辛。像我们这些"70 后"，要孕育和抚养一个小生命，那是多么艰难的事情。然而，既然国家全面放开了二孩政策，那么，趁年轻生个二孩也不是什么坏事情。

　　小女儿的降临，我夫妻俩自然乐开了花，家人也跟着笑口常开。为了小女儿，我们每天都忙得不可开交，累得够呛，腰酸背痛是常事。然而，只要小女儿听话乖巧，健康快乐，茁壮成长，即使再苦再累那也值得，这是天下父母的心愿和期许。为了给小女儿起个名字，我和妻子可谓煞费苦心，不仅搬出了新华字典，一字一词来比对，还上网搜索查阅有关资料。首先跃入眼帘的便是"菡萏"一词，荷花的别称就是菡萏，古人称未开的荷花为菡萏，即花苞、花骨朵、花蕾。据说，荷花的花语就是信仰，具有坚贞纯洁、高洁大方的品格，不与世俗同流合污。"紫"，从"此"从"糸"，"糸"指"系列"，"此"意为"就近""近处"，"此"与"糸"联合起来表示"彩虹的色条系列之距人最近者"，意为彩虹的红、橙、黄、绿、蓝、靛、紫7个色条中由外向内数第七条颜色。紫色，由温暖的红色和冷静的蓝色化合而成，是极佳的颜色，代表了权威、声望、深刻、精神，也代表了优雅、高贵、魅力、自傲、神秘。于是乎，我们便确定了"紫菡"这个名字。

满月这天，紫菡大约8点就醒了，喂完奶便为她洗浴更新衣，接着又睡着了。众所周知的原因，我只邀请了农村的亲戚和兄弟姐妹，安排几桌简单的便饭算是紫菡的弥月宴了。在高州农村生活了一辈子的几个舅父舅母，那天早上7点乘坐大坡客车，辗转9点多就到了茂名。当他们敲开家门的时候，我们喜出望外，简直不敢相信自己的眼睛，想不到远在100多公里的舅父舅母这么早就到了茂名，足见舅父舅母们的心情也跟我夫妻俩一样兴奋、激动。我们赶快迎接他们进屋，沏上茶，递水果，还有中秋月饼。紫菡的弥月宴在市区一酒店举行，那天来了很多亲戚，很是热闹。说来也奇怪，平时稍有动静，紫菡都会醒过来，即使不醒双手也会无规则地向上张举，眯着双眼，不一会儿双手又会自然放下继续睡觉。可是今天，紫菡就是睡得很沉很香，不哭也不闹。弥月宴结束时已是下午2点多了，刚回到家，小家伙醒了，只见她伸了伸懒腰，抿了抿嘴，哭了，应该是饿了吧！哦，不是，原来是撒尿拉屎了。你看，就这么奇怪，在酒店时就十分担心她来这么一手，结果，我们的担心又似乎是多余的。我想，难道她潜意识里就知道当天是自己的满月，想让我们高高兴兴地庆祝自己的满月而安心睡觉？由此看来，有些事情真的说不清道不明。

转眼两个多月过去了，紫菡长得特别棒，吃喝拉撒睡很有规律，然而，她的哭闹也逐渐多了起来。白天喝完奶，她不再立马睡觉了，而是要人陪她在床上玩；玩了不大一会儿，总会无缘无故地就哭闹，任由你怎样哄都无济于事，甚至变本加厉。时间长了，似乎发现了一些端倪，她的鼻子里常有鼻屎，偶尔会打喷嚏，想为她掏而又掏不了，鼻孔小，而且小头总是不停地晃，根本不敢下手。当她熟睡了，我便一手拿着手电筒，一手拿着小耳挖小心翼翼地慢慢掏。有时候她的鼻子酸了，小头又动了起来，小手也不由自主地往鼻子上摸，于是，我立马把小耳挖拿回来，以免戳伤鼻子。这样几次来回，好不容易才把鼻屎掏出来，可第二天又有了，每天我都得想方设法为她掏鼻屎，清洗鼻孔。

哭闹的时候，有人帮忙还好，如果没有旁人，就自己一个，那么即使有三头六臂也忙不过来，我就经历了一次这样的事情。10月7日这天下午，岳母回乡下了，妻子有事也出去了，只有我一人在家照看熟睡的紫菡。4点左右，紫菡醒了，我急忙抱起她。一开始，她挺听话，挺乖巧，不哭也不闹，小眼睛碌碌转，四处张望，时不时伸出小舌头舔舔小嘴唇，小手生硬地乱舞，小腿也无规则地乱动。好景不长，小嘴巴嘟了起来，哭了，我不停地哄，拍她的后背，抚摸她的小头，可就是不顶用。打电话给妻子却偏偏又不接，我只好狠心地把紫菡放在床上，让她独自躺着，便匆匆忙忙冲奶去。这个时候，她越发哭得厉害，声嘶力竭，看着那可怜兮兮的样子，心里一阵酸楚。我冲好奶，正准备喂奶，她却拉了一大泡屎，由于哭闹和屁股不停地挪动，使得衣服、屁股、围巾沾满了屎，我只得用热水一一抹去。不久，她又撒了一泡尿，把刚换上来的新衣服全弄湿了。哭闹声渐渐变小了，我急忙把奶嘴送到她的小嘴，她一口气把整瓶奶喝得一干二净。此时此刻，尽管正值秋高气爽时节，然而我却汗流浃背，全身湿透，俨然落汤鸡。看着入睡的紫菡，我会心地笑了笑，心中泛起阵阵涟漪。

紫菡的降临，我们虽苦犹乐。但愿紫菡像荷花般出淤泥而不染，濯清涟而不妖，中通外直，不蔓不枝，香远益清，亭亭净植，可远观而不可亵玩焉，洁身自好，将来成为国家有用之才。

原载《茂名日报》2016.11.04

晚 叔

晚叔带着未了的心愿走了，亲人的悲痛难以名状。尽管晚叔已驾鹤西去，然而，他的音容笑貌和那种永不放弃的精神却永远留在我们心底。

在我的记忆当中，无论遇到什么困难抑或挫折，晚叔始终保持乐观、开朗、积极、向上的心态，永不放弃，笑口常开。20世纪七八十年代，他是赤脚医生，医术过硬，态度和蔼可亲，毕恭毕敬，在家乡小有名气。那时候，我还没上学，三鼎村的小朋友最怕晚叔，只要看见他背着小药箱回家，我们一溜烟似的撒腿就跑。晚叔当赤脚医生赚了钱便想着修建房子，先把旧屋旁边坡地上的两棵亭亭玉立的菠萝树砍了，白天除了看病，一有工夫就拿铁铲、锄头和畚箕一边挖泥土，一边独自挑泥土，尽管大汗淋漓，气喘吁吁，可从不喊苦不喊累，着实挺不住了便停下来，大口大口地抽大碌竹。我与小伙伴看见晚叔这么埋头苦干，便主动走过去帮一下小忙。这时候，晚叔便急忙放下手中的大碌竹，与我们一起挖泥土、装泥土、挑泥土，还为我们讲童话故事，说笑话，逗得我们乐翻了天。

20世纪90年代初，晚叔的大儿子锋大学毕业了，安排在茂南区人民医院工作,晚叔决定弃医从商,跟随大儿子来到茂名,在茂南开发区站南路租了一间商铺做起经营饭店的生意。那时候,茂南开发区刚刚起步,仍是一块处女地,人迹罕至,略显荒凉。由于流动人口少,加之经营不善,饭店维持不久就关闭了。第一次经营饭店失利后,晚叔不气馁,另谋出路,辗转租用了某学校的路边商铺继续经营饭店,生意挺火爆。可是好景不长,学校加强了管理,禁止学生外卖,并把那条旧路的小门口封了,如此一来,饭店的生意日渐式微,晚叔再次把饭店关了。后来,晚叔又干起了促销矿泉水的生意,足迹遍及茂名、湛江、阳江以及乡镇,甚至广西玉林、北海、北流等地。可以说,促销矿泉水不仅使晚叔增长了见识,开阔了视野,而且为茂名产地矿泉水打开销路立下了汗马功劳,也为晚叔平凡的人生平添了亮丽的一笔。随着年龄的增长,晚叔再也干不了东奔西跑的粗活重活了,然而晚叔不言老,也不愿放弃工作,于是,新福食街的酒店或楼盘也就经常看见他的身影,指挥顾客或业主泊车,工作认真负责,兢兢业业。

　　晚叔喜欢喝酒。我如果有应酬,常常把客人喝剩下的酒倒在酒瓶中存起来,存满瓶之后就通知晚叔来取,这样,晚叔每天都可以喝上一二两酒。2017年下半年的一天,我又存满了一瓶酒,打电话要求晚叔来取,他却说在一次下班途中,被车蹭了一下,虽然没什么大碍,但是身体大不如前,可能是腰椎增生,经常引起腰部疼痛,敷贴一下便作罢。堂兄锋看见晚叔身体没什么也就不带他到医院做详细检查。11月初,我的外甥通通从部队退伍回来,在高州一间酒店宴请亲人。那天晚叔也参加了家宴,就坐在我旁边,我发现晚叔精神状态不佳,饭量少了,一小杯的白酒也喝不完。我关切地询问了一下,晚叔说镶牙处理不善导致牙疼。

晚叔这么一说，我也没多想什么。

过了几天，堂兄锋请我们兄弟吃饭，说有要事商量。饭桌上，我发现堂兄弟锋和超不对劲，平时有说有笑的锋和超却变得神色凝重，一言不发。过了一会儿，堂兄锋掏出手机，指着保存在手机里的 X 光片，哽咽地说晚叔得了肺癌晚期，癌细胞已转移到嘴巴，左下颌的骨头已被侵蚀了。在场的兄弟们听到此消息，简直是晴天霹雳，一时天旋地转。此时此刻，坐在堂兄锋旁边的堂嫂杰眼睛湿润了，泪水哗啦啦地往下掉。经过商量，我们决定把晚叔送到茂南区人民医院进行保守治疗，并且要对晚叔和晚婶保守病情。

2018 年元旦过后，堂兄锋把晚叔送进了医院，说是治疗，其实只是尽人事罢了。晚叔住进医院后，左腮肿得有拳头般大，疼痛得寝食难安。晚婶日日夜夜陪伴在晚叔身边，寸步不离。无论亲朋好友抑或医务人员都瞒着晚叔、晚婶，不敢透露半点晚叔的病情，统一口径说是普通牙痛。晚叔曾当过赤脚医生，懂得一点医学常识，他认为左腮那个拳头般大的肿块，只要做切除手术便能痊愈出院。每次看望晚叔，他都要求我同他的儿子和其他侄子商量，尽快到广东医科大学附属医院找专家教授治疗，他甚至还私自跑回高州找当牙医的老同学看病或四处找民间偏方。春节前几天，晚叔又来电话，吩咐我一定要与在广东医科大学读研究生的侄孙商量，帮忙找专家尽快做手术，我也满口应允。显而易见，晚叔的求生欲望相当强烈，而且对美好的生活充满希望和憧憬，有一种不达目的誓不罢休的做派。

春节过后，我因工作繁忙，有一些时间未到医院探望晚叔。后来从堂兄锋得知晚叔的身体每况愈下，嘴巴虽然不疼了，但是全身疼痛，手脚浮肿，有的皮肤开始溃烂，连打点滴都困难，说话也很吃力。我忙里偷闲看望晚叔,此时的晚叔在晚婶的搀扶下勉强能坐起来聊天,他的心愿仍然是尽快找专家做手术。3月22日下午,我突然收到堂兄锋发来的短信:"松,我爸可能过不了今晚。"我提前下班赶到医院,看见晚叔一动也不动地躺在床上,眼睛半眯着,张着嘴巴吸氧,很明显已昏迷了。晚婶说晚叔前一天急于弄消左腮那拳头大的肿块,用力刷牙导致流血不止,本来就虚弱的身体哪里经得起这般折腾。之后,晚叔昏迷了,再也没有醒过来。当天晚上,堂兄锋发来短信:"十点四十五分,我爸走了。"

晚叔真的走了,走的时候还不知道自己的真正病因,连晚婶也是在晚叔走的前一天才知情。晚叔作为一介农民,老实巴交,为了追求美好幸福生活,为了儿女过上好日子,直到病发的那一刻仍然不忘为实现人生理想而疲于奔命,勤勉工作,这种永不放弃的精神值得吾辈学习。

原载《茂名日报》2018.04.13

结缘省运　情定肇庆

2018 年 8 月 8 日，时隔 24 年，肇庆市再次迎来了体育盛事
——广东省第十五届运动会在肇庆新区体育中心隆重开幕。开幕
式以"新时代，新广东，新肇庆"为主题，展现"绿色省运，砚
玉肇庆"独特风采，彰显肇庆生态优势和绿色发展理念，展示肇
庆享誉海内外的端砚工艺品独特魅力和深厚历史文化底蕴。此时
此刻，我的记忆回到了 24 年前在肇庆举行的省九运会开幕式大
型文艺表演。

结缘省运　虽苦犹乐

1994 年 6 至 7 月，华南地区受到强热带风暴的影响，普降特
大暴雨，西江经历了百年不遇的两次特大洪水。肇庆市委、市政
府一方面组织灾区人民重建家园，另一方面举全市之力筹办广东
省第九届运动会。开幕式作为运动会的点睛之笔，肇庆市委、市
政府高度重视，决定从大中专院校中挑选 3000 多名学生参加开幕
式大型文艺表演。8 月，正值学生暑假，参加表演的学生都提前
结束假期，回校参加为期 3 个月的排练。那时，我正在肇庆读大

学，有幸参与其中。

省委、省政府对省九运会高度重视，提出了"热烈、隆重、精彩、圆满"和"高标准、高水平、高质量"的要求，以激发运动员奋发拼搏、创造新纪录的精神。为了树立肇庆作为国家历史文化名城、风景旅游名城、新兴工业城的新形象，肇庆市委、市政府把开幕式大型文艺表演命名为《百越风流》。这台文艺表演以肇庆山美水美人更美为题材，通过艺术表演形式再现肇庆古老的传统文化和古端州人民的勤劳勇敢，展现当今肇庆的壮丽河山和改造自然、建设家乡的精神风貌。开幕式大型文艺表演《百越风流》第一场《千舟竞发》排练场地设在西江大学。学生用汗水再现了当代大学生的风采，用意志和毅力筑起了固若金汤的龙骨，用信念竖起驶向理想彼岸的风帆，用实际行动展现了肇庆人民神采奕奕的精神风貌。

炎炎夏日，每当太阳从东方升起，地上就像着了火，吹来的风也是热乎乎的。作为《千舟竞发》节目表演的906名西江大学学生，半蹲半跪在排练场上，手、眼、脑、脚四管齐下，毫不放过导演示范的每个高难度动作。脸被太阳晒得通红，汗水浸湿了衣服。导演对我们要求极为严格，每个动作都要验收才能学新动作，任何人都难以滥竽充数，蒙骗过关。面对如此隆重的体育盛事，我们谁也不敢敷衍了事。记得8月27日当天，12号台风猛烈袭来，狂风暴雨大作，分场导演再三要求停止排练，休息一天。然而，我们却一致要求顶风冒雨奋战到底。导演为之感动，一声令下，排练开始。只见排练场上，表演"水"的同学，在泥泞的场地上一会躺一会跪；"划艇"组的女同学，在地上打滚，毫不把风雨放在眼里；"龙舟"组的男同学，有着天生无畏的男子汉气概，赤脚上阵，"泥花"四溅，呐喊声此起彼伏，即使膝头跪破了也从不呻吟一句；导演们和指导教师打着雨伞，冒雨亲临指导。拼搏奋战之后，个个气喘吁吁，尽管变成了泥人，然而我们却笑了，笑得很甜很甜。《千舟竞发》主题歌也许道出了我们此时的心声，"我们共有一片蓝天，我们共有一道地平线，我们同在一条船上远航，拥有一个共同的信念。我们共有一声呐喊，我们共有一张双桅帆，我们同在一条船上远航，拥有一个共同的信念：手拉手肩并肩，风雨同舟西江边，情相系心相连，同舟共济到永远。"

后来，我把排练的所见所闻和亲身经历，采写成通讯《让千舟竞发，为省运增辉》投到《青年周报》，1994 年 10 月 14 日，该报在头版头条套红标题刊登，文章还被评为由肇庆市新闻出版管理办公室、肇庆市新闻工作者协会联合举办的"迎省运"好新闻（文字类）三等奖。

百越风流　气势恢弘

广东省第九届运动会在肇庆举行，不仅牵动了西江两岸 500 多万人的心，也牵动了全省乃至全国人民的心。那时，肇庆没有一座像样的体育中心，肇庆市委、市政府高瞻远瞩，从全市社会经济发展全局出发，动员全市人民和社会各界力量，投资 2.1 亿元兴建一座占地 400 多亩的现代化体育中心。消息传出，引起肇庆各界积极响应和广泛关注，掀起了"献出每一分热心和爱心，为世纪工程添砖加瓦"捐款热潮，全国各地的热心人士 10 元、20 元……汇款单如雪花般纷纷飞向肇庆体育中心建设总指挥部。

1994 年 11 月 6 日，省九运会开幕式如期在肇庆体育中心举行。下午 2 点，拥有 2.5 万个座位的肇庆体育中心体育场座无虚席，坐满了中外来宾和热情的观众。著名的广东跳伞队在体育场上空表演了精彩的飞行跳伞，当手持国旗、会徽标语的男跳伞队员和扮演成仙女的女跳伞队员降落体育场中央的时候，全场掌声雷动，经久不息。4000多名青少年表演者和工作人员参加开幕式大型文艺《百越风流》表演，演出场景气势恢弘，绚丽多彩，令人叹为观止，开创了省运会开幕式大型文艺表演的先河，实现省运会开幕式文艺表演规模和水平新突破。

时任中国奥委会名誉主席何振梁对开幕式赞不绝口，"开幕式组织得好，《百越风流》演得好，比刚刚结束的广岛亚运会还要好。"

的确，省九运会开幕式大型文艺表演是肇庆有史以来规模最大、档次最高、耗资最大的文艺表演活动，既有省一级运动会开幕式水平，又富有肇庆地方特色；既有气魄、有气势、有气场，又极富创造性。"想不到搞得这么好，想不到场景这么壮观，想不到效果这么佳，达到了国际级水平。"时任中央电视台文艺部主任朱海连用三个"想不到"给予高度评价。

绿色省运 茂名加油

24年，弹指一挥间。2018年8月8日，肇庆市再次迎来了体育盛事——广东省第十五届运动会。开幕式以"新时代，新广东，新肇庆"为主题，以"绿色省运，砚玉肇庆"为省运会主题口号。

肇庆市建设省运会场馆注重功能性与人文性相统一，把中国特色、岭南文化元素融入场馆和设施设计中去。举办省运会开闭幕式的肇庆新区体育中心，由专业足球场、综合体育馆、训练馆和足球公园等构成，屋面采用国内首例不锈钢连续焊接屋面系统，BIM 技术落地总结在"龙图杯"大赛中荣获全国一等奖，项目钢结构工程荣获中国钢结构最高奖——"金钢奖"，这为肇庆展现"精彩省运、绿色省运、节俭省运、廉洁省运"，展示"绿色省运，砚玉肇庆"独特风采抹下了浓墨重彩的一笔。可以这样说，广东省第十五届运动会成了新时代省运会新的标杆。

会徽、会歌、吉祥物集中体现了省十五届运动会主题口号"绿色省运　砚玉肇庆"的深刻内涵。肇庆端砚位列中国四大名砚之首，历史文化底蕴深厚，四会是全国最大玉器加工和销售集散地，广宁玉独具特色；会徽的设计充满象征意义，荷花是肇庆市花，盛开的荷花造型中央是一颗结果的莲蓬，祝愿运动员取得佳绩，外延的荷花花瓣象征肇庆人民全力支持省运会，办好省运会，当好东道主；吉祥物"庆庆"是以肇庆倡导绿色环保的吉祥鸟和广东省省鸟白鹇鸟作为造型的卡通形象，惟妙惟肖，栩栩如生，象征"绿色省运"的绿色环保理念。

会歌《绿色的力量》，节奏明快、舒展，旋律感人、大气，充满正能量，富有感染力，唱出了南粤大地山水相融的无限风光，召唤运动员内化于心，外化于行，凝聚精神力量，奋力拼搏，表现出一种奥运精神、一种友谊桥梁和一种责任担当。

就在不久前，一个令茂名人民振奋的消息传来：我市获得2026 年广东省第十七届运动会承办权！这是茂名建市 59 年来首次成功申办省运会。此次申办成功，为茂名带来了一次展现形象、凝心聚力、提升自我的良机。省运会申办成功，是茂名的一件大喜事，更是推动茂名城市建设发展的一次难得的历史大机遇，标志着茂名的经济社会发展将开启崭新篇章！

　　如今的茂名，在风雨兼程中实现了自我蜕变。茂名将举全市之力，办一届绿色、为民、精彩、节俭的省运会。为省运加油！为"好心茂名"争光！

原载《茂名日报》2018.08.13

大美七星

　　七星是电白区坡心镇管辖且距离坡心墟"最远"的行政村，茂名市 180 条省定贫困村之一。所谓"最远"，我认为有两层意思，一是距离坡心墟最远，这是从概念上说的"远"；二是穷之远，地缘本来就远了，再加上穷，那就显得更远了，甚至说最远。七星既然那么偏远，穷得叮当响，那么，为何又有"大美七星"之誉呢？七星，一个既有深厚历史文化底蕴，又充盈着新时代气息的美丽城郊型乡村，民俗风情风貌富有地方特色，人性的美独具魅力，不得不让人从内心深处发出赞叹——大美七星！

　　七星是典型的人多地少的城郊型乡村，毗邻袂花墟，地缘优势明显。然而，作为一条近 7000 人的大村庄，既没有山地，也没林地，农田更是少得可怜，人均不到 2 分，因而，当地的村民唯有充分利用得天独厚的水资源优势发展生产。宛如绿飘带的沙琅江（袂花江）蜿蜒横穿七星全境，正是这条沙琅江把七星一分为二，依靠渡船往来。沙琅江的两岸长满杂木、杂草和竹子，枝繁叶茂，葱葱茏茏。冠状如盖的水翁木苍翠挺拔，每到夏天，树上缀满红里透黑的水翁果，馋涎欲滴，甜甜的，酸酸的。我驻七星村扶贫 3 年，每每驻足水翁木前，看着既熟悉又陌生的水翁木，浮想联翩，仿佛又回到了山区朗韶大坡生活的孩提时光，满满的童年记忆。

七星因有沙琅江而变得水资源丰富，土壤肥沃，适合各种各样的农作物生长，稻谷、蔬菜、花生成为七星群众传统种植的农作物。也许受到种植技术和传统观念的影响，传统种植没能形成规模化发展，经济效益差，收入不高，群众生活水平偏低。基于此，驻七星村扶贫工作队决定打破传统产业，挖掘发展特色产业，投入资金 150 万元建设扶贫蔬菜基地，全面促进全村产业升级。我清楚记得，2016 年 7 月初，正值水稻收获季节，为了建设扶贫蔬菜基地，我和珠海渔政支队的杨伯山可谓殚精竭虑，不遗余力。晚上，组织村干部、村长、群众召开大会，一边做群众思想工作，一边与群众签订租地合同。有的群众思想不通，便挨家挨户上门做细致工作，讲扶贫政策，算经济收入账，出致富点子，谋发展路子，动之以情，晓之以理。我们的真情和真诚打动了群众，大家很爽快地在租地合同上摁下了鲜红的手指印。白天，我们与村干部、村长手拿皮尺、红油漆、铁锤、钢条等生产用品，冒着酷暑烈日，汗流浃背地量土地，做标记，做登记，不诉苦也不说累。经过两个多月的奋战，100 多亩的土地终于整合完毕，接下来便是热火朝天的蔬菜基地建设。为了真正让农业增产、农民增收，我们另辟蹊径，创新经营模式，成立高圳车种养专业合作社，以"公司＋合作社＋基地＋农户（贫困户）"模式进行管理运营，推广种植苦瓜、白瓜、四季豆和北运菜。以"党建＋"作为引领，实施红色引擎计划，开展一党员一贫困户帮扶制度和党员联系户制度，发挥党员在打造"党建＋"产业扶贫品牌的先锋模范作用，引导群众参与蔬菜基地管理，群策群力，集思广益，广集民智，确保每一分扶贫资金都用在刀刃上。功夫不负有心人，2017年、2018年两年贫困户分红近80万元，人均收入超万元。"把家中一亩多的闲置田地出租给合作社，每年收租金1000多元，合作社还请我到基地干活，按日取酬，年底还可分红。"说起扶贫蔬菜基地，贫困户李碧莲眉飞色舞，脸上挂满了幸福感和获得感，更写满了一种说不出的七星之美。

七星的扶贫工作凝聚了驻村扶贫工作队和村干部的汗水，凝结了七星外出乡贤的鼎力支持。可以这样说，如果没有外出乡贤的支持，扶贫蔬菜基地不仅建不起来，脱贫攻坚和新农村建设更无从谈起。三年的脱贫攻坚，潘森是我所认识的七星乡贤当中比较热心公益事业的一个，无论扶贫蔬菜基地建设，抑或新农村建设，抑或贫困户危房改造，抑或处理历史遗留问题，抑或处理邻里矛盾纠纷，抑或办理村中大小事务，他都会为我们出谋划策，亲力亲为，出钱出力，毫不吝惜。有了乡贤潘森的鼎力帮助，我们的扶贫工作自然少走了很多弯路，村中的很多工作开展也由被动转为主动。"三清三拆三整治"是新农村建设的基础性工作，单单这一项就足以令我们头疼不已。群众不理解、不配合、不支持，怎么办？硬来显然不现实，只能做群众工作。一个外来的驻村扶贫干部，村民既不认识你，也没有群众基础，要想做好群众工作谈何容易，村民搭都不搭理你。我记得，为了扩建沟仔村的环村大道，个别群众不但不肯让地，还阻挠施工，我们不得不请潘森出面做群众工作，他一出手，果然不同凡响，事情很快便搞定了。大美七星不仅是生态环境的美，更重要的是人的心灵之美，人性之美。

七星作为省定贫困村，如何打造美丽的城郊型乡村，这是驻村扶贫工作队的重要任务之一，也是坡心镇委、镇政府必须完成的新农村建设硬指标。全村20条自然村，选准突破口，找准切入点，典型引路，以点带面，这是新农村建设的关键。面对沙琅江两岸的良好生态环境，驻村工作队几经商量，敲定了以石屋、力竹车、坡仔等自然村作为新农村建设的重点，结合中德大道贯穿七星全境的区位优势和百亩蔬菜基地，借助电白区政府把七星、清河、排河等村打造成为省级社会主义新农村建设示范片的发展机遇，整合和盘活土地资源，建设党建公园、好心公园、篮球场、垂钓观光台、休闲绿道、巷道硬底化，开展人居环境整治工程、村村通硬底化工程、亮化工程、雪亮工程等建设，打造一河两岸休闲农业观光带。河岸的格桑花次第绽放，小花争奇斗艳，向日葵花笑容灿烂，招蜂引蝶，游人如织，赏花游玩，拍照留念，河边垂钓，尽享乡村田园、河岸乐趣。可曾想，这里原是淤泥沼泽，杂草丛生，一片荒芜，后经改造绿化美化，成为七星一道靓丽的风景线，令人赏心悦目，美不胜收。一部作为献礼茂名建市 60 周年，推介茂名旅游、特色特产和茂名"十大名片"的影视作品《面朝大海春暖花开》，许多茂名美丽的田园风光和乡村镜头就取自沙琅江七星花海和大美七星。

大美七星，是勤劳的七星人脚踏实地干出来的，是勇敢的七星人撸起袖子加油干出来的，由此而形成的吃苦耐劳、敢闯敢干、开拓创新精神，成就了七星之美，造就了大美七星。我庆幸曾担任过七星村第一书记，切身感受到七星人的大度、勤奋、朴实、团结。七星的一山一水、一草一木、一景一物时时刻刻烙印在我的脑海里，难以忘怀。七星作为城郊型乡村，不仅要培育文明乡风、良好家风、淳朴民风，促进农耕文明与现代文明有机结合，用心用情留住乡村文化记忆，而且要打造山清水秀的田园风光，提升生态宜居的人居环境，让生态文明成为乡村振兴的重要支撑点。大美七星天更蓝、水更清、地更绿！大美七星大放异彩！

原载《茂名日报》2019.08.13

故乡物语

美人圆月咱故乡

九月花

——献给辛勤的园丁

送您一束九月花。她开自山之谷，峰之巅，溪之畔，人之心。

九月花，扎根贫瘠的土地，饱经严冬的霜雪，煎熬酷暑的无情，体味凉秋的风发，吮吸仲春的暖流。

九月花，满含深情、殷殷热忱，是袭人的温馨，沁人的馥芳，动情的泪滴，是园丁的心香。

九月花，溶进山色，微紫暗淡；映入彩霞橙黄一抹；融合月光，皎洁如银；簪在鬓发，添分妩媚。

九月花，洁白无瑕，不求风流，不争妍斗丽，愿化作昙花，化作尘埃，存千种风情以寄厚望，以抚童子花。

送您一束九月花，留在您的笑靥里，留在您的梦境中，留在您的心上，平添一幅旖旎画卷，以托悠悠园丁情。

原载《茂名政协报》1996.09.12

故乡的石径

　　故乡的石径横穿广袤的田野，"之"字走势，依山傍水，拾级而上，直逼山腰。远远望去，崎岖的石径像一条凌空而架的巴蜀栈道。大凡有客人到此涉足，都无不气喘吁吁，大汗淋漓。"下次不敢再来了，实在令人望而生畏，敬而远之啊！"可时隔一旬半月后，有的客人居然"我辈复登临"。究其缘，"这条石径，足以令我们折服了！"这种感慨正道出了他们的登临之情。

　　是的，是这条石径折服了人们。它横亘于半山腰，既有"九曲回肠"之情状，更有蜿蜒如蟒之气势。据村里年纪最大的老人说，这条石径是他们的父辈们所筑。那时候，村民一贫如洗，唯一可靠的就是一副钢铁般的双肩和龙骨似的两腿，一块石两把汗，一口水半根萝卜干，日晒雨淋，戴月披星，历时数载，才把这石径铺设成路。时至今日，屈指算来，已有近百年的历史了，回首往事，幸福的后人无不为先辈的勤劳和勇敢所感动。

　　历史的沧桑变幻，岁月的尘流冲洗，再加上人们的来往跋涉，石径早已被磨得油光、平滑。初涉足者，每逢下雨天，都要赤着脚，脚趾紧拢，掌心稍拱，小心谨慎，如履薄冰，不少初来乍到的人都留下过摔倒留血的教训。上了年纪的人，还得拄着拐杖方能驻足。但本村"日挑千斤粮"的村民，即使是中老年人，却能矫健稳步，足下生风。每到炎热的三伏天，这条石径就被太阳烤晒得如火烧红锅，行人要是不穿鞋，脚板准会被石块烫得刺心疼痛，酷炽难忍。可是，一旦到了晚上，这里却又是一番景致了。山风吹拂，树影婆娑，虫鸣蛙叫，山泉潺潺，银月悠悠，让人置身于"明月松间照，清泉石上流"的怡人的大自然美景之中。此刻的石径，便成为村民休憩的好去处，人们不管男女老少，三五成群，论国事，叙世道，谈耕种，拉家常，无所不谈，有说有笑，自得其乐。这里的一切分明勾勒了一幅恬静、怡然自乐、充满浓厚乡村气息的生活画面。

遗憾的是，我已有近10年没回过家乡了。我常常想：如今的乡村是否像以往一样既恬静又热闹非凡？每当月满星繁之时，那条石径是否依然挤满勤劳淳朴的村民们？他们是否谈论着今后如何开创美好灿烂的日子呢？我相信，不久的日子我将重返故里，走在这条魂牵梦绕的石径上，让昔日的故事永远激励自己开创亮丽的将来。

原载《茂名日报》1996.12.09

劳竹情缘

　　高州大坡，山多地广，漫山遍野都是劳竹，公路旁、屋角边、村场里、山岭上，放眼望去苍翠挺拔。

　　早在 20 世纪五六十年代，大坡人利用山多地广的优势大种劳竹。70 年代末 80 年代初，大坡人开始着手对劳竹进行粗糙的深加工——土法上马制草纸。

　　1991 年，茂名市委副书记王兆林在大坡镇下洞管理区蹲点，深入群众了解民情民意，了解劳竹的生产和加工情况。之后，一连串疑问萦绕王兆林的心头：劳竹发展了，为何经济不发展？大坡人的生活仍在贫困线上？几年了，王兆林一直关注着大坡的农民、大坡的劳竹。1996 年初，高州市领导带着王兆林的嘱托，与大坡镇领导一起研究劳竹开发，搞深加工。首先以劳竹种植面积8000 亩的下垌管理区为试点，然后辐射全镇。通过开发蒸笼编织业，搞好劳竹深加工，提高了劳竹的利用价值和经济效益。

　　1996 年上半年，大坡镇先后几次组织管理区干部、企业办的有关人员前往罗定市泗纶镇参观学习蒸笼编织技术经验，并与罗定泗纶镇签订蒸笼生产购销合同，由泗纶镇负责产品收购和技术指导，每个产品订下 1.2 元的保护价。1996 年 7 月，大坡镇第一个蒸笼编织厂在下垌管理区成立。为了加快蒸笼编织业的步伐，推动全镇的经济发展，今年初，大坡镇又投入大量资金，在下垌管理区的木头冲、义山冲、山心、下垌、石坝埠五大自然村办起5个示范点，各项工作如能顺利开展，每月可望生产蒸笼15万个，每月获利润6万元左右。

大坡镇依靠劳竹编织致富了，走出了一条"发挥山区资源丰富优势，致力劳竹深加工，推动各项事业蓬勃发展"的经济发展新路子。大坡镇饮水思源，常常说是王兆林副书记指引我们大坡人走上了致富之路。

原载《茂名晚报》1997.02.18

故乡的茶籽树

茂北山区的朗韶大坡，那是我的故乡。那里山清水秀，人杰地灵，土地肥沃，物产丰饶。我爱我的故乡，热恋故乡的茶籽树林，那里充满憧憬和希望，荡漾丰收的喜悦和欢乐，是孕育生命酿造生活的净土。

大马岭下，那是我的家。家的背后是莽莽茶籽树林，林海一片。清晨，晨曦初露，茶籽树林阳光明媚，莺歌燕舞，蝶舞蹁跹，像一片欢欣鼓舞的海洋；傍晚，落日余晖，炊烟袅袅，百鸟归巢，那是怡然自得的天地；晚上，月光皎洁，涧水潺潺，虫鸣蛙叫，这是一幅"明月松间照，清泉石上流"的田园风景。

茶籽树一年四季，绿色莽莽，常青常绿。春暖花开时节，老树发新枝，绿叶扶嫩芽，春风拂来，一层层，一浪浪，绿中带青，青中有淡红，目不暇接，煞是好看。转眼工夫，嫩蕊变绿，绿浪涛涛，重重叠叠，像绿色的屏障；朵朵花蕾，含苞欲放，一旦绽放，漫山遍野，雪白的花瓣，黄色的花蕊，沁人心脾的芳香……蜜蜂来了，窃窃私语；蝴蝶来了，翩翩起舞；蜻蜓来了，亭亭玉立；男的女的来了，携老带幼，欣喜若狂……一张张笑靥，那样的甜！那样的醇！那样的美！这分明勾勒了一幅人与大自然的风景画！不，这是花香瑞丰年的写真图。金秋十月，茶籽果挂满枝头，压得茶籽树喘不过气来，有的茶籽果被太阳晒爆了皮，咧着嘴，露出黑茶籽。农民乐开了怀，满脸笑容，像爆开皮的茶籽果，喜上眉梢，"采撷茶籽果去啰！"学生们无比激动和兴奋，又到学校开展勤工俭学的时候了。油榨老板忙得不可开交，农民挑着担担茶籽排着长龙，争先恐后，将茶籽榨油或换取银两或食用或药用。老板虽苦，却乐此不疲。冬天来临，冷风料峭，寒气逼人，茶籽麸可派上了用场，或把它绕成半焦状用来取暖，或用水浸泡洗头以除虱虫，或撒落溪河里捉鱼，或化作肥料以备春耕……茶籽浑身是宝！

　　我很长时间没回故乡了，不知故乡的茶籽树林是否仍然像以往一样郁郁葱葱，枝繁叶茂。我想，乡亲们仍像以往一样培育它，呵护它，为它而陶醉，为它而奔向美好的生活！

原载《茂名晚报》2005.01.06

家乡的那棵风景树

家乡的那棵风景树，其实是一棵龙眼树，为村中最古老的龙眼树。她像一个不倒翁，任凭风吹雨打，时至今日，仍毅然屹立村中，福荫着我村的男女老少和子孙后代，成为村中一道独特而亮丽的风景线。

那棵龙眼树树龄有多长，村中辈分最老的老人都说不上来，我这"70后"的年轻人更不用说了。那棵龙眼树的树根可谓盘根错节，深深地埋在地下，裸露在地面上的树根也有海碗那么粗；树干的直径大得惊人，三个成年人手连手才能合抱，且树皮粗糙干裂；向东南西北延伸生长的四大枝干，双手环抱勉强能抱住。矗立树底中央，仰望树顶，她如盖如伞似苍穹；站在山腰俯瞰树顶，她如绿草如茵的球场，微风吹拂，如轻盈的少女舞影蹁跹；立足远处遥望，她犹如亭亭玉立的绿色蘑菇，安然自在，楚楚动人。

春姑娘的降临，给那棵龙眼树平添了浓浓的春意和土地的气息。春回大地，万物复苏，姹紫嫣红；绿叶吐芽，花满枝头，芬芳扑鼻，沁人心扉，引得蜂蝶蹁跹，莺歌燕舞，虫鸣鸟叫；缠绵春雨，飘飘洒洒，淅淅沥沥，龙眼花贪婪地吸吮着雨露，含苞欲放的花蕾晶莹剔透，令人遐想。

每到夏天，那棵龙眼树焕发勃勃生机，生意盎然，郁郁葱葱，绿影婆娑。夏风习习，热浪扑面，蝉声骤起，树荫底下正是村民们纳凉休闲的好去处。男人谈国事，侃大山，聊西游；女人拉家常，议农事，话丰收；年轻人倾心事，诉衷情，表心意；小朋友你追我赶，嬉戏打闹……他们个个春风得意，笑容满面，怡然自得，好一幅农家欢乐图。

黄澄澄的龙眼压满枝头之时，收获的季节到了。沉甸甸的龙眼，垂涎欲滴，摇摇欲坠，随手可摘；伸手够不着的，只要拿起小石头往龙眼树用力一扔，便能听见如下雨般哗啦啦的响声，一会儿工夫，鸟蛋般大小的龙眼便散落满地，我们可大饱食福了。龙眼肉，白色，透明，嫩脆，甜而不腻；龙眼功效特别，益心脾，补气血，益智定心，安神定志。村民笑了，笑得合不拢嘴，双眼眯成一线，这就是秋的收获！

寒风萧瑟，偶尔飘落的树叶迎风舞动；龙眼树枝间有气无力地碰撞摩擦，乌鸦的悲鸣声划空而过，令沉闷的空气更添烦躁不安。这就是冬天吗?! 你看，巨大的龙眼树苍劲有力，傲霜屹立，坚韧挺拔。然而，随着岁月的流逝，龙眼树历经沧桑，早已是耄耋之年，风光不再。她变得老态龙钟，精神颓废，全身赤裸，一叶不挂，即使春暖花开时节，也只见稀稀落落几株新芽。

光阴似箭，日月如梭。我唏嘘不已，不知不觉，我们的光阴如水墨青花般刹那芳华！古语说得好，"一寸光阴一寸金，寸金难买寸光阴"！年轻朋友，且行且珍重吧！

原载《茂名日报》2014.05.27

祖 屋

今年清明回家乡扫墓，又一次面对破败不堪的祖屋，总有一种说不出的滋味。实在太破旧了，残垣败瓦，杂草丛生，蛇虫鼠蚁乱窜，一片狼藉，令人目不忍睹。这就是村民们烧香拜祖的地方吗?! 但，这的确是祖屋呀! 那是三鼎村的根! 那是祖祖辈辈繁衍生息的地方! 我的眼睛慢慢地模糊了，模糊了，回到了孩提的记忆。

家乡有座大马岭山，她与大坡平云山一脉相连，逶迤绵绵，峰峦叠嶂，云雾缭绕，如轻纱飘渺。大马岭漫山遍野都是茶籽树，每逢春暖花开，白茫茫一片，那是花的海洋。茶花繁星点点，点青缀绿，招蜂引蝶惹人醉; 茶果飘香时节，也正是村民们笑弯了腰之时。祖屋就坐落在大马岭脚下，我的童年在那里度过。祖屋建于何时，村中的老人也说不清楚。祖屋是普通民居，泥砖瓦结构，三排而立，排排相接，错落有致，远远望去，在绿树掩映中蔚为壮观，无不叹为观止。在后人看来，那是先人们的先知先觉和大智大慧的手笔。祖屋分上中下三排而建，有上厅、中厅、下（前）厅之分，厅与厅之间没有墙壁，只有天井分隔，布局合理，井然有序，厅厅相扣，房房相连，户户相通。下

（前）厅是祖屋大门口所在地，面积相对较窄，门顶内墙有一红色繁体"寿"字，字体刚劲有力，自成一体。下（前）厅与中厅之间是方形的天井，天井左右各伫立一根火砖砌成的圆形柱子，支撑起凹下的屋檐。中厅面积较大，成为村民谈国是、拉家常、侃大山的地方，墙面灰白，涂画有人物造型、花鸟虫兽之类的壁画。中厅与上厅也有天井相连，天井左右没有柱子，依靠天井边道把上厅、中厅连接起来。上厅是烧纸拜祭的地方。

祖屋住着几户人，每户都有一道回廊与屋厅连接，方便住户出入厅堂。村中老人说，祖屋养育了一代又一代，可谓人才辈出。有的后辈组成新家庭后搬出祖屋迁到了村对面安家乐业，慢慢形成了新村落，于是有了旧三等（鼎）村和新三等（鼎）村。住户中有寡妇三婆是地主出身，她的两儿子，因家庭出身特殊，一直无法娶妻生子，但他们不畏世族的偏见，自食其力，靠着一棵黄皮树和拉车做点小生意，生活得有滋有味。调皮的我也融入他们的生活圈，偶尔爬黄皮树偷摘黄皮果，有时也帮忙推车或坐他们的小板车趁大坡墟，乐也融融，流连忘返。五保户八婆也是祖屋的住户，她是我生命中较为重要的老人，可以这样说，是八婆一把屎一把尿把我抚养成人的。那时，母亲体弱多病，父亲忙于大队（村委会）工作，没时间看管，于是便把我托给八婆看管。时至今日，每每看到祖屋，都想起我敬爱的八婆，都要驻足看看那间八婆住过的熟悉的生于斯长于斯的小房屋；每每翻看旧相片，更要看看八婆那张唯一的照片是否仍然保存完好，白发苍苍、皱纹满面、慈祥和善、和蔼可亲的形态立马跃入眼帘，热泪夺眶而出……

如今，原先居住在祖屋的几户人家早已搬出了祖屋，另选屋址建起了楼房。祖屋"人去楼空"，年久失修，经不住日晒雨淋，风雨飘摇中仅遗存了下（前）厅和大门，村民多次动议修建，因意见不一而搁浅。今年春节期间，外出人员再次小聚，建议应活用农村"一事一议"制度的政策，借社会主义新农村建设之力，平推"苟延残喘"的祖屋，规划建设文化娱乐中心，包括吴氏祠堂、灯光球场、文化长廊等。我有理由相信，不久的将来，崭新的三鼎村文化娱乐中心将取代祖屋，在社会主义新农村建设中美丽绽放，大放异彩！

原载《茂名日报》2014.06.03

萤火虫之殇

　　提起萤火虫，无人不知，无人不晓。那玩意儿，比蜜蜂小，样子玲珑可爱，惹人喜欢。

　　春夏之交，每当夜幕降临，广袤的农村，那么静谧！那么宁静！那么美妙！一望无垠的田野，晚风吹拂，阵阵稻花香扑鼻而来。这时候，萤火虫会从草丛或树林或禾苗或小溪旁飞出来，在朦胧的夜色中闪着亮光觅寻爱的伴侣。她们或成群结队或三五知己或呼朋唤友，伴随着习习凉风，漫天飞舞，忽高忽低，时而像悬空点燃的绿色小灯笼凌空而起，飘忽不定；时而像舞动着的绿色长龙高高低低、左右摇摆；时而像彗星拖着长长尾巴轻轻掠过眼前；时而像满天星斗眨呀眨眼睛，熠熠生辉；时而像蒲公英飘然而至又飘然而去；时而像海中渔火忽明忽暗、时远时近……你信手一抓，萤火虫便会落在你的手掌心，绿光闪烁，煞是好看。

　　皎洁月光下，萤火虫的舞影更令人浮想联翩，心旷神怡，面对苍穹和碧绿原野，萤火虫显得那么渺小而伟大，她用她那有限的生命，耗尽最后一丝微弱之光照亮着远方夜归人。无锡8岁女孩王虹橘，她就像萤火虫一样有一分热发一分光，为了"给人们照明"，她的父母把她的肝、肾、肺、眼角膜捐给了有需要的人，最终挽救了南京、常州、无锡三地 6 名重症患者，为其中两人送去了光明，实现了王虹橘生前"我想变成一只萤火虫，给人们照明……"的美好愿望。"既然孩子救不回来了，那就让她救更多的人。"王虹橘的父母如是说，话语清新扑面，朴实无华，像股暖流沁人心扉，令人久久不能平静。人间自有真情在啊！

萤火虫，那可爱的小生灵，与我们相伴而活，生生不息，对她的生活习性我们再也熟悉不过了。萤火虫属于鞘翅目萤科昆虫，分为陆生、水生和半水生三类种群，种类繁多，全世界约有 2000 多种，广泛分布于热带、亚热带和温带地区。大部分成虫具有翅膀，鞘翅多为黑色或黄色；虫的腹部尾部位有很多白色斑块，那是萤火虫的甲壳中对光透明的部分；而在萤火虫体内部有一块白色的膜，可以反射光，这个部位在白天呈现白色。多数萤火虫腹部的末端都有乳白色的发光器，体内的荧光素与氧气在荧光素酶的参与下发生生化反应，发出荧光，或黄色或红色或绿色。

萤火虫的生命周期一般只有一年，卵和幼虫阶段占其整个生命周期的绝大部分时间，而成虫阶段往往仅有 1 个月左右。初春，生活在水中的萤火虫幼虫便会爬上岸钻进泥土，这时由鳃呼吸改为气孔呼吸，腹部两侧会发光，50 天后才会由蛹变成虫，成虫平均只有 5 天的生命。每当太阳下山后，萤火虫就非常活跃，频频现身，目的只有一个，那就是争取时间互相追求自己的爱情。雄虫会在 20 秒中闪动亮光，20 秒后，再次发出求爱讯号，耐心等待着雌虫的一次强光回应，如没有反应，雄虫便会飞往别处另寻新欢。萤火虫只有在天黑时才开始发光，发光效率虽然很高，但发光会消耗萤火虫自身能量，因此不会整晚发光。萤火虫成虫每晚发光 2～3 小时，幼虫发光时间稍长。因而，我们也只有在夜晚且生态环境保持良好的地方才能目睹萤火虫一闪一闪的美景。

　　萤火虫的生活习性和观赏价值，令很多国家或城市趋之若鹜，不惜血本，大力开发以萤火虫为主题的生态旅游，刮起了一股萤火虫热。印度尼西亚、马来西亚等东南亚国家，充分发挥红树林间生活着萤火虫的优势，大力开发红树林生态旅游，每到夜晚，划着小船，慢慢地穿梭于红树林，用船桨猛一拍树木，树上的萤火虫便会腾空而起，直冲云霄，如梦如幻的奇景，着实令人着迷，美不胜收，流连忘返。

　　与印度尼西亚、马来西亚等东南亚国家不同的是，日本凭借本地生活着三种水栖萤火虫的优势，既发展生态旅游，又致力推动萤火虫产业化、规模化发展。其中一种萤火虫的生长地得到了日本政府的立法保护，从而形成了成千上万个大大小小的萤火虫自然景观，星罗棋布，遍布全国各地，每年的5月至8月，广大赏萤者络绎不绝，纷至沓来。这样，不但推动了生态旅游发展，而且给力萤火虫产业发展，还带旺了景区内应运而生的众多与萤火虫相关的纪念品和玩具。另外两种则是萤火虫产业化的主打品种，在政策扶持下，农民对这两种水栖萤火虫实行产业化养殖和培育，对外公开销售，每只水栖萤火虫幼虫价格为400日元，相当于人民币28元；每只成虫为1000日元，相当于人民币70元，仅此部分年销售产值就达5亿日元，而整个萤火虫产业年产值高达约10亿日元。赏萤者可像喂养观赏鱼一样在家庭中欣赏幼虫发出的迷人而神奇的光芒；为了招揽生意，温泉、酒店、旅馆及度假村也购买大量的水栖萤火虫以吸引顾客的眼球。如此一来，萤火虫便成为日本当地农业的活招牌、活广告，农民们纷纷大打绿色品牌，推广自己的农产品，有力地推动了日本萤火虫产业化发展。

　　中国也不例外，人们为了萤火虫而着迷，为了萤火虫而欢呼，为了萤火虫而疯狂；人们为了萤火虫而失落，为了萤火虫而困惑，为了萤火虫而迷茫。青岛、长沙、东莞、南京等许多城市纷纷围绕萤火虫大做文章。南京的紫金山上的萤火虫种类多，诸如端黑萤、窗萤、黄脉翅萤……每年初夏，萤火虫便出没在紫金山上没有路灯、植被良好、水质清澈的地方，萤火虫铺天盖地般笼罩着整个紫金山，引来哗然一片，惊艳了南京，成为南京一道独特而亮丽的赏萤胜地和自然奇观。青岛更是不惜代价斥巨资从广西引进一万只萤火虫放进中山公园，可惜的是，这些美丽而可爱的小精灵仅在青岛待了三天便有一半死去了。青岛的这一举动失败了，一败涂地！

然而，印度尼西亚、马来西亚、日本、韩国、台湾、南京……他们却成功了！成功和失败的背后留给人们的是无尽的思索。一时，围绕着萤火虫而引发的质疑声此起彼伏，不绝于耳：为何在城市养活不了萤火虫？城市灯光干扰传递信息而影响萤火虫正常生活？南北生活环境不同而存在地域差异？外来萤火虫种群入侵导致互相排挤而影响其繁衍生息？刻意追求生物多样性而令生态受污？过度商业化而导致当地环境恶化……一连串疑问一直困扰着人们，挥之不去，该何去何从呢？难道这不是萤火虫之殇吗?!

诚然，"物竞天择，适者生存，不适者淘汰"。任何事物的发展都有其必然性和偶然性，都离不开适合自己生存的环境和发展空间。李商隐《隋宫》"于今腐草无萤火，终古垂杨有暮鸦"，正道出了一个永恒不变的真理：做任何事情都不能违背自然规律，不能以牺牲环境为代价，否则，"腐草无萤火，垂杨有暮鸦"的凄凉景象必将重演。

原载《茂名日报》2014.07.04

故乡那片农田

　　我的故乡大坡三等（鼎）村村边有一片百余亩的农田，一大一小的两条河绕着那片农田飘然而过，两河交汇处的那片农田被村民习惯叫为三等垌。那片农田水分充足，灌溉方便，土地肥沃，适合种植水稻、小麦、玉米、花生、黄豆、番薯等各类农作物，全村100多口人就依靠它休养生息，养育着一代又一代。

　　20世纪70年代，村民们都喜欢在三等垌种植水稻，一年两造，分早造、晚造，"整地、育苗、插秧、除草除虫、施肥、灌排水、收成、干燥、筛选"是水稻种植必不可少的工序。水稻成熟时，沉甸甸的谷穗压弯了禾秆腰，金黄金黄的稻浪随着飘拂的清风此起彼伏，后浪推前浪，一浪胜似一浪。冬种时候，村民们会间种小麦或花生，种番薯时会插种萝卜。那时，还没有分田到户，出工实行工分制，村民出勤不出力，做工稀稀拉拉，懒懒散散。但到了分谷或农产品的时候，村民便干起偷偷摸摸的勾当，贪小便宜，损公肥私，有时为了芝麻绿豆小事或蝇头小利而大吵大闹，甚至大打出手。为了生计，有的村民把省吃俭用的粮食挑到粮站去粜以换取现金；有的村民人口多，粮食不够吃，还要到粮站去籴米，经济拮据，入不敷出，生活步履维艰。

　　自改革开放后，农村分田到户，三等垌的那片农田按人口分到了每家每户，各自生产，自食其力。村民们按照自己的意愿，在各自的农田上除种植水稻外，还根据时令种植花生、番薯、四季豆之类经济作物。后来，为了响应上级党委、政府"调整农业结构，提高经济效益"的号召，村民们都在三等垌广泛种植遁地雷和齐尾香蕉。每当香蕉成熟季节，蕉叶葱葱茏茏，绿中带黄，蕉海一片，一年四季，常青常绿，一阵风吹来，蕉叶飒飒作响，绿影婆娑，如亭亭玉立的少女舞动着身姿；蕉假杆上缀满果穗，一梳梳果穗环绕着蕉假杆，果序疏密有致，果穗青中带黄，风中左右摇摆，婀娜多姿，摇摇欲坠；每到冬天，为了香蕉果穗不受冻，村民特意为果穗包裹着一层薄膜，五颜六色，眺望蕉林，犹如穿着不同服色的少数民族姑娘在半空中翩翩起舞。外地人看着那片莽莽蕉林赞不绝口，打趣地说："你看，种香蕉就是富得流油，连香蕉都穿上了花裙子！"

　　村民们靠着种植香蕉富裕起来了，一栋栋香蕉楼拔地而起，放眼看去，鳞次栉比，错落有致，蔚为壮观。90年代初期，随着改革开放的纵深发展，村里的年轻人纷纷洗脚上田，另谋出路，到珠三角地区打工，闯荡世界；而留在村中的只有老弱病残的老人或天真无邪的小孩，成了名副其实的空巢老人或留守儿童。而那片农田自然而然地很少人去耕作了，任其自生自灭，渐渐地，变得荒芜起来了，杂草丛生。这样一来，那片农田也别有一番景致了，老年人在那里放牛，小朋友在那里追逐嬉戏打闹；小鸟们飞落在草丛中叽叽喳喳互诉衷情；恬息的野鹤突然从草丛中扑腾而起向着河的对岸斜飞过去；蝴蝶蜻蜓傲然伫立于草尖上沐浴清风翩翩起舞；老鹰在空中盘旋，俯视着出没在那片农田上的蛇鼠，霎时俯冲下来，用它那锋利的双爪紧紧地钳着蛇鼠猛蹿上天穹，伴随着袅袅升起的炊烟，慢慢隐没于天边……村中老人看着那片丢荒的农田，觉得怪可惜的，于是，拿起锄头把它垦复成小田块，或种花生，或种玉米，或种水稻，尽一份绵薄之力耕耘着那片曾经辉煌一时的农田。

常言道：人算不如天算。2010 年 9 月 21 日，一场千年不遇的洪水以排山倒海之势长驱直入，三等垌瞬间变成一片汪洋，高深莫测。洪水退后，那片农田覆盖着河沙淤泥杂物，堆积如山，高达 2～3 米，鸡鸭猪狗，横尸遍野，满目疮痍，一片狼藉。眼巴巴地看着那片农田被洪水淹没，被洪水吞噬，村民们却束手无策，心像打碎了五味瓶，甜酸苦辣齐涌心头，老泪纵横，悔恨自己没看好那片农田，责怪自己心有余而力不足！党委、政府拨出专项水利经费，力挽狂澜，想方设法把三等垌那片农田恢复生产，动用了推土机、钩机、铲车，清除了覆盖在农田上面的泥沙淤泥杂物，修复了部分水利设施。然而，工程量实在太大，进展缓慢，目前，那片农田只有百分之三十勉强能种植花生和玉米，余下的却再也没办法复耕了。

世代务农的农民的命根子在农田，农民的生活在农田，农民的多彩人生在农田。农民对农田的情谊犹如鱼和水，水没了，鱼就没有活的可能了；农田没了，你叫农民该如何生产生活呢？难能可贵的是，尽管前路茫茫，我的父老乡亲们却没有怨天尤人，而是振奋精神，生产自救，自力更生，让我们深刻感受到了众志成城的力量和智慧。

原载《茂名日报》2014.08.15

勿忘草

近日，我在家中整理资料时，搜出一本尘封了近 20 年、油印且已泛黄的刊物《勿忘草》。我既喜出望外，又慨叹不已，这是我读大学时担任学生社团星星诗社社长兼总编辑时出版的集体劳动的结晶，是唯一一本珍藏在手的刊物。我手捧《勿忘草》，既爱不释手，又小心翼翼，脑海中又浮现了当年创办和出版《勿忘草》的情景。

1995 年 6 月 10 日，在紫荆馥郁的北岭山下，天之骄子梁飞、申桂泉等诗歌爱好者倡导发起，"以提高社员的诗歌欣赏与创作水平，全力扶植社员成才"为宗旨的西江大学（现肇庆学院）星星诗社横空出世。"那平凡的生命也是诗一样的生命，仰望星空，追求梦想，志当存高远；平凡的生活也是诗一样的生活，勿忘草根，脚踏实地，才必自寒微。"因而，星星诗社把其主办的刊物命名为《勿忘草》，成为诗歌爱好者思想交流、火花碰撞的创作平台。《勿忘草》第一期刊出的作品中，有两篇作品《风》（作者：梁飞）和《铃》（作者：申桂泉）分别获得"首届东方杯全国诗歌大奖赛"铜奖、湖北作协主办的"九四文学大赛"优秀奖，作品《铃》被中国当代作家代表作陈列馆展藏。1996 年 5 月

31 日，《西江大学报》在社团之声栏目对星星诗社的相关活动作了报道。

1996 年 5 月，我接手第二届西江大学星星诗社社长一职，战战兢兢，如履薄冰。我经常同将要毕业的主编申桂泉探讨，既然是诗社，那么要让英雄有用武之地才行，于是，1996 年 6 月 15 日，星星诗社与肇庆市团委主办的《西江青年报》联合出版了专版《星星诗社作品专辑》，引起了广大师生的强烈反响和共鸣。与此同时，对星星诗社理事会也进行了换届，选举成立了星星诗社第二届理事会和《勿忘草》编委会，聘请黄伯权（省作协会员、西江大学中文系副教授）、王瑞新（中华诗词学会会员、广东韶关诗社社员）、周卫忠（硕士研究生、西江大学中文系副教授）、左传卫（硕士研究生、中文系讲师）、唐希明（中国散文诗研究会会员、西江日报副刊部主任）、黎华强（茂名日报政文部主任）、肖力（茂名晚报常务副总编）等担任文学顾问。星星诗社不定期邀请前辈和老师为社员授课，与《西江青年报》联合举办了多期文学讲座，组织外出鼎湖山、七星岩、丹霞山、西樵山等地采风，深入工矿厂区企业和农村调研采访，社团活动开展有声有色，丰富多彩，颇有现实意义，深受社员们的欢迎。

1996 年 12 月，我们拟出版《勿忘草》第二期，我兼任总编辑，负责统筹出版事务。我们按各自的分工，从稿件征集到文稿修改，从文稿编辑到栏目设计，从封面设计到版式设计、内文插图等工作，都紧锣密鼓、有条不紊地进行。那时，电脑还没普及化，我们采取半自动半人工化印刷，把文稿委托学校教务处文印室负责电脑打印，对小样校对后用蜡纸打印出来，然后在蜡纸上人工绘画插图。栏目设计有"校园菁菁""梦想冲浪""青春橄榄树""情丝缕缕""两代情结""乡土难忘""旧体诗词"等，既有诗歌又有散文，既有旧体诗又有现代诗，风格各异，图文并茂，雅俗共赏，集当代性、探索性、思想性于一体。封面设计新颖、独特，邀请中国书法家协会会员、中文系副主任高贵作刊名题字，"勿忘草"及"丙子高贵题"两列竖排在封面的右边，占了封面的一半；封面左上方为自上而下横排"当代性""探索性"以及栏目；左下方采用了星星诗社社团标志——一株勿忘草，亦草亦兰，蕴含卑微与高贵、现实与梦想，勿忘草根，脚踏实地，寓意深邃，发人深省；封面书脚为"西江大学星星诗社"和"1997·2总第二期"字样，采用不同字体一字排过；刊物的封二设计简单明了，独树一帜，刊印了目录、星星诗社第二届理事会和《勿忘草》编委会。

　　1997年3月，各项工作就绪后便可付梓了，《勿忘草》顺利出版，受到了中文系领导的高度评价，社员们对此更是好评如潮。1999年初，大学社团整合，星星诗社并入了中文系辖下的湖畔文学社，从此星星诗社完成了其历史使命。如今，翻看《勿忘草》，我还真十分怀念在星星诗社时的那段日子。

原载《茂名日报》2014.09.24，发表时有删节

故乡那泓清泉

孩提时候，总弄不明白先辈们为何要把家"安"在大马岭的半山腰上，而把业"乐"在山脚的农田里，要是把家和业一起"安"在田野边，不用再走那条崎岖的石径，那该有多好呀！那时，生活用水要从半山腰跑到山脚下的古井和水潭去挑，然后，担着水走在唯一一条"之"字走势的石径上，一晃一颠，沿路洒满两行水迹，像片片飘落的花瓣，美丽而多情，煞是好看，绵延逶迤到家门口。

村中那条石径是用天然鹅卵石铺设而成，倾注了先辈们的心血和汗水，成为村民生产生活的绿色之道，生命之道。路面经过长年累月的日晒雨淋，以及村民们的往来踩踏，变得光滑可鉴，太阳一照，反射出耀眼的强光，如遮挡不及，或久看，则会视线模糊，甚至头晕目眩。行走在石径上，稍不留神，脚底会打滑，甚至人仰马翻，脚底朝天，严重的会跌得头破血流。那亮锃锃的石径，还有那一道道历经岁月洗礼的石头裂痕，已成为三鼎村子孙后代缅怀先辈、景仰先辈的印记，成为三鼎村历经沧桑而积淀的历史文化印证。

厌倦了繁嚣的都市生活，难得回一趟山旮旯大坡三鼎村，细细品味一下村野生活，那是一种奢望，一种可遇而不可求的美的享受。回到家乡的那一刻，我们终于弄明白了先辈们为何把家"安"在大马岭的半山腰上，而把业"乐"在山脚的农田里了。看着那掩映在绿树当中的家，我们不由得惊叹先辈们那先见之明的大杰作、大手笔，惊叹先辈们懂得享受生活的大智慧，惊叹先辈们的先知先觉和明智之举。放眼大马岭，四周层峦叠嶂，青山环抱，泉水淙淙，草长莺飞，山花烂漫，鸟语花香，蜂舞蝶恋；漫山遍野的茶籽树、黄榄树、龙眼树、菠萝树……次第生长，绿叶扶疏，错落有致；田野交通阡陌，绿草如茵的田埂，一望无垠的禾苗、青菜、瓜豆、香蕉……满眼皆绿，生机勃发，趣味盎然，绿意正浓，石径绿了，古井和水潭绿了，鸡鸭猪牛绿了，房屋绿了，绿得潇洒，绿得曼妙，绿得可爱，绿得迷人！一种无与伦比的幸福感在我心中荡漾开来，这应算是先辈们遗留给我们的莫大恩赐和最实在的遗产吧。

石径路口拐角的那口古井，井口爬满青苔，何时挖掘，村中最老的老人都无从知晓。古井旁边还有一水潭，很浅，刚没过脚踝而已，用竹筒把泉水引至潭中，从潭中溢出的那泓清泉又绕着古井汩汩地流入山脚的鱼塘。泉水清澈见底，甘甜，清凉，醇厚，无污染，一年四季，源源不断，长流不息。每到冬天，古井便飘出阵阵雾气，暖和和的，走近古井，那升腾的雾气扑鼻而来，一股清甜的暖流沁人心脾，顿感热血沸腾，寒意立马烟消云散。重大节日或喜庆日子，村民们喜不自禁地围着那泓清泉打转，劏鸡杀鸭，洗菜淘米，洗碗刷碟，打水挑水；休闲觅食的鸡群，追逐打闹的家犬，悠然自得的牛群，嬉戏玩耍的鱼塘群鸭，袅袅的农家炊烟，绘成了一幅闲适恬静、乐也融融的田园欢乐图景。

夏天，古井和水潭似乎是村中最热闹的地方，无论白天或黑夜，那泓清泉总让人拥入了一个凉浸浸的世界，别有一番韵味。白天，村民们劳作归来，古井和水潭是必经之地，男人们便会赤裸着上身站在古井和水潭旁，用双手捧起一掬冰凉的泉水往嘴里一送，或往身上一泼，或用毛巾沾上泉水往肩上一搭，然后，乐滋滋地往家里赶，任凭毛巾上的水滴从肩滑溜到脚跟。古井和水潭倒也成了儿童的乐园，在母亲的看护下，小朋友们没有一丁点害羞感，一丝不挂，光溜溜的，嬉皮笑脸，扮鬼脸的，打闹的，打水仗的，玩泥丸的，尽是一片欢乐的海洋。到了夜晚，习习清风送来缕缕馥郁稻香，还有那浓浓的土地气息，令人心旷神怡，浮想联翩。此时的古井和水潭成了妇女们的快乐天地，年轻的，年迈的，结婚的，未婚的，或成群结队，或三五知己，或呼朋唤友，嬉嬉哈哈，旁若无人。那时，村中没有电灯，晚上走路或干活什么的，都得打着手电筒，或者手拿火水灯（煤油灯），借着微弱的灯光，妇女们倒也落落大方，该干啥就干啥，从不吝惜。要是在银光飘洒的夜晚，"明月松间照，清泉石上流"的景致更是散发着无穷的魅力，令人遐想。皎洁的月光，斑驳的树影，静谧的山村，空旷的原野，静静的青山，交相辉映，浑然天成；古井边，水潭旁，清泉的叮咚声，妇女的谈笑声，搓板声，田野的蛙鸣声，虫叫声，林间百鸟的啁鸣声，村中零星的犬吠声……像跳动着人与自然的和谐音符，飘荡在浩瀚的夜空，那是天籁之音，荡气回肠，绕梁三日。

90 年代中期，家乡开展了一场声势浩大的"山水田林路村"综合治理运动，对村前村后的竹林、杂木、荆棘等进行了大刀阔斧的清理，自筹资金新建一座横跨桃杏河的水泥桥，修建了三鼎村门楼，以田耕小路为基础，沿着大马岭的山势修建一条硬底化村道。村道刚好经过古井和水潭，并把石径拦腰截断，我们不得不把古井填埋了，在水潭位置另打了一口井，靠电水泵抽水供村民使用。后来，个别村民觉得水泵抽水不方便，便在大马岭另觅水源，用水管引至家中。三鼎村的村容村貌发生了根本变化，为社会主义新农村建设抹上了浓墨重彩的一笔。

　　石径、古井、水潭尽管已成永恒的记忆，然而，故乡那泓清泉至今仍然潺潺流淌，怡情，养性，健康，绿色，环保，滋润着三鼎村的每一个角落，哺育着一代代三鼎村人，我们没有理由不加以保护和利用。

原载《茂名日报》2014.12.02

家乡门前两条河

　　提起朗韶大坡，给人的第一印象就是山旮旯，穷乡僻壤，而且是交通不便，信息闭塞，贫穷落后的那种，然而，有山有水，是怡情养性的好地方！城市人习惯叫山里人为"山鬼"，说话带有浓重的山区方言口音，别人听起来似乎有点刺耳，挺不自然，怪怪的。可是我习惯并且非常喜欢听，毕竟山里人说话有很强的亲和力，亲切，淳朴，是一种返璞归真、至情至性的言语。也许是山里人的缘故，每每听到熟悉的乡音，我都难以掩饰心中的兴奋和激动，故乡的情愫便喷薄而出，脑海自然而然浮现家乡门前那两条河。

　　家乡门前有一大一小两条河，终年奔流不息。那两条河伴随着我成长，毕竟那是生于斯长于斯的家乡，很多孩提的记忆，想忘都忘不掉，想抹也抹不去，唯有用真心去诠释对家乡的那份爱，那份情，那份眷恋。那两条河的源头在哪里，没有考究过，但我打小就知道，这两条河流是从马贵镇和阳春双滘镇、三甲镇流出，沿着连绵起伏的山岭，迂回曲折，逶迤流淌到家乡的大马岭脚下，在家门前交汇形成一条不大不小的河流，缓缓流入高州水库。高州水库没建成之前，这条河一直流到吴川梅菉镇，最后汇入大海。那时，山旮旯的大坡还没有公路，这条河便成了唯一通往外地的交通要道，大坡人都是从这条河开始认识了外面精彩而无奈的世界。祖祖辈辈靠着这条河休养生息，凭着勤劳的双手把劳竹、木头扎成一排排的竹排或木排，顺着这条河漂流到梅菉镇，用竹排、木排换取一些咸鱼虾或者盐油酱醋等生活用品，然后用肩挑回大坡做点小买卖以养家糊口。他们为生活而跋山涉水，风餐露宿，疲于奔命，一个来回得要几个月，然而，日子却过得紧巴巴，捉襟见肘，着实令我们年轻人惊诧不已，但更多的是心存敬畏和钦佩。

大河和小河是沿着一条崎岖的泥路蜿蜒流淌，河岸野生着一些树木，我们都管它们叫"水翁木"。每年夏末秋初，枝繁叶茂，葱葱茏茏，枝丫长满悠长悠长的根须，毛茸茸的，垂直到水面。树上长满一串串红里透黑的"水翁子"，葡萄般大小，水灵灵，惹人喜爱。村中的小孩常常光顾这些树木，爬上去就大把大把地摘下来，大家肚子饿得要命，不由分说地抓起来就往嘴里塞，肉质鲜美，甜中带酸。大河的水很深，但河流平缓，大热天时，小孩一边在河里游泳，一边吃着"水翁子"，淘气的小孩还会从"水翁木"上往河里跳，美其名曰"三米跳水"。而父母最担心的莫过于小孩玩"三米跳水"了，每次跳水，心总是提到嗓子眼，然而，小孩玩得正起兴，父母的规劝似乎是多余的，儿童的快乐时光就此消磨掉。如今，难以寻觅"水翁木"的踪迹了，每次回家乡看见已枯死的"水翁木"头，孩提记忆的闸口总会情不自禁地打开。

大河没有桥，只有一道拦河坝，如果村民趁大坡墟或到外地办事，河坝是必经之路，且要蹚水而过，但坝面很滑，稍不留神，就有被河水冲走的危险，因而没有大人搀扶，小孩一般不敢贸然蹚水。而小河的河水不深，没过膝盖，河面较窄，也没有桥，小孩上学也得蹚水。为了安全起见，村人便在小河的河面上用石头砌成七八个小石墩，每个石墩之间约有一步的距离，过河时就得一个石墩一个石墩地跳，大人跳石墩肯定没问题，而小孩就有点难度了，有的小孩不敢跳，也只能脱鞋蹚水而过。每年一发洪水，这些石墩就会被冲走，洪水过后，村人还得再次砌石墩，周而复此。砌石墩纯粹是村民个人自发行为，那时候，我们尚小，不谙世事，不会过问是谁砌的，能过河就行，现在想起村人的善举更多的是心存感激。90 年代初，为了加快山区经济发展步伐，有关部门在大河上修建了一座可通汽车的水泥桥，我们三鼎村也不甘落后，自筹资金，在小河架起了一条可通汽车的水泥桥与乡道连接，从此结束了蹚水过河的历史。

大河和小河交汇处是一片农田，村人习惯叫三等垌，水量充足，土地肥沃，村民们每年都指望着三等垌那片农田带来丰收的喜悦。村民们最怕洪水，一发洪水，三等垌必淹无疑，一旦失收，艰难日子也就降临了。很幸运，三等垌很少被淹，村民也十分珍惜三等垌那片农田，勤勉耕耘，对农田呵护有加。干旱的时候，村民们便从小河中挑水灌溉，或者在小河边挖一条引水渠，在引水口的附近做一个大水车，通过水流推动水车不停地旋转，从而把水源源不断地送到引水渠。如果水车坏了，就在水渠两旁搭起两个竹架，村中的大人两个两个一组轮流坐在竹架上，抓着水桶耳的绳子，齐心协力地把小河中的水一桶一桶地抽到入口处，使水顺着水渠流到农田，直至灌完那片农田为止。可惜的是，2010 年 9 月 21 日，阳春双滘镇和高州马贵镇发生了千年不遇的洪水，洪水以排山倒海之势从那两条河流直逼向三等垌，三等垌瞬间变成一片汪洋，高深莫测，急流在那里打了个转后又如猛兽般咆哮着奔向下游。洪水退后，三等垌泥沙堆积如山，一片狼藉，目不忍睹。突如其来的洪水把三等垌那片农田冲毁了，再也无法复耕，村民痛不欲生，欲哭无泪，唯有望沙兴叹，零星种植花生、番薯等经济作物。

这两条河的河水清澈见底，鱼类丰富，鱼翔浅底，随手都能捉到鱼。70年代，党委、政府是禁止捕鱼的，但到了晚上，嘴馋的村民们便暗地里用渔网或电鱼机捉鱼摸虾，捉回来的鱼虾即便煎熟了，也不敢明目张胆地摆在餐桌上，担心被其他村民告发，只能偷着吃。80年代，作为中上游的大坡，陆陆续续开发建设山区小水电，大大小小的水电站如雨后春笋般破土而出，久而久之，这两条河的河水变少了，河床也变窄了，加之植皮破坏，河水受污，这两条河的水质也变差了，难觅鱼虾踪影，小河甚至时有断流现象。

一方水土养一方人，时至今日，这两条河流尽管风光不再，然而河水却依然汩汩流淌，一如既往地默默滋润着家乡人，在生产生活当中发挥着无可替代的作用，成为朗韶大坡山里人赖以生存的名副其实的母亲河。

原载《茂名日报》2015.01.20

故乡的鱼塘

　　故乡的鱼塘，偏安于三等垌那片农田一隅，是三鼎村唯一的一口鱼塘。在平原富庶人的眼里，一口鱼塘也许算不了什么，可在穷乡僻壤的山旮旯朗韶大坡，能拥有一口鱼塘，那是我们三鼎村人最引以为豪的。尤其在我的眼里，那口鱼塘是那样的神圣而伟大，永远都占据着我的心灵，挥之不去。

　　故乡那口鱼塘，面积不算很大，一亩多点，被三等垌那绿油油的庄稼禾苗密密匝匝地包围着，显得那么渺小而孤零。远远望去，犹如一口椭圆形的井，湛蓝湛蓝的，在阳光的照射下，波光粼粼。走近鱼塘，却倍感鱼塘是那样的广大而宽阔，微风拂来，塘面泛起层层涟漪，如用小石子掷向鱼塘中央，一圈圈、一粼粼的波纹，随着微风荡漾开去，这时候，鱼儿便会习惯性地浮出水面，摆着尾巴快活地追逐着荡开的水波，慢慢隐没于水中。

　　20 世纪 70 年代，还没分田到户，那口鱼塘归生产队集体所有，每逢过年前，生产队长便组织村民对鱼塘挖掘闸口，使鱼塘的水顺着闸口排出。我与小伙伴们站在塘基上，心里甭提有多激动和兴奋，看着鱼塘的水一圈一圈地消退，心情也随之慢慢变得活跃而紧张起来。当水退到可看到塘边的淤泥的时候，那欢蹦乱跳的鳙鱼、鲤鱼、草鱼、鲫鱼，便跃入了我们的眼帘，我们那焦急的心也提到了嗓子眼。此时此刻，村民们便挽起袖子，卷起裤腿，手拿箩筐，赤着脚走进鱼塘开始捉鱼，如手够不着，就拿起一头扎有网兜的长长竹竿，使出吃奶之力去捞鱼。而我与小伙伴则在鱼塘边的泥沼里摸蚌，捉泥鳅，抓塘鲺。当村民们把鱼塘里的鱼捉完之时，我们全身也溅满了泥水，俨然泥人。尽管如此，我们却有说有笑，乐也融融，趣味盎然，意犹未尽。

春回大地，万物复苏，春暖花开，姹紫嫣红，那口鱼塘又灌满了水。鱼塘中的蝌蚪们变得活跃起来了，有的成群结队追逐嬉戏；有的三五知己优哉游哉地畅游玩耍；有的匍匐在浅草里怡然自得地摇着短小的尾巴；有的翻着身露出肚皮懒洋洋地浮在水面，像死去了一样，一动也不动；有的斜着胖墩墩的身子悠闲地四处游弋。过了一段时间，蝌蚪们的尾巴没了，长出了四条腿，变成了可爱的青蛙，有的跳到鱼塘边或攀附在草叶上闭上眼睛憩息；有的熙熙攘攘围拢成一大圈来回兜圈子；有的在塘基上排成几排蹦蹦跳跳；有的你蹭我，我蹭你，互相打情骂俏。每当夜幕降临，辽阔的夜空，繁星点点，那一望无垠的村野显得十分恬静而悠然，这分明勾勒了一幅璀璨星空下而令人神往和憧憬的美丽田园夜景。此时，鱼塘里、小溪旁、稻田边、草丛中，蛙声四起，打破了静谧山村的寂静，此起彼伏的蛙鸣声汇成了一曲悦耳动听的田园交响乐，在夜空之中回响，那是天籁之音。

80 年代分田到户后，那口鱼塘仍归生产队。大爹无妻无子，孤家寡人，为了照顾大爹生活，村中把鱼塘承包给他，过年时，只要给每户一两条鱼便行，余下的由大爹自由支配。大爹视鱼塘为家，勤勤恳恳，经常到附近的田埂或沼泽地割草，甚至潜到深河里捞水草，然后挑回来喂鱼。为了防止别人偷鱼，大爹还在鱼塘上搭建了两个茅寮，吃喝拉撒都在茅寮里，日日夜夜地守护着鱼塘。茅寮外风凉水冷，便可遮风挡雨，因而我们几个捣蛋鬼经常躲在那里打扑克，或睡懒觉，或聊天，有时候还用鱼钩钓鱼，煲上一碗新鲜美味的鱼汤，如此滋润的日子，我们自然而然乐开了花。

小伙伴们如果玩耍至深夜，筋疲力尽了，便蜷缩在茅寮里过夜。第二天，晨曦初露，我们便趴在茅寮的四扇窗口上，尽情地欣赏三等垌的田园风光。嘿，还别说，真的别有一番情趣。鱼塘上袅袅的雾气，如纱如烟，沐浴着飘拂的清风，慢慢升腾而起，继而在塘面的上空飘散而去；塘里的鱼儿争先恐后地浮出水面，大口大口地吸着氧气，吐出的水泡如串串可爱的珍珠，漂浮不定，银光闪烁；塘基上刚刚睡醒的绿草，如茵如黛，晶莹剔透的露珠沾附在草尖上，压弯了腰，摇摇欲坠，好像在低头列队迎接新一天的到来。大坡地处山区，雾气重，三等垌的那片农田，湿漉漉一片，青翠欲滴，禾苗长势喜人，生机勃勃；如巨人般高大的香蕉，绿叶婆娑，摇曳多姿；如长龙缠绕的蔓藤爬满了绿色的豆角和四季豆，逗乐了早起劳作的村民；与腰齐头的茄子，如紫云英般婀娜多姿，紫光熠熠，缤纷璀璨；火红的珍珠番茄宛如小火球散落万绿丛中，鲜艳夺目。春华秋实，我们多么期盼着丰收的喜悦早点到来！

90 年代，大爹身体每况愈下，无可奈何地退出鱼塘。从此，村民也不再养鱼了，而在鱼塘里种上了几十棵香蕉。由于年轻人都外出打工闯荡世界了，劳力不足，加之香蕉不再像七八十年代那样广受欢迎，价钱低微，久而久之，村民也失去了种植香蕉的兴趣，那口鱼塘也就丢荒了，失去了往日的风采和神韵。2010 年 9 月 21 日，一场突如其来的千年不遇洪水肆虐三等垌，那片农田和那口鱼塘变得一片狼藉，泥沙和淤泥堆积如山，有的高达二三米，三等峒的那片农田再也无法复耕了。然而，令人欣慰的是，三鼎村的村民不怨天尤人，而是众志成城，群策群力，想方设法生产自救，种上了花生、番薯等经济作物，把经济损失减少到最低限度。

今年初春，村民再次租来钩机把那口鱼塘重新挖掘，清理淤泥和泥沙，并从水电站引水入鱼塘。如今，那口鱼塘又恢复了以往的热闹：青蛙欢唱，鱼儿雀跃，草儿点头哈腰，偶有不同的鸟儿飞落塘基，吱吱喳喳，呼朋唤友……

原载《茂名日报》2015.06.05

燕山絮语

"千年古村，深藏历史文化底蕴；千年古墓，凝聚百万裔孙思根。"茂南区袂花镇上村可谓历史悠久，文化底蕴深厚，而上村燕山吴氏始祖廷瑜墓，历经千年，却始终维系着百万后裔思根报祖，后裔们不仅弘扬吴泰伯至德精神，还传承吴廷瑜扶提遗志。农历二月十六是公祭日，每年的这一天，吴氏后裔都会从全国乃至世界各地云集燕子岭，公祭始祖廷瑜，顶礼膜拜，盛况空前。

那里是缅怀先祖的理想之地！可我却未曾去过，不知算不算是人生一大憾事。今年农历二月十六，正好赶上周末，兄弟几个难得聚在一起，何不到袂花镇上村燕子岭千年始祖墓瞻仰、缅怀、祈福呢！

初次驻足燕子岭，黑压压的人群，人山人海，人头攒动，人声鼎沸，足有几万人吧！看着这震撼的情景着实令我们感慨万千，兴奋激动之情溢于言表。站在燕山吴氏始祖廷瑜千年古墓前，举目张望，四周全是低矮的小山坡，视野开阔，各种各样而高矮不一的树木，漫山遍野，郁郁葱葱，摇曳多姿。古墓所在的斜坡长满野草，披绿叠翠，如茵如黛。古墓正前方是一望无垠的田野，春意盎然，绿油油的禾苗长势喜人，微风吹拂，绿浪滔滔，空中偶有燕子呢喃，上下翻飞，山野间顿时变得热闹起来。拜台前摆放着琳琅满目的祭品，不远处依次排满了五花八门的祭献鞭炮……

　　站立燕子岭，遥想先祖，心潮澎湃，沉重而复杂，久久不能平静。我们的先祖乃吴太（泰）伯，勾吴国之始君王。据《史记·吴太伯世家》记载："吴太伯，太伯弟仲雍，皆周太王之子，而王季历之兄出。季历贤，而有圣子昌，太王欲立季历以及昌，于是太伯、仲雍二人乃奔荆蛮，文身断发，示不同用，以避季历。季历果立，是为王季，而昌为文王。太伯奔荆蛮，自号勾吴。荆蛮义之，从而归之者千余家，立为吴太伯。"太伯"三让天下"的故事和"三让天下"的至德精神，无人不知，无人不晓，备受历朝历代文人学士、骚人墨客所景仰、赞颂。孔子《论语》曰："泰伯可谓至德也矣。三以天下让，民无得而称焉。""民无得而称焉"的意思是说，百姓不知用什么话来称颂他。"伯乐相马""举贤"被世人称为"大德"，而"让贤""让天下"则可堪称"至德"，因而，孔子称泰伯为"至德"，司马迁《史记》则把泰伯列为"世家"首位。可想而知，"天下"都可让，那世间任何事情，勿可比之矣，泰伯可称得上至德至圣之人了！

　　燕山吴氏始祖廷瑜，宋朝进士，官至枢密使（相当于现在的国防部长），以失议事谪降交趾四州知正职事。北宋仁宗皇佑四年，广源州侬智高起事反宋，攻陷邕州、端州等12郡，进而围攻广州，沿途见官就杀，广南西路完全瘫痪，大批官员四散逃亡。狄青平反侬智高后，朝廷到处抓捕并刑杀离散官吏。始祖廷瑜遭乱休官，不得复还故里。其见博铺乡小楼村地广人稀，颇具形势，极具发展潜力，于是，急流勇退，辞官去职，隐身求安，居此垦荒招民承佃，耕读传家，宏昌教化，始启文明。其时，交趾烽烟四起，古道瘦马仓惶，望荒而行。始祖廷瑜乘船从鉴江南下欣赏风光，栖居于椰林下（今椰子村），山光水色，椰林绿树，半角草堂，书声琅琅。"小舟从此逝，江海寄余生"，一个朝廷重臣就这样淹没于世外纷争，成了渔樵耕读的隐士。相传，始祖廷瑜来粤之前，冯宝冼夫人一家早因冯君衡事件（冯君衡，高力士之生父），被武则天杀散，其族隐姓埋名。高凉大地万马齐喑，一片荒凉，唯独上村一枝独秀，风光无限，人丁兴旺，皆因上村地形为燕子巢，村旁的燕子岭，飞燕形真，振翅欲去，燕飞为吉，故始祖廷瑜携妻小远结新巢于上村。公元1073年，80岁的始祖廷瑜仙逝，宋神宗念其为国平定西南立下汗马功劳，着令准其独占大岭修墓，长眠于燕子岭，占地2.5平方公里，并追封为"平南信国公"谥号。

谦让、举贤是中华民族传统美德，至德（吴）文化是优秀民俗文化，至德精神乃中华文明最崇高的境界，吾辈理应大力宣扬。为此，我市至德文化发展促进会进行了有益的尝试和探索，多次组织人员赴无锡、南雄珠玑巷等地考察和挖掘民俗文化，开展至德文化活动，并在上村吴氏廷瑜千年古墓所在地燕子岭规划建设"茂名燕山生态民俗园"，打造粤西古今文化教育展览基地和茂名市民俗文化产业示范基地。这对挖掘和弘扬历史文化，推动文化旅游发展和社会主义新农村建设，促进文化强市建设具有积极而深远的现实意义。

原载《茂名日报》2015.06.09

电唱机伴我度过孩提时光

提起电唱机，现在的年轻人也许不那么熟悉，然而我对它却有一种特殊情结，毕竟它陪伴我度过了那段刻骨铭心的孩提时光。如今每每想起电唱机，仍然心潮澎湃，思绪万千，久久不能平静。

80年代初，全国掀起了经济建设高潮，地处山旮旯的朗韶大坡也沐浴着改革开放的春风，处处涌动着经济建设春潮。家乡三鼎村，贫穷落后不说，连电都还没有，火水灯是当时我村唯一的照明工具。其时，我还是一个懵懂而且刚读小学的学生，不清楚父亲为何放着轻松而心仪的大队会计不干，毅然选择了经商。父亲走南闯北，疲于奔命，好几个月才回一趟家。每次回家，父亲都能带给我意外的惊喜，而且每次我都会从父亲的裤袋里翻出印有柳州、玉林、北流、南宁等字样的火车票，因而，那些熟悉而陌生的城市便在我幼小的心灵中烙下了深深的烙印。

我读小学四年级的时候，家乡三鼎村终于用上了电灯，结束了没有通电的历史。一次周末，父亲从外地回来，肩上挑着大包小包，气喘吁吁，汗流浃背。那些包包裹得严严实实，方方正正，挺耐看。"这是收音机，那是电唱机；这是黑胶木唱片，那是薄膜唱片；这是粤曲、广东音乐唱片，那是轻音乐、歌曲唱片……"父亲似乎十分珍爱这玩意儿，一边小心翼翼地搬弄着，一边如数家珍地说着。不一会儿，父亲便把收音机和电唱机安装调试完毕。然后，手把手地教我如何开机，如何关机，如何调频，如何播放唱片。电唱机是新鲜事物，村中很多年长者都未曾见过，更不必说一个生活在信息闭塞的农村的我了。听着父亲的说教，我似懂非懂。"先播放一曲粤曲《搜书院》吧。"父亲挺有雅兴的，端坐在木沙发上，戴上一副老花镜，手捧唱词，跟着粤曲小调，摇头晃脑地哼了起来，如痴如醉。我一边听着收音机里播放"咿咿呀呀"的唱声，一边看着那粉红色的电唱机入了神。那小小的玩意儿，四四方方，神奇又好玩，一个唱盘，一张唱片，一根唱针，只要把唱针轻轻放在唱片上面，唱盘就会转动起来，而另一旁的收音机只要调到播放功能，就会播放出悠扬的音乐，着实令人既兴奋又惊诧不已。

一曲完了，父亲换了一张劲歌金曲唱片，并把音量调至最大，嘭嘭喳喳的音乐声震耳欲聋。从没见过电唱机的村民听到音乐声，带着好奇的心围拢到我家，看着这会播放音乐的神奇玩意儿，个个都目瞪口呆，东朝朝，西望望，啧啧称奇。父亲看到村民们的惊诧神色，笑得合不拢嘴，居然伴随着音乐节奏手舞足蹈起来，男女老少也和着节拍，大家笑得前仰后合。

打那以后，村中上了年纪的老人便成了我家的常客，目的就是听听粤曲，于是，父亲客气地把他的心头之好全都拿出来与大家共享，《柳毅传书》《十八相送》《搜书院》《关汉卿》《昭君出塞》《李香君》等剧目，以及《步步高》《彩云追月》《旱天雷》《雨打芭蕉》《赛龙夺锦》《平湖秋月》《汉宫秋月》《禅院钟声》等广东音乐轮番播放。尽管农村人识字不多，然而却乐此不疲，甚至忘记了下田耕种或生火做饭。于是乎，我内心深处也默默记住了红线女、罗家宝、马师曾、罗品超、倪惠英等粤剧名家的名字。

每到周末，我从大坡中心小学放假回家，做完作业后的第一件事便围绕电唱机转，久而久之，诸如《外婆的澎湖湾》《校园的早晨》《军港之夜》《牧羊曲》《请到天涯海角来》《漫步人生路》《顺流逆流》等节奏明快、朗朗上口的抒情名曲，以及苏小明、成方圆、郑绪岚、王洁实、谢莉斯、徐小凤等歌星便在我的脑海中留下了永不褪色的印记。如此一来，我居然迷上了音乐，喜欢那优美的歌词和动听的旋律，时不时还会到大坡供销社用压岁钱买唱片，唱针坏了也懂得换新的。

80 年代末，父亲在高州城经营一间大排档，举家迁往高州城，我也辗转到了高州二中读初中。父亲觉得心爱的电唱机丢在农村怪可惜，既然带不走，干脆送给了仍生活在农村的晚叔。随着科技的进步，双卡录音机、CD 机、镭射碟机等新产品层出不穷，不断升级换代，作为风靡一时的电唱机日渐式微，慢慢淡出了世人的视野。后来听晚叔说，我家那台电唱机因时间久远没零件可换而当作废品处理了。

如今，每当怀旧电影或电视剧出现留声机或电唱机镜头的时候，我都会情不自禁地想起我家那台粉红色的电唱机，毕竟电唱机曾带给我美好的童年回忆和无穷的生活乐趣。可以这样说，如果我在文学创作方面小有成绩的话，那么，功劳簿上就应有电唱机的浓墨一笔，因为电唱机给予我文学素养的积淀、文化知识的积累和文学创作的源泉。

原载《茂名日报》2015.10.21

故乡的菠萝树

　　每天上班我都要经过茂名大道，茂名大道两旁摆满了琳琅满目的菠萝果。为了招揽生意，果贩们会把硕大的菠萝果切开，露出菠萝包，有的黄澄澄，有的金灿灿，有的米黄，有的淡红……过往行人不由自主地驻足观看或挑拣，流连忘返，那里俨然成了一道独特而亮丽的风景线。有时候我驾车经过也会情不自禁地放慢车速，打下车窗，让菠萝那种特有而诱人的馥郁芳香随风飘入车内。此刻，心底里那种无名的故乡情愫就像晨曦中的霞光喷薄而出，居然怀念起故乡的菠萝树来了。

　　故乡朗韶大坡地处茂北山区，也许受地理环境和气候因素影响，菠萝树零零星星分布在地头屋尾，长势不那么喜人，在大坡山区，能长成参天大树的屈指可数。最值得我村人引以为豪和骄傲的是，罕见的参天菠萝树，我村居然有三棵，而我家就有两棵。参天菠萝树弥足珍贵，全村人都视其为命根子，家人更是把它们当作摇钱树和镇家之宝，平时就像照顾小孩一样悉心看护。因此，我家屋边的那两棵菠萝树长势特别好，树干苍劲笔挺，像孖生兄弟一样，凝心聚力，同心同德，迎风霜，斗酷暑；像恩爱的夫妻，同甘苦，共命运，比肩并立。那纵横交错的树杈，你扶着我，我搀着你，手挽手，肩并肩，合力前行。那密密匝匝的菠萝叶，绿影婆娑，叶叶相依，互诉衷情。

人们常说，春天最富有诗意，最富有动感，最令人赏心悦目。的确，春回大地，万物复苏，姹紫嫣红，处处洋溢着春天的气息。这时候，故乡的菠萝树也开始了新的生活，春风吹拂下，青春萌动，满眼都是豆丁儿般大的嫩芽，在滴滴答答的春雨中更显伶俐可爱，妩媚动人。淅淅沥沥的春雨过后，万象更新，大地芬芳，嫩芽吐蕊，一片片淡红色的叶瓣迎着春光美丽绽放，在老树叶的庇护下，嫩叶尽显醉人而靓丽的容颜。放眼望去，菠萝树上的嫩叶生机勃勃，躁动的生长画面无不令人神往和憧憬，无不令人浮想联翩，多么希望自己能像春天一样无私地给予大地养分，滋润着大地，播撒希望的种子，让爱洒满人间；多么希望自己能像嫩叶一样无所顾忌、落落大方，而且无拘无束、贪婪地吮吸春天的阳光雨露。当嫩叶开始变浅绿的时候，花期也不期而至了，一串串含苞欲放的花骨朵，笑口常开，灿烂满面，芳香扑鼻，惹得蜂飞蝶舞，蔚为壮观，惹人陶醉。

火辣辣的夏天，骄阳似火，象征着人生中火一样的年华，意味着最充满青春活力、最富有激情、最具旺盛生命力的时光已经来临。嘿，还别小看了故乡那两棵菠萝树，却充满了激情和豪情，单单那蝉鸣声就足以令人心旌摇荡。每当清晨，晨曦初露，太阳还没有探出脑壳，大地就已像着了火，酷热难忍。这一刻，蝉声骤起，此起彼伏，一浪胜似一浪。小伙伴们早早起床，带着网兜，蹑手蹑脚走到菠萝树底下，小心翼翼地爬上菠萝树捉蝉去。别看蝉那小玩意儿，呆头呆脑的，却十分机警和灵敏，每每听见它们吟唱得正欢，准备用网兜或者伸手去捉它们之时，稍不留神碰出响声，蝉鸣声便会戛然而止。这一停，不是一只蝉的鸣声停了，而是整棵菠萝树上的蝉声都会骤停。随即，"知了、知了、知了"的声音四处飞散，唯有看着一只只可爱的小精灵从手缝中溜走，既可恨又无奈。有时候，我也会躺在床上，呆呆地望着蚊帐顶，跷起二郎腿，聆听蝉鸣。它们像一股噪音，令人烦躁不安，恨不得立马拿起小石子扔过去，把它们驱赶得无影无踪；而一转念，它们又犹如天籁之音，那跳动而美妙的音符，轻歌曼妙，百听不厌。它们宛如吹响的号角，唤醒沉睡中的人们，激励和鞭策着人们不要虚度光阴，增强紧迫感，以时不我待的精神砥砺前行，迎接秋天。

秋天，成熟的季节，收获的季节。故乡的菠萝树结出丰硕成果，我们喜不自胜。树上的菠萝果形态各异，千姿百态，有的树茎挂着独一无二的菠萝果，形影相吊，硕大无比；有的树茎挂着好几个菠萝果，在秋风的吹拂下，摇摇欲坠，看着那摇晃不定的模样，真担心菠萝果会从树上掉下来，这个时候，我会火急火燎地跑到菠萝果底下，双手平伸想挡住不经意间掉下来的菠萝果；有的树茎上挂着发育不全的菠萝果，样貌小而丑陋，扭扭捏捏，挺难看的，尽管我们再也没办法让这些菠萝果像发育健全的菠萝果那样惹人喜爱，然而我们却不能鄙视它们，因为它们就像社会上那些有身体缺陷的弱势群体一样，需要我们的关爱和呵护，这样，我们的生活才会多姿多彩。

有人不喜欢冬天，说冬天总是一副冰冷的面孔，冷酷无情，没有生气，没有灵气，没有精气神，到处都是凋零、光秃秃的凄凉景象。然而，故乡的菠萝树却散发着无穷的魅力，有着一种不屈不挠、无所畏惧的精神，有着一种唯我独尊、唯我是从的霸气，有着一种与众不同、迎霜傲雪的高尚品格。尽管寒风凛冽，其他树木都委曲求全，落叶飘零，然而极具旺盛生命力的菠萝树却一年四季挺拔苍翠，常青常绿，郁郁葱葱，枝繁叶茂。每逢冬至或者过年，我们三鼎村都有做寿桃籺的习俗，这时候，青翠欲滴的菠萝叶便可派上用场了。村中的小朋友不用家人吩咐，便会爬上菠萝树摘菠萝叶。被摘去叶子后而留下的树茎痕口，只要到了来年，春姑娘一到，又会长出新芽，年年如此，于是，村人美其名曰：破旧纳新。因而，菠萝树上的叶永远长得油绿苍翠，十分养眼。

故乡的菠萝树是有生命的，有灵性的，给人予无尽欢乐，给人予无穷力量，给人予无限希冀。遗憾的是，晚叔建屋时把故乡那两棵菠萝树砍掉了，如今，我唯有从梦境中怀想它们。

原载《茂名日报》2015.10.30

渐行渐远的火水灯

煤油灯，又叫火水灯，这是 20 世纪 70 年代以前农村家庭常用的照明工具。提起它，对于我们这些出生在农村的"70 后"来说，已烙上了深深的时代印记，似乎成了一种特殊符号和挥之不去的永恒记忆。尽管火水灯已渐行渐远，但它始终维系着我的童年记忆。

我的家乡朗韶大坡地处高州北部山区，在 20 世纪 70 年代，交通落后，信息闭塞，物资匮乏。那时候，除了大坡墟镇，广大农村还没有电灯，家庭唯有以火水灯来照明。火水灯，轻便实用，造型独特，结构简单，由灯卜、灯头、灯座三大部件构成，灯卜和灯座均由玻璃制作。灯卜有长灯卜和短灯卜之分，大火水灯使用长灯卜，小火水灯则使用短灯卜；短灯卜是弧形状且两头带圆孔的空心玻璃体，长灯卜则带有长筒，其用途主要是聚光和保护灯火不被风吹灭。灯头通常用铜制成，中间是棉绳做成的灯芯，四周有许多带有花瓣状的爪子，而旁边则有一个可调节灯芯并可拧上拧下的小齿轮。灯座呈葫芦状，灌满火水之后，只要把灯芯的一头插进灯座内，并点燃灯头里的灯芯头，这样，灯芯便会源源不断地把灯座里的火水吸到灯芯头上，然后罩上灯卜就可以照明了。

我家所在的三鼎村，村场不大，只有 20 多户人家，而且稀稀落落。每当夜幕降临的时候，家家户户便会点亮橘红橘红的火水灯，那豆丁儿的光线从每家的窗口罅隙或者门缝射出，在广袤的田野和一望无际的天穹中，显得是那么的渺小。每当吃完晚饭，母亲便会把大火水灯摆放在大厅的桌子上，一丝不苟地干起针线活儿。母亲作为一个农村妇道人家，也许出于节俭，担心浪费火水，会把灯光调得极暗，能干针线活就行。我看不惯，会跑过去把灯芯拧得长长的，使火苗蹿得老高老高，听见了灯芯吸吮火水"滋滋滋"的声音，并闻到一股浓浓的火水气味才肯罢休。母亲干活累了，就抽两口"大碌竹"解解乏。这个时候，我会拿着没有灯卜的小火水灯，使小火苗贴近"大碌竹"的烟嘴为母亲点烟。母亲看着我的专注表情，咧开嘴一吐，烟雾从嘴里鱼贯而出，慢慢升腾而飘散开来，此刻，大厅里弥漫着烟味，呛得我涕泪俱下，干咳不止，母亲见状笑得前仰后合，弄得我哭笑不得。

每当夜深人静的时候，村民们都已进入了甜蜜的梦乡。母亲便会习惯性起床，拿着火水灯，提着尿桶，步履匆匆地来到牛栏为我家的母水牛兜夜尿。第二天，天刚蒙蒙亮，母亲便把那大半桶牛尿撒在菜地里，这样一来，我家种的菜就不用愁没有肥料了，而且任摘也摘不完。有时候母亲会把吃不完的菜分给邻居或者村中孤寡老人，共享劳动成果。

20 世纪 80 年代初，大坡农村陆陆续续开始通电。一次周末，刚好碰上村中安装电线杆，我和小伙伴们便跟随抬电线杆的彪形大汉跋山涉水，从良鸡平村开始，先在田垌挖了几个深穴，安装了几杆电线杆，然后沿着大马岭的岭岗一直安装到我居住的三鼎村。电线杆立起来之后，几个大汉又开始架线，我们几个捣蛋鬼也七手八脚帮忙拉扯电线。当电线架到我村的时候，三等垌的田基早已立起了一个变压器，并从变压器把电线直铺到家门口，而且每家每户都安装了一个电表。那时，也许出于省电的缘故，几乎每家每户只安装5瓦的灯泡。而我家则不同，父亲弃政从商，走南闯北，见多识广，专程从高州城买回了20瓦的光管安装在大厅里，每到晚上，我家里就亮如白昼，村民羡慕不已。自从用上电灯之后，火水灯就很少派上用场了，但是，如果遇到结婚或进宅等喜庆事，按照农村风俗习惯，也会使用火水灯。

　　过去，大坡墟或者大队的任何一间代销店都可以买得到火水灯，而现时农村的商铺基本上难觅踪影了，要想买火水灯和火水，只得跑到大坡墟唯一一间日杂百货商场。火水灯尽管已渐行渐远，然而我仍然十分怀念它，毕竟火水灯是抹不去的时代烙印，是眷恋故乡的一份特殊情结。

原载《茂名日报》2015.11.25

故乡那片茶籽林

近段时间，不知咋回事，晚上总不能酣睡，老是做梦，梦见故乡那片茶籽林。每次周末去高州中学探望读高一的儿子的时候，真的很想顺道回家乡朗韶大坡看一看那片茶籽林，可来去匆匆，难以成行。每每想起故乡那片茶籽林，总有一种挥不去的童年记忆，总有一种绕不开的母爱情怀，总有一种抹不掉的淡淡乡愁，那可是我梦牵魂绕的故乡啊！

茶籽树是常绿小乔木，家乡朗韶大坡俯拾皆是，我家背后的大马岭就有一大片天然的茶籽林。茶籽树的花期与其他果木有所不同，一般秋天开花，来年结果，寒露或者霜降前后才可采摘。茶籽成熟了，漫山遍野的茶籽树结满了茶籽果，淡红色，青色，青中带黄，红青花间……各种各样的茶籽果，目不暇接，有的大如苹果，有的小如青枣，有的发育不全已变成干瘪而僵硬的果壳，有的嬉皮笑脸地咧开嘴露出黑色的茶籽种，令人遐想、憧憬和神往。看着那可爱的茶籽果，村民们自然乐开了花，又是一个丰收年！这个时候，我会背着小篮子跟随母亲一起上山采摘茶籽。母亲小心翼翼地爬上茶籽树，双脚叉开，稳稳地站在大树丫上，一手抓住树枝，一手猛力摇动茶籽树，此时，树上的茶籽果就像雪球一样纷纷飘落下来。看着那一颗颗茶籽果从半山腰一直滚到山脚，我心里甭提有多高兴，可又胆怯起来，那是村集体的，不能捡啊，只能捡那些早已脱落在地下的茶籽种。当然，时不时也会偷偷地捡拾那些已开裂的茶籽果，并以迅雷不及掩耳之势剥落茶籽种装进篮子里，生怕被村中的大人发现哩。当母亲收工之时，我的小篮子也装满了纯黑色的茶籽种了。

茶籽采摘完毕，村中会把茶籽果按人头分到户，母亲便把茶籽果堆放在墙角里晾晒几天。一有空闲，母亲就坐下来，拿起柴刀一颗一颗地将茶籽果劈开取出茶籽种，我也坐在母亲旁边，一边帮忙从劈开的茶籽果中取出茶籽种，一边聆听母亲讲茶籽的知识。母亲告诉我，采摘茶籽要讲究成熟程度和采摘时机，提前采摘，茶籽还未熟，含油率偏低，水分高；采摘迟了，茶籽果开裂，茶籽种散落在地，收集困难，造成浪费。母亲时不时拿起不同种类的茶籽果比划着，眉飞色舞，说茶籽分为寒露籽、霜降籽、立冬籽三种，寒露籽树冠小，叶小而密，果小皮薄，每颗有种子1～3粒；霜降籽树冠较大，叶大而厚，果大，每颗有种子4～7粒；立冬籽树冠大，叶大而稀，果大，每颗有种子7～10粒。听着母亲的解说，尽管我似懂非懂，却听得很入迷，有时还一本正经地拿起不同的茶籽果请教母亲它的颜色为什么会有红中带黄和青中带黄，茶籽果皮上为什么会有茸毛等等，母亲不厌其烦地一一作答。母亲还教我如何根据地理位置的不同来识别茶籽果的成熟度，说什么高山先熟，低山后熟；阳坡先熟，阴坡后熟；老林先熟，幼林后熟；荒芜地先熟，农耕地后熟。如今想来，母亲所讲授的茶籽知识，对一个当时仍是懵懂小孩的我来说，也许艰深而苦涩，然而对我们年轻人却不无裨益，那可是一位农民对农耕的经验之谈，体现的是一位农村母亲向儿女传授农耕知识的用心良苦，多么希望自己的儿女早日成才啊！

孩提时，村中的小伙伴经常去那片茶籽林玩耍，那里俨然成了我们快乐的小天地。每到周末，小伙伴便到那片茶籽林捉迷藏，掏鸟蛋，打野战，放牛。有时候，我也会独自到那里放牛，独享大自然的清新与惬意。我清楚记得，一次母亲走访亲戚了，我只身一人来到那片茶籽林放牛，百无聊赖之时，爬上茶籽树荡起了秋千，结果树丫断了，不小心重重地摔在地上，不省人事。说来也奇，我昏迷之后，竟然做了一个怪梦，梦见自己从茶籽树上摔了下来，满身是血，我一紧张从梦中惊醒，一骨碌从地上爬了起来，看见自家的老母牛在旁边不停地"哞哞"直叫。我用手一摸，果真的满脸是血，一时不知所措，一边"呜呜呜"直哭，一边火急火燎地往家里赶。幸好，母亲走亲戚刚回家，看见我青一块紫一块的，心疼不已，忙不迭地拿来正骨水为我涂擦，母亲的眼泪夺眶而出。这事虽然是童年往事，但是无法忘却。有时候回到家乡，还情不自禁地去看一看那棵茶籽树，意想不到的是，那棵茶籽树依然生长茂盛，枝繁叶茂，郁郁葱葱，只是显得有点老态龙钟，不再挂果而已。原来，茶籽树的生命力竟然如此旺盛，极富生命象征意义。

故乡那片茶籽林，一年四季，常青常绿，俨然绿的海洋，十分养眼。一望无垠的茶籽树，林海莽莽，次第生长，错落有致，蔚为壮观。山风吹拂，绿浪滔滔，一浪接着一浪，后浪推着前浪，美轮美奂，犹如轻盈的少女，脚尖踮着绿色的地毯，扭动着小蛮腰，挥舞着衣袖，翩翩起舞，是那样的妩媚动人，那样的温柔优美；茶籽树发出的沙沙响声伴随着忽忽的山风，宛如天籁之音，曼妙动听，荡气回肠。每每到了花开季节，漫山遍野的茶籽花，犹如洁白无瑕的雪花飘落在绿色的山野间，铺天盖地，银装素裹，一尘不染，整个大马岭俨然一派白雪皑皑的世界，好一幅"瑞花兆丰年"的山村图景。每当晨曦初露，露水还没退去之时，那茶籽花的馥郁芳香伴随着晨风四处飘散，整片茶籽林弥漫着茶籽花的清香，如再舔一舔茶籽花蕊上沾有晨露的花蜜，醇香，甘甜，清凉，沁人心脾，如沐春风。

故乡那片茶籽林历经风霜，已到了风烛残年，加之受到环境污染的影响，能挂果的茶籽树越来越少了。况且，受榨油条件所限，村民很少上山采摘茶籽果了，唯有六叔觉得茶籽丢荒挺可惜，还偶尔上山采摘。后来六叔年纪大了，身体大不如前，家人也不再同意他上山采摘茶籽果了。如今，那片茶籽林仍然按着自然生长规律，花开花落，生生不息，老茶籽树旁又长出了新的茶籽树，一派生机勃勃的景象。

茶籽树是综合开发利用潜力巨大的经济林木，发展前景广阔，而且茶油有极高的营养价值和养生保健功效，素有"东方橄榄油"之美誉。现在，很多山区都大规模开发林地，大力发展茶籽种植，而且取得了较好的经济效益。我常常想，如果家乡人能凭借这股东风，依靠自己的智慧和勤劳的双手，着力保护、培育和经营故乡那片茶籽林，不久的将来，那片茶籽林必将又是一个美好春天。

原载《茂名日报》2016.02.05

荔枝情

孩提的时光刹那间飞逝，童真与童趣，童心与亲情，是那样的纯真，那样的无邪，令我倍感弥足珍贵。

童年的我是在山旮旯朗韶大坡度过，家境一贫如洗，经济拮据，入不敷出，那日子可想而知。那时候，要是能吃上荔枝，哪怕是一颗，也是一件十分奢侈而刻骨铭心的事情。

我清楚记得读小学一年级的时候，吴铁新老师组织学生跳绳，说跳得快而好的可参加全镇学生跳绳比赛。很幸运，我居然被选中作为桃杏小学5名选手之一参加比赛。我把消息告诉母亲，母亲高兴得手舞足蹈，眼里溢满泪花，竟然舍得把她自己平时省吃俭用、从牙缝里挤出来的5角钱塞给我，说让我比赛时买东西吃。

那时，大坡粮所地院宽阔，地面平滑干净，是理想的比赛场地。比赛时，场面震撼，人头攒动，人声鼎沸。初赛后，我们5个未曾去过大坡墟的农村娃，相约逛墟街。大坡墟只有两条凹凸不平的街道，街边稀稀落落几个摊挡，又不是墟日，行人少得可怜。我们走着走着，发现街边蹲坐着一老农，头戴斗笠，面前摆着箩筐，箩筐上的大簸箕堆着状如富士山的荔枝，均匀饱满，鲜红水灵，耀眼夺目，惹人喜爱。从未吃过荔枝的我，眼睛瞪得圆鼓鼓的，口水也似乎在喉咙里上下倒腾。

"阿公，荔枝怎么买呀？"我不由自主地用手摸了摸羞涩的衣兜，捏了捏母亲给我的那5角钱，不好意思地问。

"我的荔枝是老树长的，肉质鲜美，甘酸可口。"老农似乎看透了我们的心思是随口问问而已，并没有正面回答价钱，只是一味地介绍荔枝的好处，"荔枝可以补脾益肝、理气补血、补心安神。"

我们听得一头雾水，看着那鲜红的荔枝，却没钱买，只好悻悻而离开。回到临时住地，我思前想后，似有不甘，便独自快速折回，花了两角钱买了两颗荔枝，囫囵吞枣地吃了一颗，而把另一颗揣进衣兜里，若无其事地又回到了住地。

翌日，比赛结束，我兴高采烈地往家里赶，看见母亲正在地里干农活，便三步并作两步走，一边扬着手中的荔枝，一边冲着母亲大喊："妈，荔枝，荔枝，荔枝！"

"你自己吃吧，你正长身体呢。"母亲放下手中的农活，喜出望外地一手把我搂入怀里，抚摸着我的头，推让着说。

"妈，你吃，你吃，我吃了一颗，挺好吃的。"我用乞求的语气地说。

母亲经不住我的再三纠缠，终把那颗鲜红的荔枝剥开，放到嘴唇边轻轻吸吮了一下，然后像衔蜜糖般品尝起来。

我幸福地偎依在母亲的怀抱里，看着她那疲惫不堪的样子，突然想起了还剩下3角钱，立马递给了她，母亲默不作声，只见她那坚强而有力的双手紧紧地搂住我，潸然泪下……

原载《茂名日报》2016.05.17

卖禾秆

周末，自驾车沿着茂东快线随意兜了一圈，一望无垠的田野，禾苗长势喜人，绿意盎然，青翠欲滴，令人浮想联翩。看着绿油油的沃野，是那样的熟悉，又是那样的陌生。这种感觉似乎是对童年生活的一种时代记忆，脑海立即浮现了孩提卖禾秆的情景，如在昨天。

20 世纪七八十年代，山旮旯朗韶大坡，交通落后，信息闭塞，唯一一条沙面县道，盘绕着崇山峻岭，蜿蜒逶迤，九曲十八弯。但凡坐车往来大坡的人，很少不晕车不呕吐的，要是不晕车不呕吐反而显得不正常了。因而，大坡的外来人员少得可怜，经济往来也几乎没有，农民穷得叮当响。那时候，大坡墟唯一一家乡镇企业大坡造纸厂，生产的纸全都是包装用的清一色牛皮纸，纸质粗糙而耐用。大坡造纸厂不大，矗立在大坡河边，河上横亘着一条像大渡河泸定桥一样的铁索桥，几条粗大的铁索铺着木板，走在上面就像荡秋千，摇摇晃晃，稍不留神就有跌落万丈深渊的危险。要是遇上恶作剧的人在桥头用力摇晃铁索，铁索桥就颠簸得更加厉害，左右摇摆，根本没人敢过桥。即使胆再大，双手也得死死地抓住铁索桥的扶手，双脚叉开，动也不敢动。我村离造纸厂约 5 里地，不算远，却要忍受着造纸厂排出的难闻气味，每当造纸厂排废气的时候，村民就戏称"纸厂放屁了"。

当然，造纸厂的存在曾给全镇人民的生活带来了一丝希冀和一线生机。那时候，造纸厂大量收购禾秆作为造纸原料。每当稻谷成熟了，农民便把晒干的禾秆挑到造纸厂换取零碎钱，一来可以帮补家用，二来可以到大坡趁墟，因而，很多农民明知造纸厂污染环境，却一点也不在乎。母亲和家姐经常挑着禾秆，跟随村民浩浩荡荡地走向造纸厂。临近造纸厂，远远就可以看到两条长龙，从铁索桥头沿着公路的两头延伸。这些农民都是从四面八方赶来卖禾秆等候过称的，个个都把脖子伸得老长，期盼着长龙快点变短、变短、再变短。农民很守秩序，禾秆过了称之后，自觉地将禾秆堆放在晒谷场上，状如小山。然后，拿着记录有禾秆斤两的纸条领取现金。那时，禾秆不值钱，即使挑得再多，也就是那么一块几角钱。

有时候我也会跟随家姐挑禾秆去卖。记得一次，出发时还阳光灿烂，晴空万里，可准备返家时天色突变，乌云密布，雷电交加，大雨如注，我们不得不在造纸厂避雨。暴雨过后，大坡河的河水急剧暴涨，洪水如猛兽般从上游肆虐下来，挡住了我们回家的路。家姐只好带着我从造纸厂一侧的山脚穿过一片农田，踩在长满青草的田埂上，软绵绵，滑溜溜。当走到一半的时候，发现一条小溪把这片农田分开了两半，因洪水暴涨，堵塞了溪水向外流，倒流溢向农田。渐渐地，那片农田变成了一片汪洋，分不清哪是田埂，哪是农田。这个时候，家姐急中生智，挽起裤腿，不容分说背起我，深一脚浅一脚地蹚着水过去。然后，我们沿着河边的山岭，快速走上一条崎岖而泥泞的山路。总算有惊无险，我们松了一口气，家就在山路的另一头。

　　时过境迁，物是人非。每每回想起孩提卖禾秆的那段经历，至今仍心有余悸。令人欣慰的是，曾风光一时的造纸厂关闭了，铁索桥也变成了钢筋水泥桥，很多农民都已洗脚上田，念起了生意经，大坡人过上了世外桃源的生活。最近，大坡镇还荣获目前茂名唯一一个"省级生态镇"称号，这是大坡人共同奋斗的结果，更是大坡人的荣光。朗韶大坡，虽说不上人杰地灵，然而，一山一水、一草一木，却充满灵气，充满绿色，充满希望，成了大坡人最引以为豪的地方。

原载《茂名日报》2016.05.25

远去的汽灯

　　汽灯，作为一个时代的产物，对现在的年轻人来说也许很陌生，也很遥远，可对"70后"的我来说，那再也熟悉不过了。可以这样说，汽灯，见证了时代的变迁，见证了农村日新月异的变化。

　　汽灯，又称煤气灯、大光灯，是一种将煤油（火水）汽化后燃烧照明的灯，在没有电的年代，广泛应用于农村户外劳作或者集体活动。汽灯由油壶、灯体、灯头（灯纱罩）、玻璃罩、输油汽化等部件组成，外壳一般用铁皮或黄铜皮制作而成。汽灯以煤油作为燃料，点着后，利用热量把煤油变成蒸气，喷射在灯纱罩上。灯纱罩是经过硝酸钍溶液浸泡制成，在高温下发出白色而耀眼的强光，亮度比煤油灯高几倍。汽灯的顶部有一个像草帽檐一样的遮光罩，在其遮挡下，可照亮十几米远。

　　20世纪七八十年代，家乡朗韶大坡农村还没有电灯，村民晚上没有什么活动，一般很早就进入梦乡了。生产队要是分稻谷、小麦、番薯、芋头、山货什么的，都在社屋进行，而且喜欢在晚上，一来不耽误白天农活，二来晚上凉爽，空气清新，干起活来不太累。夜幕降临了，生产队长便不紧不慢地把汽灯高高挂在社屋的屋檐下，地堂亮如白昼。村民携老带幼聚拢在地堂上，大人们当然以分粮作为大事，记账的记账，称粮的称粮，装袋的装袋，挑粮的挑粮，忙得不亦乐乎。我们几个捣蛋鬼的兴趣固然不在分粮上，而是围着汽灯团团转，自寻欢乐。汽灯一亮，各种各样的蚂蚱、飞蛾、昆虫、壁虎等就迫不及待地趋光而来，形成了一道独特的风景。于是，我们就不停地追逐捕捉，或衣服打，或扫帚扑，或手捉，或树枝敲，或棍子赶，各显神通，乐此不疲。

生产队也经常利用晚上时间在社屋开展丰富多彩的活动，印象最深的是举办扫盲班，男女老少都得参加。几盏汽灯齐齐上阵，把地堂照得亮堂堂，社屋被挤得水泄不通，没地方坐的，便坐在地堂上面。村民们倒也聚精会神地跟着老师一字一句地读生字、读文章。中途休息时，大家集中地堂齐唱《解放区的天》，我们几个捣蛋鬼也跟着大声唱，"解放区的天是明朗的天，解放区的人民好喜欢，民主政府爱人民呀，共产党的恩情说不完……"歌声震耳欲聋，响彻云霄。

当然，孩提时最热闹的当数年例。每年的正月十五年例，生产队就组织鬼仔戏演出。鬼仔戏的舞台一般设在社屋，那里地堂宽阔，方便外村人观看演出。这个时候，生产队长便会从社屋里拿出汽灯，先把汽灯的油壶灌满火水，套上灯纱、玻璃罩、灯罩，然后在油壶侧边的阀门打气，最后把汽灯点着火挂在舞台上。外村人知道演出快开始了，便打着火把或手电筒或提着火水灯，陆陆续续穿过田垌，沿着崎岖的山路前来观看。人越聚越多，地堂越来越亮，汽灯、火水灯、火把聚集在一起，照亮了半边天，算得上是真正的灯火辉煌。鬼仔戏演出，高潮迭起，掌声雷动，笑声不断。演出结束后，朦胧的夜色当中，外村的村民又手拿火水灯或火把或手电筒返家，浩浩荡荡地走在田野上，宛如一条长长的火龙从社屋一直向村口外延伸，蔚为壮观，令人叹为观止。

家乡有两条河，河水齐膝，不算湍急，鱼类却非常丰富，因而村民频频光顾这两条河。黄昏时候，村民就用竹篙一头挑着汽灯，一头挑着鸬鹚去河里捉鱼。鸬鹚非常乖巧，稳稳当当地站在竹篙上，为保持身体平衡，偶尔会扑腾几下翅膀。天黑了，村民便把汽灯点亮挂在竹排的排头上，一来可吸引鱼，二来可用灯光照着鸬鹚捉鱼。村民撑着竹排穿梭于两条河之间，三五个鸬鹚时而钻下水里，时而浮出水面，时而跳上竹排，时而拍打着翅膀，时而吐出口中的鱼，村民自然乐得合不拢嘴。辽阔的旷野，寂静的夜色，远远望去，河面渔火点点，汽灯的亮光显得是那样的渺小，又是那样的伟大。我父亲也喜欢捉鱼，但不是撑竹排去捉，而是用渔网。父亲先把渔网撒到河里，然后回家吃晚饭，待到夜深人静的时候，再提着汽灯独自到河里收网。渔网一收，活蹦乱跳的鱼儿在渔网里挣扎着，最后变成了我们的美味佳肴。

随着社会的进步，曾带给人们无限快乐和希望的汽灯，渐渐淡出公众的视野。现时的灯饰层出不穷，花色多样，品种繁多，然而，却很难找得到汽灯下那种迷人的气氛，那种热闹的场面。这种情景似乎一去不复返了，唯有从心底里或者从梦境中寻觅远去的汽灯，重拾孩提时的悠悠岁月和欢乐时光。

原载《茂名日报》2016.06.15

故乡的水井

今年春节前，大坡乡下的六叔打来电话，说家乡那口水井坍塌了，水泵被埋在井里，要是不重新挖一口水井，恐怕过年没水用了。这是意料之中的事，那口井几年前就曾出现过险情，遗憾的是，没能引起村民的足够重视，总认为家门口有一大一小两条河流，大马岭也有泉水，即使没有了那口井也影响不了生产生活。可事实并非如此，随着经济的发展，两条河的河水早已受污染了，不能再饮用。这个时候，村民真的急红了眼，有的到别村挑水喝，有的从大马岭自引泉水，有的买桶装矿泉水。如今看来，没有了那口井，父老乡亲的生产生活真的成了一个大问题。

家乡三鼎村本来有一口老井，年代有多远，村中90多岁的老人也无法说出个子丑寅卯，只知道祖祖辈辈都得靠那口老井生产生活，繁衍生息，因而，三鼎村人对那口老井有着一种抹不去的特殊情结。我清楚记得，孩提的时候，那口老井四周就已爬满了青苔，井水清澈见底，甘甜清冽。井水满的时候，就沿着井边溢出，井边的青苔便伴随着淙淙的流水，一晃一晃，飘飘忽忽，似乎在挥手致意。村中的男女老少常常聚拢在老井边，里三层外三层，围得水泄不通，有的洗衣搓衫，有的淘米洗菜，有的洗碗刷碟。忙完家务，便围坐在石井边，拉家常叙乡情，议农事话丰收，谋发展说未来，倾国事谈理想，侃大山吹牛皮，天南地北，无所不谈，欢声笑语，乐也融融。小伙伴也围着那口老井追逐嬉戏，打水仗，打闹玩耍，整口老井弥漫着一种欢乐热闹祥和的气氛。

老井周围长满竹子，葱葱茏茏，青翠欲滴，山风吹拂，沙沙作响，撩人心扉。山野间零零星星长着龙眼树、菠萝树、黄皮树、杨桃树，有的枝繁叶茂，绿叶如盖，福荫着三鼎村；有的挺拔苍劲，高大伟岸，直插云霄，呵护着绿色家园；有的婀娜多姿，点青缀绿，装点着多彩的生活。每当夜幕降临的时候，百鸟归巢，吱吱喳喳，汇成了一曲动人的交响乐章，不一会儿光景又归于平静。这个时候，那口老井也就别有一番韵味了。山村静谧，月光皎洁，树影斑驳，绿叶婆娑，流水潺潺，田野蛙鸣，村中犬吠，丛林虫叫，偶尔飞来的萤火虫，像彗星一样拖着长长的尾巴在夜空中轻轻掠过，为恬静悠远、空旷辽阔的山村平添了几分亮色，分明勾勒了一幅"明月松间照，清泉石上流"唯美的山村图景，着实令人着迷、憧憬和神往！可惜的是，20世纪90年代中后期，农村开展山水田林路综合治理，村中修建的硬底化村道刚好经过那口老井，我们眼巴巴地看着那口老井被填埋了。

老井被填埋后，村民便在离老井不远的泉眼处重新打了一口井，至今用了20多年，也许受当时的技术条件所限，这口井今年春节前竟然坍塌了。我们外出工作的几个堂兄弟以电话方式简单沟通商量了一下，决定在已被填埋的老井旁边重新打口水井。堂弟阿标找来挖井师傅勘察地形，认为老井旁边的位置固然不错，但是水质倒是一个大问题，毕竟老井已填埋了20多年，水质能否达到饮用标准不得而知，要是花了一大笔钱挖口新井，而井水不达标，那就白搭了。想来也是，还是就坍塌的水井重新修葺为妥。请来的几茬挖井师傅对坍塌水井进行了一番细致的勘察，扭头就走了，说辞居然如出一辙，说"不敢干"，说水井深不可测，井壁渗水不止，脱落的泥土往井里掉，落英缤纷，稍不留神就会危及生命，这不是儿戏啊。后有一挖井经验老到的师傅，经兄弟们的一番唇枪舌战、好说歹说才勉强答应。修葺水井时，挖井师傅做足了安全保护措施，可远在茂名的我却不大放心，总觉得危险随时会向他们袭来，电话中一再叮嘱务必小心行事。幸好，几日几夜的奋战没有白费，水井修葺一新了，经过多次清洗、抽水、消毒、除味之后，终于又用上了甘甜清冽的井水。

今年回家乡过年，远远就看见了半山腰那修葺一新的水井，途中特意停车想目睹一下水井的芳容，可厚重的井盖把水井盖得严严实实，根本无法打开，只好在水井边转了一圈，然后悻悻离开。回到家，我拧开水龙头，哗啦啦的山泉水鱼贯而出，不一会儿工夫就装满了一大水缸。我不由自主地舀起一小勺水一饮而尽，沁人心脾，似乎有一股暖流在血液里流淌，浑身上下顿感清爽、凉快、惬意，如沐春风。

原载《茂名日报》2016.06.21

故乡那条水渠

朗韶大坡地处茂北山区，空气清新，田野、高山、村庄、道路……一年四季都是绿色，连那一大一小的两条河流也绿了起来。由此看来，大坡这个"广东省生态镇"称号绝不是浪得虚名的，不知凝结了多少代大坡人的心血和汗水。

有人说山里人淳朴、真诚、友善、勤劳，听到这样的评价，作为山里人的我自然而然倍感自豪和骄傲。如今，我尽管生活在城市，然而却忘不了故乡那一山一水、一草一木、一砖一瓦、一景一物。绿色的三鼎村，春夏秋冬，绿意盎然，鸟语花香，令人憧憬和向往。

家乡门前有一大一小的两条河流，绿水长流，波光粼粼，鱼影斑驳，犹如随风飘舞的绿丝带，舞出了山里人的希冀和梦想。两条河流交汇冲积而成的那片农田叫三等垌，土地肥沃，成为一代代三鼎村人生产生活的地方。三等垌虽然地处两河交汇，但是地势较高，生产用水略显困难，也许基于解决生产用水问题，不知哪一代的三鼎村人依据三等垌的地势，沿着大马岭山麓开凿了一条与小河流势同向的引水渠。那条引水渠离河面五六米高，随着连绵起伏的大马岭地势而单边开凿，弯弯曲曲，一直延伸到桃杏小学门口与小河相连。远远望去，分辨不出哪里是水渠，毕竟水渠边上长满了芦苇和杂草杂木，与绿色的大马岭糅合在一起，即使走近去看，也难以置信在半山腰居然隐藏着这么一条水渠。水渠边很窄，刚好容得下两个脚板，人走在上面，有一种悬空的感觉，稍不留神就有跌落小河的危险，晕高的就更不能走了。可是，我们村里的人就不一样了，挑着东西也能脚下生风，健步如飞，这也许是山里人的生活本能。

故乡那条水渠，一旦源头堵塞，三等垌的那片农田就会变得干旱无比，无法耕作。这个时候，生产队队长便组织村民到桃杏小学门前的水渠源头清淤。我清楚记得，20世纪70年代末，我还没上学，便嚷着跟母亲一起清淤。那时候，水泥和红砖是紧俏货，农村人一般很难用得上，那条水渠是用石子和少量的水泥沙搅拌而砌起来的，或许是年代久远之故，水渠边裸露出光滑的石子，锃亮可鉴。我们沿着水渠边沿走，母亲侧着身，一手拿着锄头，一手扶着我，我小心谨慎地跟着母亲，如履薄冰。尽管有母亲搀扶着，然而看着脚下的小河，我还是非常紧张，紧紧地抓住母亲的手，手掌心还慢慢地渗出了汗水。当走完那条水渠的时候，提到了喉咙眼的心才放了下来，长长舒了口气。

孩提的时候，三鼎村的小伙伴喜欢成群结队去上学，走水渠肯定比较危险，因此，村中大人宁可让小孩趟小河也不让走水渠。要是下雨天，河水暴涨，小伙伴不得不选择走水渠上学，因担心大马岭会发生泥石流，村中大人便陪着小伙伴走。看着汹涌澎湃的河水，小伙伴的腿情不自禁地颤抖起来。小伙伴习惯天刚蒙蒙亮就去上学，跟着月亮走，趟小河，走公路。走在公路上，小河对岸的大马岭漆黑一片，看不清那条水渠，让人瘆得慌。水渠边上有一座天然的小石屋，能躺下一个人，有时候会看见小石屋出现像蜡烛一样的微弱火光，忽闪忽闪，大人说那是"鬼火"。说起"鬼火"，小伙伴刚开始时害怕得要命，后来听老师说那是一种叫磷的东西，会自燃，久而久之，小伙伴就再也不怕"鬼火"了。有时候也会看见结伴而飞的萤火虫拖着彗星般的长尾巴，一闪一闪，令人浮想联翩。

三等垌那片农田的水渠是沿着水田边挖掘的约有200米长的泥渠。村中小伙伴只要发现农田用水充足，就会在泥渠接口的地方先用泥和草皮堵截起来，把上游的水引进小河，然后用手把那泥渠的水慢慢地瓢干，泥渠的水基本流完后，便是小伙伴大展拳脚的时候。看见泥渠里活蹦乱跳的鲤鱼、鲮鱼、菩萨鱼、泥鳅、黄鳝、塘鲺、虾……小伙伴兴奋地捉鱼、捏泥丸、打泥仗。然而，一旦遇见水蛇或者水蛭，小伙伴就吓得呱呱大叫，甚至丢下鱼虾拔腿就跑。也许，这就是那时候农村小朋友最大的童趣。

20世纪90年代初，大坡大力发展山区小水电，有老板看中了故乡那条水渠，决定把那条水渠扩建成三面光的引水渠。如此一来，三鼎村很多村民的自留地就没了，我家的尤甚。发展山区小水电好事一桩，村民虽然没有得到什么补偿，可是仍然很乐意地献出土地。这位老板也知恩图报，主动为三鼎村修建一座桥，村民出入方便，学生再也不用蹚河上学。如今，故乡那条水渠犹如一条巨蟒，盘绕着大马岭脚蜿蜒逶迤，河水常年流淌，为发展山区经济发挥着应有的作用。

原载《茂名日报》2018.04.26

山川夜话

美人圆月咱故乡

北国江城

　　松花江、松花湖、雾凇、满清建筑、吉林陨石……令人目不暇接，流恋忘返，美不胜收！每每想起这些，我真有再去一次北国江城的冲动。

　　回味那次去吉林，还真感谢上天的眷顾。前年 8 月 14 日，我们两个家庭自行组团从沈阳坐动车前往长春，目的是到长春再转当晚的火车到长白山天池。在动车上，我与长白山管委会接待办电话沟通，出乎我的意料，"你们不是 17 日吗？怎么提前来啦？如果是 14 日，住房已满，我们没法安排啊。"我们一怔，他们不是把粤式普通话说的"14 日"误听成"17 日"了吧？还是传真搞错时间了呢？我百思不得其解。到了长春，我们犹豫不决，去，只能随旅行团，夜间坐车，路途遥远，孩子又小，身体受不了；不去，半途而废，太可惜！我们最终阴差阳错辗转到了吉林市。

　　一下车，吉林市接待办的车早已在火车站门口等候，大家欣喜若狂，喜出望外，"我们终于踏上了这块满族发祥地之一、神奇而瑰丽的'江城'土地了！"我的儿子仿佛对吉林的历史了如指掌，脱口而出。吉林市是中国唯一一个与省重名的城市，在满

142

族语言里，吉林被称为"吉林乌拉"，意为沿江之城；清康熙帝东巡吉林，惊叹松花江的瑰丽神奇而即兴写下了《松花江放船歌》，其中有"乘流直下蛟龙惊，连樯接舰屯江城"的诗句，因而，吉林又名"江城"。吉林市犹如镶嵌在松花江畔上"由江而来、沿江而走、依江而展、因江而美"的一颗璀璨明珠，一江秀水，三叠碧湖，四脉奇山。千里涓涓的松花江呈反 S 形穿越城区蜿蜒而过，形如太极，江水回旋，"前朱雀、后玄武、左青龙、右白虎"四座奇山，钟灵毓秀，造化奇异，鬼斧神工，犹如四尊神佛拱卫吉林，大自然的造化钟秀，造就了吉林市"四面青山三面水，一城山色半城江"的天然美景。吉林自然景观别具风格，独树一帜，是名扬四海的"北国江城"。吉林人常说"不到长城非好汉，不进吉林枉此生"，看来，我们这次错有错着，不枉此行，自然也就不枉此生了。

次日，我们在吉林市接待办张婷的陪同下，走进了吉林北山公园。吉林北山始建于1924 年奉系军阀代表张作相任吉林省政府主席期间。北山公园内名胜古迹众多，我们驻足揽辔桥，揽辔桥相传为康熙帝东巡吉林时御驾亲临之处，康熙玉石碑上刻有康熙帝所作的《松花江放船歌》。参观北山寺庙群，只见关帝庙、药王庙、坎离宫、玉皇阁错落有致地分布于东峰上，寺庙勾心斗角，雕龙画栋，独具特色，集儒教、佛教、道教于一体，再现了三教杂糅的中华传统文化。每到民间庙会，北山公园香火鼎盛，烟雾缭绕，朝拜者络绎不绝，纷至沓来，达数十万众，如今已成为人们踏春、消夏、赏荷、观雪的关外名山、东北胜地。随后，我们走进了满族历史长河，参观了设在王百川大院的吉林市满族博物馆，馆内陈列着大量文物、珍贵照片以及相应的辅助展品，集中反映了吉林市自南北朝以来，历经隋唐、五代十国、辽、金、元、明、清、民国至今，满族的先人勿吉、琳耦、女真直到今日满族的发展历史，我们领略了昔日满族衣食住行、文化、教育、娱乐和祭祀活动的风土人情。午后，我们走进了中国第一个以展出陨石雨为专题的吉林市陨石博物馆，馆内珍藏着世界最大的陨石——中国吉林一号陨石以及全世界 10 多个国家送来的各类陨石标本，我们目睹了吉林陨石的芳容，与其合影留念，还观看了"陨石雨"3D 影片。至此，我们才恍然大悟，吉林陨石母体原是太阳系火星与木星之间小行星带中的一颗行星，年龄约为46 亿年。

晚上，我们走进被称为"吉剧"的二人转大舞台，火爆场面令我们惊叹不已，人山人海，有"南有小沈阳，北有小吉林"之称的"小吉林"尽情表演，一出演罢另一出登场，高潮迭起，强劲的音乐声与掌声、欢笑声、呐喊声、喧哗声、哨子声、脚踏声汇成一曲交响乐，震耳欲聋，响彻大舞台。面对江城人对"二人转"传承文化的追求和狂热劲儿，着实令我们粤西几个人汗颜，无地自容啊！尔后，我们漫步松花江畔，沐浴江风，观赏松花江夜景。其时，吉林市正在举办"中国·吉林市第二届松花江河灯文化节"。松花江两岸人头攒动，人声鼎沸，川流不息。我们循声望去，吉林大桥至临江门大桥之间的江面上为世人展现了一幅绚丽多姿、色彩斑斓的画卷。松花江面上的彩船，霓虹闪烁，流光溢彩，鲜艳夺目，伴随着江水的涟漪一漂一忽地晃动；漂浮着的数万盏河灯，五光十色，如百舸争流，如千舟竞渡，如万莲齐放，争妍斗丽，艳影妩媚，顺流而漂，逐波绽放，把松花江装扮得花枝招展，端庄秀丽；江岸高楼林立，灯火阑珊，灯影摇红，垂柳依依，袅袅伊人，花香袭人；半月炫天，星光熠熠，街灯朦胧，遥相辉映；夜空中，突然间万花迸发，多彩多姿，异彩纷呈，如火树银花，如菊瓣飘零，如麦穗飘香，如笑脸迎宾，如彩球舞风，如喷泉扬风，如仙女散花，五彩缤纷的烟花映红了松花江面，与江面的彩船、河灯辉映成趣，相得益彰，美轮美奂，如诗如画，如梦如幻！

第三天清晨，我们的车沿着松花江的走势倚江畔缓缓驶向有"北国明珠"之称的松花湖。车内凭窗远眺松花江，在阳光照射下，波光粼粼，耀眼夺目，鸥鹭低飞，浮光掠影，看着那条千里涓涓而充满灵性的松花江，虽然没有长江的波澜壮阔，没有黄河的奔腾咆哮，没有珠江的飘逸跌宕，然而，她却是宁静而致远的港湾，江风习习，风清气爽，呵护着江城之人，那么的惬意，那么的心旷神怡，令人遐想。

我们的车渐渐地进入了松花湖风景区。首先跃入眼帘的是丰满水电站的雄姿，为纪念修建大坝死难的万人劳工而建的丰满劳工纪念馆以及镌刻着"不忘阶级苦，牢记血泪仇"的纪念碑。丰满水电站是1937年日本侵占东北时松花江被拦腰截断而兴建，是当时亚洲规模最大的水电站，几经改建，才有今天的恢弘气势。丰满大坝全长1080米、高91.7米，湖水形成的落差达67米。坝的左侧是溢流坝段，为孔口式溢流堰，堰顶高程252.5米，共有11个孔，各宽12米、高6米；设计泄洪量9020立方米/秒，校核最大泄量9240立方米/秒，用差动式跃水槛消能；坝的右侧是发电厂房，长189米、宽22米、高38米，现有发电能力为100.4万千瓦，平均年发电量19.41亿度。湖水倾泻而下，如白练悬挂，喷珠溅玉，蔚为壮观，再现了"飞流直下三千尺，疑是银河落九天"的奇观。

"一湖烟水真如画，哪座青山不是诗？"我们坐上游艇，凭栏眺望松花湖，她沿山谷呈狭长多弯之状，如松花，烟波浩渺，碧波万顷，白帆点点。游艇沿着曲折狭长的湖面缓慢行驶，骆驼峰、五虎岛、金龟岛依次呈现在我们面前。骆驼蹲伏水波，惟妙惟肖；五虎嬉水，同斗恶龙；如龟凫水，头尾形似，神态酷肖。环顾松花湖的四周，群山抱绿水，碧波绕青山，层峦叠嶂，深山幽谷，百鸟啁鸣，山影浑沉；山上石壁挺拔，悬崖峻峭，怪石嶙峋，仪态万千，倒影如墨；岛上杨树、桦树、榆树、胡桃楸、红松、白松、鱼鳞松、落叶松、云杉，次第生长，漫山遍野，莽莽林海，层林尽染，犹如颗颗明媚的珍珠镶嵌在绿绒屏上，犹如朵朵出水芙蓉浮现于碧池中。

"再往南去，湖越窄，山越陡，石越奇，景越美。将军崖巍然陡立，南天门高入云天，无嘴鹰兀守湖畔，美松岩苍松满坡，千姿百态，胜景天成，引人入胜。"副主任孙澜薇手指前方，饶有兴致地说，"山上盛产人参、黄芪、贝母、党参、天麻、瑞香、五味子等名贵药材，堪称'百药之乡'。时间关系，我们姑且游览到这，留点遗憾给下一次，把船调头吧。"看着松花湖的美景，我若有所思，难怪著名诗人贺敬之游览松花湖后挥笔写下了如此诗句："水明三峡少，林秀西子无，此行傲范蠡，输我松花湖。"江泽民更是欣然题词"青山绿水松花湖"。

下船后，我们径直走进湖上餐厅。"我们今天吃全鱼宴。"李颖主任指着桌面上的菜肴，如数家珍，侃侃而谈，"这就是'三花一岛'，这是鳌花鱼，那是鳊花鱼，又名边花鱼，那是季花鱼，又名吉花鱼、鲫花鱼。这是我们今天要隆重推出的吉林名菜——清蒸白鱼，白鱼又名岛子鱼，肉质鲜美、可口，堪称一绝。"席间，我百感交集，情不自禁地抬头看看松花湖的湖光山色，"山畔牧歌迥，湖畔渔歌远。亭畔三花一岛肥，佐盏频斟满。回手扣诸天，肯否均恩典？我欲匀些角落归，借问谁分管？"这不正是松花湖的真实写照吗?!

在返程的路上,看着湖边那依依的杨柳,依依惜别之情油然而生,"昔我往矣,杨柳依依。今我来思,雨雪霏霏。"静观湖水,静听水流,那是一种心境,静心,静神!那是一件多么赏心悦目之人间快事!吉林同行邀请我们冬天再来,看看千里冰封的隆冬时节,穿城而过的松花江依旧碧波荡漾,雾气蒸腾,玉树琼花,银雕玉砌,"一江春水碧,两岸雾凇凝"独特的气象奇观。

我想,我们会重踏江城,一睹以"冬天里的春天般诗情画意的美"而闻名遐迩,与黄山云海、泰山日出、钱塘潮涌一道被誉为中国四大自然奇观之一的"吉林雾凇"。

原载《茂名日报》2014.07.24

画里的乡村

宏村，步步为景，处处皆画，构筑了一件完美无瑕的艺术精品，体现了宏村历史悠久、博大深邃的文化底蕴。宏村，至清代已是"烟火千家，栋宇鳞次，森然一大都会矣。"

宏村，"中国画里的乡村"，当之无愧，实至名归啊！

——题记

从黄山景区坐车返回市区屯溪的途中，我们谈笑风生，兴致盎然，意犹未尽，谈笑间有人提议拐道到"宏村"走一走，看一看，感受一下徽派的建筑风格和独特魅力，领略一下明清"牛形村落"的神韵和雄姿，玩味一下素有"中国画里的乡村"之村野风情。"好！"大家异口同声地欢呼起来。

刚刚步入宏村牌坊，宛如一把"弓"的南湖便纳入了我们的视线，贯穿湖心的长堤如"引而不发的羽箭"，"画桥"拱桥如羽族，形象逼真，生动传神。放眼望去，湖岸古树参天，青藤盘绕，苍翠欲滴，垂柳婀娜，百鸟啁啾；湖面鸭群悠然嬉水，鱼儿欢跃，远峰近宅，浮光倒影，水天一色；绿荷摇曳，荷香飘逸，粉红花蕾，含苞欲放，绵绵细雨斜飘在荷叶和花蕾上，平静的湖面让荷叶上滑落的雨珠荡起阵阵涟漪，"入夏菱荷香，镜面净为扫"，荷花是那样的鲜艳夺目，那样的玲珑剔透，那样的天真烂漫，那样的富有诗情画意。我情不自禁想起了南宋诗人杨万里的诗句："毕竟西湖六月中，风光不与四时同。接天莲叶无穷碧，映日荷花别样红。"尽管意境、心境不一样，但是我想，把这首诗的意韵用于诗画般的宏村南湖，也不为过吧。

南湖的北畔是南湖书院，颇具传统徽派建筑风格，亭台楼阁，粉墙黛瓦，倒映湖中，辉映成趣；书院内的志道堂、文昌阁、启蒙阁、会文阁、望湖楼、祇园在我们眼前一晃而过。走出书院，雨丝飘零，静静伫立湖畔的南湖书院，显得是那样的幽深，雅静，清新，明丽！

走进宏村，只见宏村依山傍水而建，背倚秀美青山，清流抱村过户，户户水道相连，数百幢明清民居建筑傲然屹立，鳞次栉比，气势恢宏。高大奇伟的马头墙，既有骄傲睥睨的神情，又有明朗素雅的韵致；灰白的墙壁被岁月涂画得斑驳陆离，尽显凝重，沉静，肃穆。我们沿着用清一色青石板铺就的路面行走，街巷蜿蜒，曲径通幽，汩汩清泉潺潺流过，鱼翔浅底，每家的庭院花木芳香馥郁，鱼池水榭各具特色，有的浓墨重彩，有的泼墨写意，有的流光溢彩，有的轻描淡写。路两旁的层楼叠院，高低错落，临街的商铺，专卖雕刻工艺品或琴棋书画或风味小吃，游人如织，熙熙攘攘，人声鼎沸，与湖光山色交相辉映，静中有动，动中有静，动静相宜，这不正是清朝举人吴锡麟所述的"宏村南湖游迹之盛堪比浙江西湖"吗？宏村，处处是景，步步入画，犹如一幅缓缓舒展的乡村山水画卷。

宏村是按照"牛型村落"进行规划、设计和开发的，引清泉而建的水圳为"牛肠"，九曲十弯，穿堂过屋，从每家每户门前流过，"牛肠"流入村中的"牛胃"月塘，过滤后，复绕屋穿户，流向村外被称为"牛肚"的南湖，再次过滤后，从南湖流出，灌农田，浇果木，重新流入漓溪县，从而形成了"雷岗为牛头，古树为牛角，水圳为牛肠，月塘为牛胃，南湖为牛肚，民居为牛身，木桥为牛脚"的牛形村落。如此别出心裁的村落水系设计，不但可解决消防、灌溉、生活用水，而且可用来发电，增加经济收入，还可调节小气候和气温，改善温度和湿度，从而使全村终日浸润在清凉的世界里，静谧的山村自然变得动感十足，活力四射。"浣汲未防溪路远，家家门前有清泉"，宏村可称得上"人文景观、自然景观相得益彰，是世界上少有的古代有详细规划之村落"。

步入明清民居承志堂，整栋建筑为木质结构，布局之工，结构之巧，装饰之美，营造之精，令我们为之一振，叹为观止。屋内的砖雕、石雕、木雕装饰，精雕细刻，富丽堂皇，美轮美奂，令人眼花缭乱，目不暇接，美不胜收。正厅横梁、斗拱、额枋雕刻有"渔樵耕读""三国演义戏文""百子闹元宵""郭子仪拜寿""唐肃宗宴客图"等，尽管人物众多，层次繁复，然而在精雕细镂之下，人不同面，面不同神，神态自若，以目传神，惟妙惟肖，栩栩如生；花门、窗棂、房梁、屏风、家具上的木刻，别有韵味，造型独特，细腻精巧，飞金重彩；搓麻将的"排山阁"，吸鸦片的"吞云轩"，别具一格，令人憧憬。

步出承志堂，我们沿路还参观了古朴典雅的敬修堂，气势非凡的东贤堂，西朴宽敞的三立堂等，它们都在悄然无声地展示着唯美的设计与精湛的工艺，可谓匠心独运，别树一帜，堪称徽派"四雕"艺术中的木雕精品。驻足明清商人 H 型民居敬德堂，厅前一副楹联"立志不随流俗转，留心学到古人难"，令我陷入深深的沉思，"敬德堂"的"敬"与"积"读音相近，从楹联和民居名称中足见主人的用心良苦，希望后人不应随波逐流，而应积德行善。

我们环绕宏村兜了一圈，回到村口，目睹了有 500 多年树龄的枫杨树和银杏树的风姿。它们是宏村的风水树，根深蒂固，枝繁叶茂，郁郁葱葱。北侧的枫杨树，当地叫红杨树，树冠状如巨伞，村口数亩地被掩映在绿荫之下；南侧的银杏树，当地叫白果树，形如利剑，直插天穹，老百姓称它为村口"瑰宝"。这两棵树是宏村的"牛角"，吉祥的象征。按照当地风俗，村民办喜事，新娘的花轿要绕着红杨树转个大圈，寓意百年好合，洪福齐天；高寿老翁辞世办丧事，要抬着寿棺绕着白果树转个大圈，寓意子孙满堂，高福高寿。

宏村，步步为景，处处皆画，构筑了一件完美无瑕的艺术精品，体现了宏村历史悠久、博大深邃的文化底蕴。宏村，至清代已是"烟火千家，栋宇鳞次，森然一大都会矣"。

宏村，"中国画里的乡村"，当之无愧，实至名归啊！

原载《茂名日报》2014.09.04

千年莫高窟

聚焦莫高窟的前世今生，从莫高窟的传承衍变到所承受的空前浩劫，再到政府出台措施进行保护，视觉的震撼力和穿透力着实冲击了世人的神经和眼球。是悲是喜，是爱是恨，是得是失，难以言表，只能凭自己的意念去触摸去感受去聆听莫高窟的千年文化。

——题记

不必说莫高窟的历史价值，也不必说莫高窟的科技含量，更不必说莫高窟的艺术成就，单单从莫高窟那一千多年的文化积淀足以令世人叹为观止。聚焦莫高窟的前世今生，从莫高窟的传承衍变到所承受的空前浩劫，再到政府出台措施进行保护，视觉的震撼力和穿透力着实冲击了世人的神经和眼球。是悲是喜，是爱是恨，是得是失，难以言表，只能凭自己的意念去触摸去感受去聆听莫高窟的千年文化。

衍 变

最初认识敦煌莫高窟是历史课本，知其然而不知其所以然。

近日，翻看余秋雨散文集《文化苦旅》之《道士塔》《莫高窟》，平常之心泛起阵阵涟漪，惆怅，迷茫，若有所失之感油然而生，一介书生的我悲喜交集，爱恨交加。

据唐《李克让重修莫高窟佛龛碑》记载，前秦建元二年（366），僧人乐尊路经鸣沙山，忽见金光闪耀，如万佛闪现，于是在岩壁上开凿了第一个洞窟。此后，法良禅师等又陆续在此建洞修禅，称为"漠高窟"，意为"沙漠的高处"。后人因"漠"与"莫"通用，于是改称为"莫高窟"。佛家有言，修建佛洞功德无量，莫者，不可能、没有也，"莫高窟"的意思也就是说没有比修建佛窟更高的修为了。

北周时期，随着"丝绸之路"的繁荣和发展，中国与中亚、西方诸国的商业、文化交流频繁，敦煌作为西域重镇，佛教和佛教艺术源源不断地经敦煌传入中国。唐代是中国历史上文化交流最活跃的时期，莫高窟的发展达到了全盛时期，武周圣历元年（698），即武则天时已有"窟室一千余"。元朝以后，随着"丝绸之路"的废弃，莫高窟日渐式微，慢慢湮没于世人的视野，直至乾隆二十五年（1760）改沙州卫为敦煌县，世人目光重新关注莫高窟。

莫高窟现存有北魏至元代的洞窟 735 个，分南北两区，南区是莫高窟的主体，共有 492 个洞窟存有壁画和塑像，有壁画 4.5 万平方米、泥质彩塑 2415 尊、唐宋木构崖檐 5 个、数千块莲花柱石、铺地花砖等。清光绪二十六年（1900）发现了震惊世界的藏经洞，洞内保存着 5 万多件文物，引来哗然一片，举世瞩目。莫高窟成了集建筑、雕塑、壁画于一体，世界现存规模最大、内容最丰富的佛教艺术圣地和宝库。

浩　劫

　　我曾到过敦煌莫高窟，纯粹游山玩水，印象当中，洞窟分布高低错落，鳞次栉比，气势恢宏，蔚为壮观。近日，我细细品读了文学大师余秋雨散文集《文化苦旅》中的《道士塔》《莫高窟》，他以散文的笔调表达了对莫高窟的赞美与褒扬，对王道士的痛斥与愤恨。至此，我才恍然大悟，莫高窟自始至终能在佛教界一枝独秀的缘由在于此，"莫高窟可以傲视异邦古迹的地方，就在于它是一千多年的层层累聚。看莫高窟，不是看死了一千年的标本，而是看活了一千年的生命。……这是一种何等壮阔的生命！"其实，莫高窟作为佛教胜地，自然有其独特之处，按照余大师的说法，"它是一种仪式，一种超越宗教的宗教。这个仪式如此宏大，如此广袤。甚至，没有沙漠，也没有莫高窟，没有敦煌。……只是仪式，只是人性，只是深层的蕴藏。……或许，人类的将来，就是要在这颗星球上建立一种有关美的宗教？"

　　据历史记载，莫高窟的风云跌宕与一名道士王圆箓有着千丝万缕的关系，也许，没有王圆箓，那"藏经洞"至今仍然沉睡于鸣沙山的洞窟里；也许，没有王圆箓，那5万多件文献永远珍藏于中国国家图书馆。历史毕竟是历史，对王圆箓的评价，正如余大师所说："……夕阳西下，朔风凛冽，这个破落的塔群更显得悲凉。有一座塔……塔身有碑文，移步读去，猛然一惊，它的主人，竟然就是那个王圆箓。历史已有记载，他是敦煌石窟的罪人。"

　　走进书中的情境与沉思，我舒展的笑脸突然变得严肃起来，"成也萧何，败也萧何"，是这个道士王圆箓，一手造成了莫高窟的空前浩劫。然而，亦是这个王圆箓无意中发现了"藏经洞"，使层层累聚一千多年的历代文书、纸画、绢画、刺绣等文物5万多件得以重见天日，从此，莫高窟威震四海，名扬世界。晚清政府的腐败无能，西方列强肆虐侵略中国，英国、法国、日本、俄国等考古学家和佛学家巧借道士王圆箓之手对藏经洞的文献、经卷、壁画等进行巧取豪夺和肆意瓜分，时至今日，5万多件藏经洞文献只剩下8757件。

更可恨的是，美国、法国考古学家还居然用特制的化学胶液粘揭或胶布粘取盗走大批有价值壁画，甚至只揭取壁画中的一小块图像，严重损害了壁画的完整性。外国人如此猖獗，画家张大千亦步亦趋，发现部分壁画有内外两层，居然揭去外层以观赏内层，经张大千之手剥损的壁画达30余处，王圆箓为打通洞窟也亲手毁坏了部分壁画。如此行径令人发指，令人顿足捶胸，悲痛不已。

保　护

保护敦煌莫高窟这块艺术瑰宝，最早可追溯到20世纪初，罗振玉、王国维、刘半农等人就开始收集、抄录、整理敦煌文献。1941年，画家张大千对洞窟进行了断代、编号和壁画描摹。新中国成立后，国家正式参与敦煌文物的保护、维修与研究。1987年，敦煌莫高窟被联合国教科文组织列入"世界文化遗产"名录。此后，政府不断加大保护力度，加强与外国的合作，制定了《敦煌莫高窟保护与管理总体规划》，颁布了《甘肃省敦煌莫高窟保护条例》，这对莫高窟的保护工作起着里程碑的作用。

2008年12月29日，总投资2.61亿元、被称为莫高窟文物保护史上规模最大、涉及面最广的一项综合性保护工程立项开工。保护力度不可谓不大。但保护作用有多大，效果如何，我们姑且看看今年 8 月 1 日媒体的一篇报道，便一清二楚。报道说，半个月前，看到因踩踏而磨损的西夏莲花纹样地砖，看到洞窟墙上有外文涂鸦，看到逐渐氧化而变黑的壁画，看到二氧化碳对壁画造成的损害，于是，大声疾呼："加强对洞窟的保护，实在太紧急了。"

2014 年 8 月 1 日，莫高窟推出旅游开放新模式，游客先在斥资 2.6 亿元的敦煌莫高窟数字展示中心（虚拟莫高窟）观看《千年莫高》和球幕电影《梦幻佛宫》，然后乘坐摆渡车前往 10 多公里外的莫高窟实体洞窟参观，最后乘坐摆渡车返回数字展示中心，美其名曰"此举达到文物保护与开放利用的双赢"。仔细揣摩和推敲这种新模式，我们似乎总能感到重重的商业味道，所谓"新模式"，无非就是把"虚拟莫高窟"和"实体莫高窟"捆绑在一起消费，游客无形之中多支出近 40%。

主办方不惜重本投资敦煌莫高窟数字展示中心，目的在于"达到文物保护与开放利用的双赢"，对莫高窟的文物保护是不是"一赢"，我们不敢这么早下定论，但对莫高窟的开放利用绝对是"一赢"。如此看来，或许，这是商业运作下增加地方财政收入的一种有效途径；或许，主办方另有思路或者另有一番考量。

但愿千年莫高窟，再千年！千千年！

原载《茂名日报》2014.09.19

三叠鸣泉飞暮雨

> 远眺三叠泉，如白练悬挂，三叠分明，正如古人所云："上级如飘云拖练，中级如碎石摧冰，下级如玉龙走潭。"仰视与俯瞰，近望与远眺，视觉不同，观感迥异，妙趣横生，引人入胜，蔚为壮观。
>
> ——题记

唐代诗人李白所作《望庐山瀑布》："日照香炉生紫烟，遥看瀑布挂前川。飞流直下三千尺，疑是银河落九天。"可谓家喻户晓，耳熟能详，已成千古绝唱，诗中所描述的正是庐山瀑布群中开先瀑布的壮观奇景。

庐山瀑布群，历史悠久，雄伟壮观，各有千秋，独具特色，既有"金阙前开二峰长，银河倒挂三石梁"的石门涧瀑布，又有玲珑妩媚、婉转流淌的乌龙潭瀑布；既有梦幻般深秀柔静之美的王家坡双瀑，又有"玉帘铺水半天垂"的玉帘泉瀑布。"九层峭壁划青空，三叠鸣泉飞暮雨"的三叠泉瀑布更是"庐山第一奇观"，为庐山瀑布群之中最壮观、最瑰丽的瀑布。三叠泉瀑布之水，自大月山流出，缓缓流淌，先经五老峰背，再过山川盘石，折成三叠，故而得名"三叠泉瀑布"，又名三级泉。"激石成三叠，驱云到四溟。"这正是三叠泉之胜景所在，故有"不到三叠泉，不算庐山客"之说。

为了做一名真正的庐山客，我们在庐山游历完花径、天桥、锦绣谷、庐山抗战博物馆、庐山会议会址、美庐、牯岭街后，另外购票随游览车前往三叠泉。途中，我们顺路到了含鄱口，本想大饱一下眼福，把中国第一大淡水湖鄱阳湖的美景一览无遗，尽收眼底。可是，大失所望，天公不作美，下起了绵绵细雨，远眺鄱阳湖，云雾弥漫，白茫茫一片，一望无垠。虽然没欣赏到鄱阳湖的自然风光，可含鄱口的阵阵雾气却给我们送来了极佳的礼品，浑厚而凝重的湿气扑面而来，清风送爽，凉意习习，惬意，畅快，疲倦的身心顿觉全消。

我们悻悻地离开含鄱口，坐上了有轨缆车。缆车从山顶沿着轨道往半山腰的三叠泉瀑布缓缓行驶。随车环顾四周，漫山遍野的毛竹，青翠挺拔，亭亭玉立，摇曳多姿，斜风细雨中，竹叶婆娑，垂涎欲滴；各种各样的乔木，弱不禁风，满目翠绿，迷人可爱；乔木底下的奇花异草，绿草如茵，袅袅伊人，百花争艳，红的，蓝的，黄的，白的，紫的……铺天盖地，山花烂漫，点青缀绿，色彩斑斓，妩媚动人；清澈的溪流，随着山涧潺潺而流，偶尔传来的小鸟啁啾声，清脆柔扬，悦耳动听。我们穿梭于五彩缤纷的山野中，进入了一个古朴、自然、闲适、幽静的大自然世界，拥入了青山溪流的怀抱。这是天然大氧吧，大自然的恩赐，空气清新，写意无边。

庐山的天气变化无常，说变就变，在含鄱口，天还是阴阴沉沉，可到了九叠谷，阳光灿烂，晴空万里。下了缆车，我们沿着阶梯，一步一级，上上下下，慢慢欣赏心仪的景色。"观瀑亭"

不远了吧，听，你听，瀑布倾泻而下的声音由远而近，若有若无；听到了吗？听到了吧！听到了瀑布撞击岩石而发出的隆隆响声；近了，更近了，临近"观瀑亭"，瀑鸣如击鼓，声若洪钟，吼若轰雷，势如奔马。倚着"观瀑亭"鸟瞰三叠，瀑布如喷晶抛珠，像水洒溅玉，似连垂素练，直插深谷。"快，快，快到泉下盘石去，仰望三叠泉。"我们伫立盘石仰望，三叠泉瀑布像抛珠溅玉一样直泻下来，宛如上下翻飞的片片白鹭，宛如抖腾长空的幅幅冰绡，宛如九天飞洒的万斛明珠，好一幅"飘如雪、断如雾、缀如流、挂如帘"的自然奇观。"无人知此胜，来往水精灵。"三叠泉胜景就在此，看来，我们应算庐山客了，视线已渐入佳境。阳光折射下，三叠泉凸显五光十色，如彩虹飘舞，瑰丽夺目，恰似银河飞九天。触摸三叠，潭水清澈见底，水花飞溅，忽有水沫倏地跳入项背，心中顿觉凉意浸浸；脱鞋探水，"一片冰心在玉壶"，倦意立马烟消云散。远眺三叠泉，如白练悬挂，三叠分明，正如古人所云："上级如飘云拖练，中级如碎石摧冰，下级如玉龙走潭。"仰视与俯瞰，近望与远眺，视觉不同，观感迥异，妙趣横生，引人入胜，蔚为壮观。

三叠泉气势磅礴，壮丽无比，令宋代诗人白玉蟾如痴如醉，流连忘返，大为赞赏，于是作诗《三叠泉》云："九层峭壁划青空，三叠鸣泉飞暮雨""寒入山谷吼千雪，派出银河轰万古"。据说，三叠泉的奇观也曾引起南宋理学家朱熹的向往和憧憬，请人将"三叠新泉"绘成画挂于厅堂，以弥补"未能一游其下，一快心目"的美好愿景。

"九叠峰头一道泉，分明来去与云连。几人竞裳飞流胜，今日方知至味全。"

"初疑雪崩涌天谷，翻若雷奔下岩宿。……垂似银丝贯珠玉。

随风变态尽难名，观者同骇心与目……我欲揽之作玉虹，笑骑挥斥绕太空，穷源直到天河东。"

　　读着这些描写和赞美三叠泉奇观的诗句，令我遐想无穷，心驰神往，如有机会，我还真想再去一次三叠泉，一睹隆冬时节"水帘如丝，轻盈柔美"的三叠泉风姿。

　　　　　　　　原载《茂名日报》2014.10.16，发表时有删节

"宗族学校" 南湖书院

　　黄山市黟县宏村南湖书院是当今中国保存最为完整的"宗族学校"，是一座具有浓厚徽州建筑风格的古建筑。明朝末年，为了解决汪氏宗族子弟入学问题，宏村人在南湖北畔建了6所私塾，称为"依湖六院"，以供授业解惑。清嘉庆年间（1814），宏村人汪以文出面集资将南湖畔6所私塾合并重建为一所规模极大的私塾，取名"以文家塾"，又名"南湖书院"。

　　南湖书院选址宏村风光旖旎的南湖北畔，坐北向南，视野开阔，严格按照用天井采光的"天人合一"的徽派建筑设计理念，"马头墙"没有窗子，且高大奇伟；建筑选材也十分考究，梁柱是由精挑细选的白果树（银杏树）、香樟树等实木制成，香气可驱除蚊虫，近200年来从没结过蜘蛛网。

　　静静伫立于南湖北畔的南湖书院，占地面积6000余平方米，背靠连栋民居，远观粉墙黛瓦，清淡素雅，近看精雕细刻，"满腹经纶"；西侧的"望湖阁"，卷棚式屋顶，上挂"湖光山色"横匾，楼窗面向南湖，极目远眺，一湖碧水，湖光山色，尽收眼底。大门正上方悬挂着"南湖书院"牌匾，字体飘逸潇洒。门口一副对联："南峦环幽静书声琅时云涌霞飞腾气势，湖波映秀色桃源深处水潋花放丽文章"，颇具气势，意境清新自然，恬淡闲适，且华美壮丽，雄伟壮阔，韵味无穷，把世外桃源的宏村、秀色如画的南湖和书声琅琅的情景活灵活现地展现出来。

南湖书院由志道堂、文昌阁、启蒙阁、会文阁、望湖楼、祗园6部分组成。院内巍峨壮观，宽敞明亮，清朝翰林院侍讲、大书法家梁同书93岁时所书的"以文家塾"匾额悬挂于横梁上。"志道堂"是先生讲学之场所，悬挂于厅内的三副对联："迎门饮湖绿一践涟漪文境活，倚窗眺山峦万松深处讲堂开""读圣贤书行仁义事，立修高志存忠孝心""漫研竹露裁唐句，细嚼梅花读汉书"，俨然三幅掷地有声、斗志昂扬的战斗檄文，激励和鞭策着后人立志成才，奋发有为；志道堂的正中悬挂着516字的朱子家训，由此体现了朱子家训是宏村汪氏宗族的立家之本。后厅"文昌阁"，摆设着孔子及弟子的牌位，供学生瞻仰膜拜，孔子牌位两侧有篆书楹联"先圣格言为至宝，祖宗遗训抵万金"。"启蒙阁"乃启蒙读书之处，"会文阁"专供学子阅鉴四书五经，"望湖楼"为教学之余观景休息之地，"祗园"则是内苑而已。

徽商历来注重家乡教育，"读书、做官、经商"三位一体，"十户之村，不废育读""贾而好儒"，凸显了儒学是古徽商投资教育的重要动力。古徽州人才辈出，清朝徽州一府六县科举之盛位居全国第二，仅一个休宁县历史上曾先后出了13名状元，"连科三殿撰，十里四翰林""父子宰相"等一时传为佳话，故古徽州有"东南邹鲁"之称。而南湖书院作为汪氏宗族私塾，基于其独特的文化魅力，明清时已承担了"成教化，助人伦"的社会教育职责，诸如徽商巨富汪定贵，清末内阁中书汪康年，民国时期驻英、日公使、代理国务大臣汪大燮，当代著名科学家、澳星发射研制专家之一李小娟等均启蒙于此。明清两朝，西递和宏村

"学而优则仕"者也不少，多达 296 名，且没有一个沦落为贪官污吏。更值得一提的是，清光绪年间，康有为率梁启超等在京参加会试的数千名举子，向光绪皇帝呈上"公车上书"，反对中日签订丧权辱国的《马关条约》，在上书上签名的安徽举子仅有 8 名，但西递和宏村却占了 4 名。

1998 年，南湖书院被公布为安徽省重点文物保护单位，成为人们缅怀祖先功德、教育后代发奋读书的不二之选。

原载《茂名日报》2014. 10. 27

瑰伟绝特滕王阁

"落霞与孤鹜齐飞，秋水共长天一色"，景仰之情油然而生，如果现在是晚秋，应该别有一番景致。尽管正值炎热的仲夏，心情却依然是那样的豁达，清朗，惬意。

——题记

"滕王高阁临江渚，佩玉鸣鸾罢歌舞。画栋朝飞南浦云，珠帘暮卷西山雨。闲云潭影日悠悠，物换星移几度秋。阁中帝子今何在？槛外长江空自流。"这是初唐四杰之一王勃所作的七律《滕王阁诗》，诗歌凝练，含蓄，隽永，传神，把滕王阁的胜景描绘得有声有色，淋漓尽致，情景交融，别具韵味。

滕王阁始建于唐朝永徽四年（653），为唐高祖李渊之子李元婴任洪州（今南昌）都督时所创建。贞观年间，李元婴曾被封为滕王，故称滕王阁。王勃作千古名篇《秋日登洪府滕王阁饯别序》（《滕王阁序》）而使滕王阁闻名遐迩，文以阁名，阁以文传，与湖北黄鹤楼、湖南岳阳楼并称江南三大名楼。

滕王阁历经 29 次重建，乃仿宋建筑风格，仿古而不泥古，尽显雄伟，瑰丽，典雅。远眺滕王阁，犹如一座倚天而立的

"山"，静静矗立于赣水之畔，沉静而孤独的尖顶直檐刺破轻柔飘拂的流云，窈窕多姿，楼阁云影，倒映江中，盎然成趣；宛如一只凌波而飞的巨大鲲鹏，两翅平展，傲视赣江；俯瞰巍巍滕王阁，仿佛坐落在一块硕大的古磬之上，气势磅礴，富丽堂皇，雄伟壮观，与现代都市南昌遥相辉映，古今一体，浑然天成，增色添辉。

我们沿着东面榕门路往滕王阁方向行走，首先映入眼帘的是一座仿宋式牌楼，牌楼正中是青石贴金横匾"滕阁秋风""胜友如云"。穿过牌楼，南北两侧为高低错落的仿古街，商铺林立，字画、古玩、工艺品、纪念品……琳琅满目，应有尽有。大门正上方悬挂着贴金横匾"雄州雾列"，朝西的门楣上悬挂一横匾"地接衡庐"。步入阁前广场，绿草如茵，百花争艳，姹紫嫣红，把滕王阁衬托得分外庄严，雄伟，肃穆，"上出重霄""下临无地"的恢宏气势尽显无遗。

这座四重檐、歇山式为主的滕王阁，坐西朝东，南北对称，平面呈十字形，立面东西迥异，南北相同；台座的南北两翼建有四角重檐方亭，南曰"压江"，北曰"挹翠"，游廊与主体相连，曲折通幽，别具韵致，充分展现了"层台耸翠""高阁连城"的壮观奇景。滕王阁共分9层，台座以下为两层地下室，台座之上的主阁为"明三暗七"建筑风格，一、三、五为明层（主层），平坐挑出，形成绕阁回廊；二、四、六为暗层（次层），七层为最高层（设备层）。主阁一层檐下悬挂着4块生漆贴金横匾，正东为有"天下第一草书匾"之誉的唐代书法家怀素的狂草九龙匾"瑰伟绝特"，这四字出自韩愈《新修滕王阁记》"愈少时则闻江南多临观之美，而滕王阁独为第一，有瑰伟绝特之称"，正西为"下临无地"，南北分别为"襟江""带湖"。正脊鸱吻为仿宋特制，勾头是"滕阁秋风"四字，滴水为"孤鹜"图案。

走进第一层，抱厦两侧的大红柱子上赫然醒目地镌刻着毛泽东草书不锈钢楹联"落霞与孤鹜齐飞，秋水共长天一色"。厅内展示着一幅汉白玉浮雕《时来风送滕王阁》，浮雕中波涛汹涌，英姿勃发的王勃昂首挺胸，傲然伫立于船头，凭借神力，乘风破浪，日趋700里赶赴洪都；浮雕的右部分表现为王勃遇阻风浪，幸得中源水君相助的情景；左部分则表现为王勃赴滕王阁胜会，挥毫作序的场景。朦胧的灯光为绝代才子王勃和流芳百世的《滕王阁序》蒙上了一层扑朔迷离、貌合神离的神话色彩。

第二层正厅是大型工笔重彩丙烯壁画《人杰图》，描绘了自秦至明的80位各领风骚的江西历代名人，道教创始人张道陵、田园诗一代宗师陶渊明、散文巨敬欧阳修、北宋词坛报春花晏殊、"十一世纪的中国改革家"王安石、民族英雄文天祥、大科学家宋应星、"东方的莎士比亚"汤显祖、画坛怪杰朱耷……明代奸相严嵩，因其书法、文学的杰出成就，在此亦占有一席之地，可谓群星璀璨，满壁生辉。

第三层正中屏的壁饰丙烯画《临川梦》，取材于《还魂记》，壁画以简洁明了的线条和梦的形式，表现封建藩篱下少男少女对爱的觉醒。大门的两侧陈列着十八般兵器，古宴厅则陈列着红木家具、青铜文物复制品和青铜浮雕《唐伎乐图》。相传明太祖朱元璋在鄱阳湖大败陈友谅后，曾在此大摆宴席，犒师庆功。

第四层正厅是气势磅礴的丙烯壁画《地灵图》，葱茏的大庾岭、险峻的井冈山、雄奇的三清山、神秘的龙虎山、风姿绰约的庐山、浩渺壮阔的鄱阳湖……荟萃了江西钟灵毓秀的名山大川之精华，与《人杰图》堪称双璧，令人啧啧称奇，叹为观止。

第五层是登高览胜、披襟抒怀、以文会友的理想之地。进入大厅，迎面是苏东坡手书脍炙人口的《滕王阁序》全文，沉雄凝重的笔触与王勃锦心绣口的文笔，珠联璧合，相得益彰。东壁悬挂着素有"东方油画"之称的磨漆画——《百蝶百花图》，制作精妙绝伦，工艺精湛细腻，绿叶扶疏，百花争奇斗艳，百蝶飞舞蹁跹，寄托着后人对滕王阁创始人、"滕派蝶画"鼻祖李元婴的殷切缅怀之情。漫步回廊，只见"东引瓯越""南溟迥深""西控蛮荆""北辰高远"4块金匾，依次悬挂于东南西北廊檐之下。凭栏骋目，烟雨氤氲，赣江烟波浩渺，长洲草碧，西山横翠，南浦云涌；江帆点点，舸舰迷津，轮艇如梭，汽笛贯耳；江岸高楼林立，飞桥如虹，车水马龙，令人心旷神怡，美不胜收，好一幅"山原旷其盈视，川泽纡其骇瞩"的山水画卷！"落霞与孤鹜齐飞，秋水共长天一色"，景仰之情油然而生，如果现在是晚秋，应该别有一番景致。尽管正值炎热的仲夏，心情却依然是那样的豁达，清朗，惬意。

第六层大厅挂有题匾"九重天"，厅中央有汉白玉围栏通井，正上方天花顶有一圆拱形藻井，寓意"天圆地方"。24组斗拱采用明清民间木制作手法，由大到小，自下而上，共12层，按螺旋形排列，取意一年12个月，24个节气；藻井中央，悬挂精雕细刻的"母子"宫灯，随气流变化而微微转动，凝神仰视，仿佛旋转不断，变化多端，可谓匠心独运，动感十足。藻井周围的彩绘采用五彩装，绘制精妙，沥粉贴金，金碧辉煌，美轮美奂。

滕王阁，屡毁屡兴，千载沧桑，盛誉不衰，这是豫章古文明的象征，乃中华民族文化遗产之瑰宝！

原载《茂名日报》2014. 12. 11

鸣沙山走笔

其实所谓鸣沙，并非自鸣，而是因人沿沙面滑落而产生鸣响，是自然现象中的一种奇观，那是天地之奇响，自然之妙音。

——题记

一

"传道神沙异，暄寒也自鸣，势疑天鼓动，殷似地雷惊，风削棱还峻，人脐刃不平。"大凡到过敦煌鸣沙山的人对这首唐代咏景诗并不陌生，这首诗不但把敦煌自然奇观鸣沙山的鸣响和形态惟妙惟肖地勾勒了出来，而且用朴实的语言把鸣沙山描写得活灵活现，生动传神，栩栩如生。

鸣沙又叫响沙、哨沙或音乐沙，它是一种奇特而普遍存在的自然现象，世界各地星罗棋布，广泛分布于美国的长岛、马萨诸塞湾、威尔斯两岸，英国的诺森伯兰海岸，丹麦的波恩贺尔姆岛，波兰的科尔堡，蒙古戈壁滩，智利阿塔卡玛沙漠，沙特阿拉伯的一些沙滩和沙漠……目前，世界上已发现100多种类似的沙滩和沙漠。它们会发出各种各样奇特的声响，美国夏威夷群岛的高阿夷岛的沙子，会发出好似狗叫的声音，人们称它为"犬吠沙"；苏格兰爱格岛上的沙子，也能发出一种尖锐响亮的声音，就像人们用食指在绷紧的丝弦上猛弹了一下而发出刺耳的嗡嗡响声。

二

自古以来，敦煌鸣沙山凭借璀璨、传神的自然奇观而闻名遐迩，她与宁夏的沙坡头、内蒙古的响沙湾和新疆的鸣沙山号称我国四大鸣沙。敦煌鸣沙山已形成 3000 多年，据东汉《辛氏三秦记》记载："河西有沙角山，峰愕危峻，逾于石山，其沙粒粗色黄，有如干踏。"这里所述的沙角山即为敦煌鸣沙山。魏晋《西河旧事》对鸣沙山的沙鸣有这样的描述："沙州，天气晴明，即有沙鸣，闻于城内。人游沙山，结侣少，或未游即生怖惧，莫敢前。"可见，在古时候，由于人们对鸣沙山自然鸣响的认识不足，从而令人望而生畏，望而却步，敬而远之。

唐朝以后，由于各民族之间的进一步融合和发展，对鸣沙山的文字记载也频频见于文献当中。

"流动无定，俄然深谷为陵，高岩为谷，峰危似削，孤烟如画，夕疑无地。"（《沙州图经》）

"鸣沙山一名神山，在县南七里，其山积沙为之，峰峦危峭，逾于石山，四周皆为沙垄，背有如刀刃，人登之即鸣，随足颓落，经宿吹风，辄复如旧。"（《元和郡县志》）

"鸣沙山去州十里。其山东西八十里，南北四十里，高处五百尺，悉纯沙聚起。此山神异，峰如削成。"（五代《敦煌录》）

鸣沙山的鸣响在古代文献中也屡有记载，西汉时就记载了鸣沙山鸣响之时好似演奏钟鼓管弦乐，晴朗的天气，即使风停沙静，也会发出丝竹管弦之音。

"山有鸣沙之异，水有悬泉之神。"（《后汉书·郡国志》、南朝《耆旧记》）

"天气晴朗时，沙鸣闻于城内。"（《旧唐书·地理志》）

"盛夏自鸣，人马践之，声振数十里，风俗端午，城中子女皆跻高峰，一齐蹩下，其沙吼声如雷。"（《敦煌遗书》）

三

我曾随团参观过举世无双的奇观敦煌鸣沙山，目睹了鸣沙山的芳容，切身体味了美丽如诗的传说，亲耳聆听了黄沙呼啸，战马嘶鸣。相传鸣沙山所在地原为玉皇大帝的宝库，为了遏制人们的贪婪之心，他特命太白金星用黄沙掩埋，宝库是空的，因而就产生了响声。据说，鸣沙山原是一块水草丰美的绿洲，汉代一位将军率领大军西征，夜间遭匈奴偷袭，两军厮杀，处于胶着之时，狂风突起，漫天黄沙将两军人马全部掩埋于沙中，如今的响声就是两军的喊杀声和战马的嘶鸣声。当然，传说归传说，其实所谓鸣沙，并非自鸣，而是因人沿沙面滑落而产生鸣响，是自然现象中的一种奇观，那是天地之奇响，自然之妙音。

我们一行刚刚步入门口，连绵起伏的敦煌鸣沙山立马把我们征服了。鸣沙山东枕莫高窟，西至党河口，延绵 40 千米，宛如巨人张开的双臂呵护着月牙泉；宛如双龙出海，腾云驾雾，翻江倒海；宛如龙凤戏珠，泰然自若，悠然自得。"山以灵而故鸣，水以神而益秀"，大漠戈壁中的孪生姐妹，灵性神奇的鸣沙山和钟灵毓秀的月牙泉，默默无语，坦然以对，交相辉映。鸣沙山由红、黄、蓝、白、黑的细沙聚积而成，晶莹剔透，一尘不染，互相糅合在一起，犹如一座金山，金光灿灿，熠熠生辉。站在沙海中，天地辽阔，心胸豁然开朗；面对沙海，心旷神怡，浮想联翩。此时，耳鸣声随之而起，初如丝竹管弦，继若钟磬和鸣，进而金鼓齐鸣，轰鸣声不绝于耳，"雷送余音声袅袅，风生细响语喁喁"，道出了鸣沙山鸣响的余音袅袅，细语喁喁。

我们沿着鸣沙山脊徒步往沙山顶走，脚踏绵绵的细沙，既像踩在厚厚的落叶上，又像踏在柔软的绸缎上，极富弹性。鸣沙山虽然不陡峭，但是我们走起来却十分吃力，走一步，退半步，因而只能手脚并用，向沙山顶慢慢蠕动。当爬到沙山半山腰时，我们举目张望，一座座沙峰如大海中的金色波涛，汹涌澎湃，气势磅礴；细看山坡上的沙浪，像轻波荡漾的金色涟漪，清风拂来，时而湍急，时而平缓，时而回旋，跌宕起伏，妙趣横生；阳光下，道道沙脊呈波纹状，星光闪闪，明暗相间，层次分明，错落有致，气势如虹。爬到沙山顶极目远眺，座座沙峰如少女般娴静，形态各异，别具一格，有的像月牙儿，弯弯相连，形成沙链；有的像金字塔，高耸迭起，棱角分明；有的"如虬龙蜿蜒"，俯卧沙漠，延至天际；有的像鱼鳞，斑驳陆离，丘丘相接，井然有序。下山时，我们各自蹲坐在由一块木板制作而成的"木船"上，从山顶顺着沙坡往下滑，沙粒随着下滑而流动，耳边顿时回响起管弦鼓乐般的隆隆声响，正如地理学家竺可桢所说："发出轰隆的巨响，像打雷一样。"

"鸣沙山怡性，月牙泉洗心"。敦煌鸣沙山——"天地间的奇响，自然中的妙音"。

原载《茂名日报》2014.12.23

黄山，你美在哪里

　　黄山，你美就美在大自然的鬼斧神工，美在烟雨朦胧中奇松的顽强生命力，美在黄山挑山工对生活的创造和执着，美在黄山之夜的个中三味。这是精神力量之美，生活创造之美，人生追求之美，人与自然的和谐之美！

——题记

　　"千古奇人"徐霞客游历黄山后赞不绝口，曰："登黄山天下无山，观止矣！"又云："五岳归来不看山，黄山归来不看岳"。究竟，黄山，你美在哪里？奇松，怪石，云海，温泉，冬雪……那是大自然对黄山的造化，上天的恩赐！黄山，你美就美在大自然的鬼斧神工，美在烟雨朦胧中奇松的顽强生命力，美在黄山挑山工对生活的创造和执着，美在黄山之夜的个中三味。这是精神力量之美，生活创造之美，人生追求之美，人与自然的和谐之美！

黄山奇松

游历黄山，时值湿漉漉的雨季，千峰万壑，满眼皆松，干曲枝虬，坚韧且极富弹性。烟雨朦胧中，针叶沾满雨珠，显得短而粗，色绿深沉，苍翠如黛。黄山的松，千奇百怪，形态万千，忽悬忽横，忽卧忽立，或伟岸挺拔，直插云霄；或傲立峰巅，一枝独秀；或悬空单向延伸，冠平如盖；或横向伸展，尖削如剑。有的树干向下生长，倒悬绝壁，枝干如倒挂金钩，针叶摇摇欲坠，沾附在叶尖的雨点垂涎欲滴；更令人折服的是，有的树干长到两米处居然会分道扬镳，掰成两棵或三棵，茁壮笔挺，直冲天穹。奇形怪状者，亦情趣盎然，循崖度壑，攀石而过；穿罅越缝，破石而出；盘石而长，如蛇盘曲缠绕；卧石匍匐，宛如蛟龙出海……"无树非松，无石不松，无松不奇"，这是黄山松的真实写照。

黄山松的种子被风送到花岗岩的裂缝中去，凭着无坚不摧、有缝即钻的钻劲，在那里安营扎寨，生根，发芽，生长。黄山地势崎岖，悬崖峭壁，纵横堆叠，黄山松无法垂直生长，唯有弯弯曲曲或倒悬生长，造就了黄山奇松的千姿百态，苍翠遒劲。黄山泥土稀少，黄山松在贫瘠的岩缝中只能与钾相伴而存活。在如此恶劣的环境中傲霜斗雪，黄山松的生长速度显然异常缓慢，一棵高不盈丈的黄山松，树龄往往达上百年，甚至数百年，而根部则常常比树干长几倍，乃至几十倍，这也许就是许多黄山松只能单边长出树枝之原因所在吧，迎客松便是其中的佼佼者。

黄山松饱经风霜和沧桑变幻，却依然顽强、坚韧、傲然屹立于岩石之上，永葆青春亮丽，高耸挺拔，秀美奇特。顽强而旺盛的生命力，坚韧不拔的意志力，无坚不摧的穿透力，难道不正是我们现实生活中催人奋进的不竭动力和力量之源吗?!

黄山挑山工

黄山，千岩万壑，高耸入云，峰壑巅坡，星罗棋布，或兀立峰顶，或戏逗坡缘，或与松结伴，构成了一幅幅伟、奇、幻、险的天然山石画卷。"横看成岭侧成峰，远近高低各不同"，不同方位，不同角度，不同侧面，不同气候，黄山怪石，形态不一，情趣迥异，像人似物，如鸟似兽，有型有款，仪态万千。黄山峰海，无处不石，无石不松，无松不奇，奇松怪石，辉映成趣。"梦笔生花"，挺诗意的景观，烟雨迷雾中，云雾弥漫，虚无缥缈，"梦笔生花"犹抱琵琶半遮面，若隐若现。沿路的猴子观海、仙人背宝、飞来石、十八罗汉朝南海……令人目不暇接，流连忘返。站在始信峰顶，近览远眺，云雾缭绕，雾气扑面，我们隐隐约约看到了始信峰的八面玲珑，"始信黄山天下奇"，雄踞险壑，竖立如削，三面临壑，悬崖千丈。"玉屏卧佛"，头朝左，脚向右，形象逼真，惟妙惟肖。

一路上，天气变幻莫测，时而阳光洒满大地，时而云雾遮天蔽日，时而细雨霏霏。尽管怪石颇多，妙趣横生，然而，挑山工的一举手一投足也自始至终未曾离开过我们的视线。挑山工沿路挑着起码有100多斤的重担，手拄着"拐杖"，朝着目的地一晃一晃地走，遇着平坦的路面，健步如飞，我们实难望其项背。右肩挑东西时，他们便把"拐杖"放到左肩，左手用力往下扳住"拐杖"的一头，另一头则撑着右肩的扁担，在右手协托之下以减轻肩上的重力，反之亦然。每当拾级而登石阶的时候，只见他们的小腿肌肉像绷紧的弦，结实突出，一颤一颤，铿锵有力的"嘿哟嘿哟嘿哟"声伴随着粗喘声；半途如需休息，他们会把"拐杖"的一头仁立在石阶上，另一头则顶住扁担的合适位置，使扁担处于平衡状态，如此一来，挑山工便可站着小憩一会儿。挑山工把"拐杖"运用得如此潇洒自如，令我们大开眼界。我们刚到高旷的光明顶，嘿，奇了怪了，挑山工居然也到了那里，正和游客们搭讪，黑黝黝的双脸，一笑，露出一排洁白的牙齿。

"任凭风吹浪打，胜似闲庭信步"，无论严寒酷暑，抑或日晒雨淋，黄山挑山工都始终坚定人生信念，默默地为远方客人，也为自己酿造甜蜜的生活，他们犹如黄山怪石般引人注目，成为黄山一道独特而亮丽的风景线。

黄山之夜

我们一行8人同住一间房，面积不大，布局巧妙玲珑，合理实用，恰到好处，4张碌架床，凹字形摆开，我睡在临窗的下铺。尽管房间没有空调，也没有风扇，然而黄山的自然之风却凉意习习，别有一番滋味。

晚上没有什么娱乐活动，很多人9点多就开始睡觉了，是否酣睡不得而知。我没有睡意，独自一人漫步在宾馆附近百余米的林荫道上，沐浴着阵阵山风。四周漆黑一片，万籁俱寂，空旷的黄山，绿树环抱，溪水潺潺，显得多么的静谧，却又充满灵性。林荫道上很少人走动，路灯与膝盖齐头，渺小，孑然无助，像风烛残年之老人，孤苦伶仃；又像将要燃尽的蜡烛，丁豆点大的亮光，气若游丝。一阵清风拂面，撩起额前的发丝，清凉，惬意，痛快淋漓，却又顿感孤清。伫立在林荫道两旁的帐篷，井然有序，五颜六色，小巧玲珑，俨然风景画中栋栋别致可爱的小屋。"感觉怎么样?"我的脚似乎不听使唤，情不自禁地挪步过去，好奇地与帐篷里的游人打招呼。"挺有意思的，小天地嘛，舒畅，凉快，幸福。"游人满脸堆笑，流露出对黄山的盛赞，对美好生活的憧憬和无限向往。雾气已沾湿我的脸颊，啊，似雾非雾，而是绵绵细雨，淅淅沥沥，我径直奔向宾馆。

我蹑手蹑脚回到房间，躺在床上，纹丝不动，听着窗外滴滴答答的雨声和偶尔从窗缝中吹进的忽忽山风，有点寒意。此刻，熟睡的朋友有的发出均匀的呼吸声，有的发出小小的呼噜声。突然间，不知谁的鼾声慢慢变得洪亮起来，时而鼾声如雷，时而拉锯嚯嚯，时而声如蚊呐，不绝于耳。忽然有人翻身，床晃动了一下，鼾声停止了。不一会儿，鼾声又起。我朦胧中听到的鼾声似乎从我的床尾传出，那是我妻子睡觉的方位，要不用脚踹她一下? 可转念一想，深更半夜，还是算了。凌晨5点钟，闹钟响了，大家不约而同地一骨碌坐了起来。啊，是看日出的时候到了! 此时，大家你一言我一语说起晚上的鼾声，"是小朋友政宏。"我妻子不假思索地说，"我睡在他床尾，一夜没睡好。"幸好昨晚没用脚踹妻子，要不然后果不堪设想。看着那潮湿的天气，应该没有日出可看，可我们当中的一对父女还是带着相机出去了，望着远去的背影，我脑海中浮现了父女俩冒险勇闯"千峰划然开，紫翠呈万状"黄山西海大峡谷的情景，"谷底幽深""石峰簇拥""奇松林立"等靓丽景观尽收囊中。这种对人生目标孜孜以求，"咬定青山不放松"的精神着实令我们刻骨铭心，自愧不如。大家再也睡不着了，大眼瞪小眼，只好躺在床上谈天说地，聊生活，侃人生，话未来，直到天明。

　　黄山之夜尽管迷迷糊糊地过去了，可留给我的却是无穷的思索。人生经历的事情也许很多很多，有得也有失，有美好也有遗憾，个中三味，任凭自己去感悟，去徜徉，去体味。黑暗过后必是黎明的曙光，只要用平常的心勇敢面对，努力拼搏，积极进取，总有出人头地的时候，总有出彩的那一天。

原载《茂名日报》2015.01.16

婺源，中国最美的乡村

去年 8 月走了一趟婺源，回来之后心里颇不宁静，似乎有点东西要写，而且较为强烈。然而，婺源这地方可着笔之处实在太多了，担心写不出她的美，故而迟迟不敢提笔。毕竟，婺源的美，是自然的；婺源的美，是独特的；婺源的美，是无声的；婺源的美，是悠远的；婺源的美，是古朴的；婺源的美，是永恒的……

绿色婺源

走进婺源，时值仲夏，绿意盎然，让你仿佛置身于一座绿色的迷宫当中，令你感受到一种原生态的自然与悠然，一种暂且告别了尘世喧嚣的宁静与惬意。天是那样的湛蓝，地是那样的碧绿，山野间弥漫着过了滤的空气，充斥着浓郁的泥土气息，且是你胸臆间最渴望最急需的那种清新、馥郁、淡雅而湿润。这种感觉俨然被婺源那种特有的淙淙绿水所荡涤、浸染或漂净出来的，很自然，很酣畅，痛快淋漓，思绪可发挥到极致。

大鄣山卧龙谷荟萃了九寨沟的水、雁荡山的瀑、黄山的石、西双版纳的树，俨然森林水世界。这哪里是水呢？分明就是一块硕大无比，晶莹剔透，洁白无瑕，而又流动于无形，放荡不羁的碧玉呀！婺源的水态形形色色，千姿百态，动中有静，静中有动，动静相宜，充满了温润、纯净、天然、绿色、环保的特质，到处都是令人心旌摇曳，甚至动若脱兔的飞瀑鸣泉，当然也有不乏让人心如止水，一脉温润，静若处子的沟渠湖塘。参差不齐，清晰可见的倒影，莫非就是对婺源之水的美好质地作最为有力的注脚？我依稀记得，朱自清用"猫眼绿"来形容杭州虎跑泉的水，此时的笔下，我感到从未有过的滞涩，甚至有些许的胆怯，如果再用其他词语来比喻，则会无端端沾上丝丝的俗气，真不知该如何搜索枯肠形容眼下婺源的水了。

"书乡"江湾

婺源自古学人群星璀璨，"一门四进士，隔河两状元"，也许正是婺源人杰地灵的真实写照吧。毕竟，婺源走出了"朱夫子"朱熹、"半个皇帝"洪秀全、"中国铁路之父"詹天佑等名人，有的还走向了世界。江湾，一个名不见经传的小地方，却成为婺源"书乡"最杰出的代表。一条碧玉般的小河，自墨黛色的崇山峻岭之中奔腾而出，静静地流淌在绿色的旷野间，在这古树参天，草木葳蕤，浓荫匝地的后龙山前不紧不慢打了个缓弯。在河湾之北，自隋末唐初以来，滕、叶、鲍、戴等姓人家陆续聚居于此，始称"云湾"；北宋神宗元丰二年（1079），萧江第八世祖江敌始迁"云湾"，繁衍生息，逐渐变成巨大宗族，后改称江湾，成为婺源通往皖、浙、赣三省的交通要塞。据说，江、滕二家常常暗地里比风光较劲，滕姓祖上为经盐富商，而江姓祖上则为官，江家财力逊于滕家，尽管两家只有一巷之隔，却老死不相往来。一日，一游方道士看了两家风水后，预言说："藤（滕）叶虽长，但长不过江啊！"

诚然，风水学这东西乃中国的玄学，本应半信半疑作罢。可说来也神奇，后龙山却是最令江湾人引以为豪之地，而且信誓旦旦地认为，是后龙山一直扶荫着江湾人丁兴旺，英贤辈出。因而，自古以来，任何人都不准动后龙山上的一草一木，古有"杀子封山"之说，今有"杀猪封山"之举，环境保护措施不可谓不严厉，创造了封山育林、保护生态的奇迹和典范。沧海桑田，历经浮沉，江湾至今仍然风光无限，极富神韵。这块风水宝地，风光旖旎，民风淳朴，文风鼎盛，文化底蕴深厚，群贤辈出，孕育了明代隆庆年间户部侍郎江一麟，明代工部主事江宏晚，明代朝廷太医江一道，清代著名经学家、音韵学家江永，清代户部主事江桂高，清末著名教育家、佛学家江谦等大批学士名流，七品以上仕宦者达 25 人，村人著述多达 92 部，其中 15 部 161 卷被列入《四库全书》，乃当之无愧的婺源"书乡"代表。

江湾篁岭村建于明代中叶，距今已有 500 多年历史，梯田叠翠铺绿，村庄聚气巢云，有"梯云村落、晒秋人家"之称，被农业部评为"2014 年中国最美休闲乡村"。作为古徽州的一部分，淳朴厚重的古村落文化成了婺源的灵魂。走进婺源，我们为徽派古建筑那种凝重淳厚的艺术文化所着迷，所折服，所震撼。青山绿水中，高大奇伟的马头墙，清一色粉墙黛瓦，雕梁画栋，鳞次栉比，似乎总是依山傍水而建，村旁以小桥流水，九曲回廊点缀，原野间杂以麦苗庄稼衬托，展现了人与大自然的亲密而亲近，"天人合一"的建筑理念在江湾得以完美展示。行走在篁岭村中通幽而洁净的青石板路上，那略显低沉的皮鞋跟敲击声，令人浮想联翩，仿佛穿越于幽深而漫长的时光隧道，欣欣然，又似乎应约前往参加历史文化盛宴。

画里乡村

婺源的田园风光也着实迷人，宛如飘拂的霓裳，色彩斑斓，徜徉于五彩缤纷的世界，飘飘然，令人流连忘返，美不胜收，叹为观止。灵岩古洞群早在唐宋时代就闻名遐迩，洞内保留岳飞、朱熹等名人题墨 2000 余处；石城名木古树园名贵树种达 300 多棵，石城赏红叶已成为婺源一道令人憧憬和向往的胜景；朱子文化园，因朱熹而得名，他曾两次回故里省亲扫墓，手植象征 24 孝的 24 棵古杉树，迄今还保留有 16 棵，株株粗壮参天，高耸入云；朱熹纪念馆，展示了一代理学大师在品行道德、修身劝学、忠孝文化、生态文化等方面博大精深的思想脉络和教育理念；月亮湾，弯钩上的绿洲，千年流淌的乐安河在那里划出一道漂亮的弧线，遗留下月牙般的河中沙洲；江岭万亩油菜花梯田，点青缀绿，与远山近水、粉墙黛瓦交相辉映，相得益彰；远眺江岭，云雾缭绕，如轻纱飘渺，恍若天上人间；李坑，小河贯穿全村，九曲十弯，明清古宅倚河而立，古色古香，勾勒了一幅小桥、流水、人家的美丽田园画卷，诗情画意，乐在其中。

婺源的美，是自然的；婺源的美，是独特的；婺源的美，是无声的；婺源的美，是悠远的；婺源的美，是古朴的；婺源的美，是永恒的。

婺源，中国最美的乡村！

原载《茂名日报》2015.03.13

雾锁三清

三清山是道教名山，慕名前往膜拜者络绎不绝。三清山又是旅游胜地，风景秀丽，景色宜人，游人如织。她的兴衰成败与道教息息相关，与钟灵毓秀的自然风光亦有着千丝万缕的关系，而且头顶世界自然遗产地、世界地质公园、国家自然遗产、国家地质公园等多项光环，引人注目，无不散发着诱人的独特魅力，可惜我却没能一睹芳容。去年暑假，我带着家人专程走了一趟三清山，本想大饱一下三清山的眼福，了却心愿，然而遗憾得很，天公不作美，细雨飘飘，云雾弥漫，亦没能遂愿。但这并不影响我们游玩的心情和雅兴，既然到了三清山，也不能白走一遭，我们饶有兴致，趣味盎然，决意要登三清山，欣欣然，别有一番况味。

缓缓行驶在半空中的缆车，发出沉闷的索索声，阵阵雾气伴随着飘拂的山风从窗前飘然而过，不一会儿，雾水已打湿了缆车的窗门。我们坐在悬空的缆车里，凝神屏气，心无旁骛，任凭缆车带着我们云游四海。偶尔用眼睛斜瞟缆车外，本想寻觅可吸引眼球的景观，然而，除了被雾气包围的缆车，什么远山近水都是模糊的，分不清哪是山，哪是树，哪是山峰，哪是山谷，哪是云，哪是雾，云里雾里，似雾非雾，白茫茫一片。

走下缆车，我们跟随导游一会儿脚踏实地沿着阶梯拾级而登，一会儿踩踏在悬空的栈道。雾气时而轻薄，如春风般轻拂脸庞和额前的发丝，顿感惬意；雾气时而厚重，阻挡了眼前的路，脚步一下子变得笨拙了许多。骤然而至的毛毛雨，淅淅沥沥，我们忙不迭地披上雨衣，甚是狼狈。一转眼，飘洒的细雨戛然而止，我们也懒得除去雨衣，裹着它漫步前行。栈道旁，偶见依岭而长的杜鹃花、天女花、木海棠、玉兰、樱花、二月兰、山桃花、六月雪、野牡丹……朵朵鲜花，竞相绽放，芬芳吐艳，笑靥灿烂，片片花瓣沾满雾珠，垂涎欲滴，贴近一闻，馥郁的馨香，沁人心扉。山野间的三清松、华东黄杉、华东铁杉、高山黄杨……苍翠挺拔，绿叶扶疏。华东黄杉作为国家二级保护植物、珍稀树种，烟雨云雾中更显英姿勃发，傲视群芳。

我们一边穿梭于云雾弥漫的三清山，一边贪婪地吸吮着天然氧气，一边聆听导游细说三清山的历史典故。武安山，连绵起伏的山峰，云雾缭绕，茫茫云海，时沉时浮，若隐若现。玉京、玉虚、玉华三峰突兀而起，雄踞群峰，宛如道教玉清、上清、太清三神并肩端坐于武安山巅，故而得名三清山。主峰玉京峰海拔1816.9 米，直插云霄，古称"东南望镇"，东晋升平年间，炼丹术士、著名医学家葛洪与李尚书道德上山结庐炼丹，著书立说，宣扬道教，鼓吹"人能成仙"，葛洪便成了三清山的"开山始祖"，三清山道教第一位传播者。至今，山上还遗存着葛洪所掘的丹井和炼丹炉的古迹。尤其那口丹井，历时1000 余载，依然终年不干涸，井水清冽味甘，被后人称为"仙井"。

"你们大家看那儿，那是'东方女神'，快点看啊！"美女导游指着前方若隐若现的景观，语速极快。我们欣喜若狂，顺着导游所指的方向望去，朦胧中看见一座山体造型酷似一位秀发披肩的少女，宛如一尊女神端坐山峰，默然地注视芸芸众生，神态祥和，安然自若。突然，一阵雾气飘来，为少女披上了一层厚重的面纱，渐渐地，少女隐没于雾雨中。导游介绍说，这少女为西王母第二十三女，名瑶姬，亿万年来，被世人视为春天的化身，故称之为"东方女神"。"东方女神"天地造化，鬼斧神工，成了三清山标志性景观之一，可惜我们看不清其真面目，只好悻悻而离开。

雨越下越大，雾也越来越浓，站在阶梯的平台，仰望天空，雨水飘洒在脸上，一擎巨型花岗岩石柱在烟雨云雾中跃入眼帘，朦朦胧胧。"这座巨型花岗岩石柱由风化和重力崩解作用而形成，峰身上有数道横断裂痕，尽管历经亿万年风雨飘摇，然而却依然屹立不倒。"导游用手轻轻抹去脸上的雨水，爽朗地介绍说。我们隐隐约约见到巨型花岗岩石柱顶部扁平，颈部稍细，状极突兀，形似一硕大蟒蛇破山而出，直欲腾空而去，这就是"巨蟒出山"之奇观。

雨雾凝重，细雨缠绵。我们约走了一半路程，距"中国古代道教建筑的露天博物馆"——三清宫古建筑群仍有一段路，可是雾色厚重，雨水没有减弱之势，看来还是算了，不能再往山上走了，原路折回吧。象征三清山至纯至美的"玉女开怀"景观也没法欣赏了，留点遗憾也好。

"殿开白昼风来扫，门到黄昏云自封"，乃"三清福地"之自然奇观。"揽胜遍五岳，绝景在三清"，雾锁三清，三清福地，福地三清！

原载《茂名日报》2015.04.14

宏村的魅力

　　黟县宏村，步步为景，处处皆画，构筑了一件件完美无瑕的艺术精品。宏村散发的独特魅力，不但体现了"中国画里的乡村"的静谧和妩媚，而且展现了"烟火千家，栋宇鳞次，森然一大都会矣"牛形村落的神韵和雄姿，还展示了宏村历史悠久、博大深邃的文化底蕴。敬德堂、承志堂等建筑无不折射出明清徽派建筑风格和雕刻范儿的文化精华和艺术光芒。

雕刻范儿敬德堂

　　堪称明末清初徽派建筑风格杰出代表的宏村敬德堂，整幢建筑典雅，简朴，大方，装饰古朴，简单明了，线条优美，雕刻精湛，令人叹为观止。

　　敬德堂是一座古民居，H 型结构，屋柱为方形，厅堂背向排列，有天井与前后厅相连，采光性强；厅堂两侧为厢房，南北侧分设前院和厨房，厨房内还有一个小天井，而东侧则是一座面西朝东的小偏厅和大花园。

　　古徽州人历来重视门楼的修建，宁可花千两黄金修建门楼，也舍不得花重金建房，即使建房，也仅仅为"四两"，于是便有了"千金门楼，四两屋"之说。如此做派，于今看来不可思议，有点夸张的味道，然而在古徽州人眼里，修建门楼却是身份地位的象征。敬德堂门楼上雕刻的形形色色图案，就象征着主人各种各样的心态和美好愿景。"敬德堂"的"敬"与积德的"积"读音相近，希望后人能积德行善；楼角处有"鳌鱼图"，龙头鱼尾，希望子孙后代能独占鳌头；"鳌鱼"下方是"梅兰竹菊四喜图"，"梅兰竹菊"四君子代表了坚韧不拔的意志和高洁的品质，而"四只喜鹊"则寓意喜庆吉祥；"东鹿西马图"，"鹿"是福寿禄中"禄"的谐音，希望后人丰衣足食，生活富足，而"马"则表现为希望在事业上能飞黄腾达；"喜鹊登梅图"，取"喜上眉梢"之意；门楼最下层的左下角和右下角为"吉祥水兽图"，意思为在滚滚波涛之中，两条鲫鱼历尽艰辛而跃出水面，鲫鱼跳龙门，希望在官场上能有一席之地。

敬德堂凭借天井来通风和采光，天井下方的左右两侧各有一根木头，厅前有一副楹联"立志不随流俗转，留心学到古人难"，希望后人立志成才，不要随波逐流；正厅东西两侧各有6扇莲花门，中间板面上各雕刻有5只蝙蝠，称为"五蝠捧寿、万福万行"；东西厢房是主人的卧房，厢房窗棂上雕刻有"铜钱"图案，窗下栏板雕刻有"万"字图案，意为多财多福；房内楼梯一般设计为16个台阶，因古徽州商人注重聚财，按"金木水火土"五行设计，第一个台阶为金，而最后一个台阶也为金，金碰金，意为财运亨通。

明朝徽派的民居式样和布局比较简单，柱是正方形，房子分为上下两层，高度相当，装饰也简朴明快；但到了清朝，徽商发展迅猛，建筑风格也大为改观，喜欢以圆柱作顶柱，底层高大宽敞，多采用酷似冬瓜形状的大梁，注重雕梁画栋，勾心斗角，从而把徽派建筑艺术风格推到了巅峰。

"民间故宫"承志堂

承志堂始建于清末咸丰五年（1855），是古徽州大盐商汪定贵的住宅，是宏村中最大的建筑群，占地2100平方米，建筑面积3000平方米，楼层7处，房屋60间，门窗60个，木柱136根，天井9个。据传，建造承志堂花白银60万两，仅木雕镀黄金就达100两，所有木雕由20个工匠雕刻4年才完成。

整栋建筑为木质结构，雕梁画栋，富丽堂皇，美轮美奂，布局之工，结构之巧，装饰之美，营造之精，令人咋舌。承志堂的结构布局不但有内外院、前后堂之分，而且有东西厢、书房厅、鱼塘厅之别，还有保镖房、男女佣人房、厨房、马厩等，泾渭分明，错落有致；搓麻将的"排山阁"和吸鸦片的"吞云轩"，独树一帜，令人遐想。房与房之间既独立成房，又在建筑整体之内，院内的花园、池塘、水井、水榭，古色古香，幽雅清静，别具韵致。

大门后面伫立着一道中门，中门又称仪门，原为官署所设，汪定贵经商发达后曾捐了个"五品同知"的官衔，自认为已跳出了经商阶层，于是在宅邸增设了一道具有官家威严的中门，重大节日或达官贵人光临才开启此门。中门正中雕有"百子闹元宵"图，层次繁杂，形象逼真，巧夺天工；中门上方的阁楼护板，雕刻有"渔""樵""耕""读"4根立柱，其下雕有"南北财神"四字和《三国演义戏文》的4块斗拱。中门的两侧设有边门，上方雕有"商"字形图案。据说，汪定贵对经商被划分为九流之外的贱业而愤愤不平，想搞搞新意思，于是别出心裁地在边门上方雕刻如倒挂的元宝"商"字形图案，表示不管从事何种职业的人，只要进其家，务必从商人脚下走过。中门的正上方，"福"

字高悬，意为官的地位毕竟比经商的要高，这是古徽商发达之后，仍不惜重金捐官之原因所在。

正对中门的前厅摆放着八仙桌和八仙椅，八仙桌后面摆着一红木条案，条案正中摆着自鸣钟，钟的两侧设有帽筒，帽筒的左边摆着古瓷瓶，右边摆着木底座镜子，表面为"钟声瓶镜"，实为"终生平静"，一生平平安安。前厅横梁上雕刻有一幅"唐肃宗宴官"图，图案精雕细刻，再现了唐肃宗宴请文武百官的情景，琴棋书画，饮酒作乐，构图宏富，场面壮观，人物众多，神态自若，人不同面，面不同神，惟妙惟肖，连烧水、掏耳朵如此细微之处也精雕细镂，线条清晰，栩栩如生。前厅上方的拱棚上，雕刻有"倒立双狮戏球"式的棚托，如此精雕手法国内罕见；厅堂两侧的厢房门上雕有"福、禄、寿、喜"4位神灵和各带一名道童的"八仙"，旨在人生的道路上能够"八仙过海，各显神通"。

天井在古徽州商人的眼里俨然是个聚宝盆，下雨即为下金子，下雪则为下白花花的银子，意为财源滚滚从天降；而雨水则从天井的四角向地下汇流，"肥水不流别人田""四水归堂"；前厅天井的4个角为锡打水枧，上面分别写有"天锡纯嘏"4字，本意为水枧用纯锡打制，"锡"通"赐"，言外之意，主人的一切都是上天所赐。

后厅是人们常说的侍奉父母、长辈的"高堂"，每根柱子的基石都刻有一个"寿"字，横梁雕有"郭子仪上寿"及"九世同堂"图，意为教育子孙后代要孝敬长辈，希望子孙满堂，福寿绵绵。

承志堂建筑气势恢宏，木雕艺术不同凡响，在故宫博物院里无法欣赏到的木雕在承志堂里却有不俗的表现，故有"民间故宫"之称。

原载《茂名日报》2015.05.21，发表时有删节

生活拾贝

美人圆月咱故乡

让千舟竞发　为省运增辉

——省九运会开幕式大型文艺表演排练侧记

　　云雾缭绕北岭山，如轻纱飘渺，点青缀绿，仲夏的晨风飘来阵阵的水气，使北岭披上了一层神秘的色彩。山下，广东省第九届运动会开幕式大型文艺表演之《千舟竞发》排练地——西江大学，人头攒动，乐声飞扬。排练者们用汗水再现了当代大学生的风采；用意志、毅力筑起了固若金汤的龙骨；用信念树起驶向理想彼岸的风帆；用实际行动展现了肇庆人民神采奕奕的精神风貌。

重任在肩

　　"搞好了开幕式等于运动会成功了一半"，这是成功之谈了。因此，省政府、肇庆市政府对这次省九运提出了要把开幕式搞得"热烈、隆重、精彩、圆满"和"高标准、高水平、高质量"的要求，以此来激发运动员奋发拼搏、创造新纪录的精神。

　　为了树立集国家历史文化名城、风景旅游名城、新兴工业城三位一体正在建设中的花园城市——肇庆名城新形象，更好地建设肇庆、宣传肇庆，"让世界了解肇庆，让肇庆走向世界"，肇庆市把开幕式大型文艺表演命名为《百越风流》。这台文艺表演是以肇庆山美水美人更美为题材，通过表演来体现肇庆古老的传统文化，又体现当今肇庆山河的壮丽；既体现古端州人民的勤劳勇敢，又体现当今肇庆人改造自然、建设家乡的精神风貌。

这次开幕式，阵容鼎盛，参加演出者达3000多人。这不但使几千名文艺骨干学到组织艺术、总体方案设计艺术、舞美设计和表演艺术，而且对提高文体队伍的整体素质，推动肇庆市的文体艺术发展，推动社会主义两个文明建设有着极其重要的作用。

这次大型文艺表演，是肇庆有史以来最大型、层次最高、耗资最大的文艺表演活动。肇庆人民为当好东道主，不惜一切代价，尽最大努力使这次开幕式既有省一级运动会开幕式的水平，又富有肇庆特色；既有气魄，又有创造性。

虽苦犹乐

《百越风流》之第一场《千舟竞发》正紧锣密鼓地排练着。我们对906名西江大学学生的辛苦劳动没有忘却，对18名西江大学指导教师没有忘却，对亲临第一线指导负责的分场导演没有忘却，还有西江大学的各级领导……

太阳刚从东方升起，地上就像着了火，吹来的风也是热乎乎的。排练场上的排练者们半蹲半跪，手、眼、脑、脚四管齐下，毫不放过导演示范的每个高难度动作。脸被太阳晒得红彤彤的，像绯红的朝霞；汗水也好似与他们作对，一滴一滴，点缀脸上泛起的红润。导演对他们要求极端严格，每个动作都要验收才能学新动作，任何人都难以滥竽充数，蒙骗过关。他们哪里有心思作假呢，每个人心中都只有一个信念：为了这次时间紧、任务重、要求高、难度大的开幕式表演，宁可掉几斤肉，脱几层皮，也乐于参与。

是的，面对如此隆重的百年不遇的体育盛会，有谁会敷衍了事呢！名城的人，有名城的气概；名城的事，名城人义不容辞，自上而下，团结一致。狂风暴雨，淹没不了他们排练的热情，他们顶风冒雨在排练场上奋战。8月27日，12号台风猛烈袭来，暴雨无情，分场导演再三要求停止排练，休息一天。然而，他们却极力反对，一致要求顶风冒雨排练。导演为之感动，一声令下，排练开始。只见排练场上，表演"水"的同学，对着泥泞的场地，要躺就躺，要跪就跪；"划艇"组的女同学，要打滚就打滚，毫不把风雨放在眼里；"龙舟"组的男同学，有着无畏的男子汉气概，赤脚上阵，"泥花"四溅，呐喊声此起彼伏，膝头跪破了，从不埋怨、呻吟一句；导演们和指导教师也打着雨伞，冒雨亲临指导。拼搏奋战之后，气喘吁吁，尽管个个变成了泥人，但是他们都笑了，笑得很甜很甜。

情系飞舟

今年6月份以来，华南地区受强热带风暴的影响，普降大雨，西江经历了百年不遇的特大洪水袭击，重灾区封开县"四面楚歌"，贺江、东安江的洪水像猛兽，摧毁了不计其数无辜的民房。洪灾，使灾区人民无家可归，流离失所。然而，作为参加省九运排练的灾区学生，站在重建家园和排练之间，他们毅然地选择了后者。西江大学中文系学生莫思霞、梁有桃等同学，家被洪水淹没，其他学生都在家里帮忙重建家园，而他们心里想着的却是排练之事。他们知道，排练时要是少一个人，就得找人代替，时值暑假，哪里去找人代替呢？这不但给学校领导添麻烦，也拖了排练工作的后腿。他们再也没有时间斤斤计较个人的得失了，提前回到学校投入排练。

无私奉献，顾全大局，集体观念，在每一个排练者身上都已扎了根，深深地埋在心里头。"任凭风吹浪打，胜似闲庭信步。"他们没有忘记自己的命运和使命——在同一条船上远航。船能否顺利驶向彼岸，出色地完成任务，就得靠撑舵者和风平浪静的水，只有按照分场导演、总导演的要求，齐心合力，共同奋斗，才能达到理想的彼岸，正如《千舟竞发》主题歌那样："我们共有一片蓝天，我们共有一道地平线，我们同在一条船上远航，拥有一个共同的信念；""我们共有一声呐喊，我们共有一张双桅帆，我们同在一条船上远航，拥有一个共同的信念；手拉手，肩并肩，风雨同舟西江边，情相系，心相连，同舟共济到永远。"

原载《青年周报》1994.10.14

在体育教育领域不懈追求

——记西江大学体育系主任梁家劭

梁家劭副教授是西江大学体育系主任，他在教坛耕耘了整整23个春秋。

梁家劭专业基础知识扎实，在教学之余，他立足本专业，勇于探索有关体育专业理论知识的课题，并积极刻苦开展科研和编撰工作。1985年他主笔编写了全国师范专科学校体育专业《运动生物力学教学大纲》；1990年他参与了《体育专业学习纲要》一书的编撰工作，并担任副主编；1992年他和广州体院洪春森教授出版了专著《运动场地设计与施工》；由他主持的教学科研项目《强化教学管理，提高教学质量》获西江大学优秀教学成果二等奖；另外，他先后在省级刊物上发表5篇论文。这些年来，梁副教授呕心沥血、笔耕不辍，写作、发表的文字达数百万。

梁家劭在体育竞技赛组织和裁判工作上也有较深的造诣。自从1983年晋升为国家级田径裁判后，他一方面多次出任国际比赛裁判工作和每年都参加国家和省级比赛的有关裁判工作。在工作中，他一丝不苟、精益求精、认真细致、光明磊落、公正严明、吃苦耐劳的精神，受到组织者的赞许。另一方面，他坚持"理论知识与实践活动相结合"的培训准则，根据学生的接受能力强弱，进行分门别类施教，对差生采取循循善诱、坦诚相见的态度，时刻帮助他们找出优点、缺点，引导学生向高新知识领域探索；运用裁判理论知识、裁判工作要领和技巧指导学生裁判实践活动；并注重在培训过程中结合教学内容对学生进行专业思想教育和正确的科学人生观教育。一位 93 级体育系的同学这样对笔者说："梁副教授上的课，生动形象，并且寓乐于教，使讲授课既有专业性，又有生动性和形象性。"

"一分耕耘，一分收获"，梁家劭所付出的血汗并没有白费。他多次荣获优秀共产党员、先进教师、教书育人先进分子、优秀班主任等称号；出任第十一届亚运会裁判工作被评为先进工作者、六运会获精神文明奖、省九运会获体育道德风尚奖、1989 年和 1994 年省优秀裁判员、1990～1993 年全国优秀裁判员等。国家也把他的名字和多年取得的成就载入了《中国专家人名辞典（广东版）》《中国当代高级科技人才系列词典》《中国当代教育家辞典》。

面对接连而来的累累硕果，梁副教授丝毫没有感到满足，认为这只是人生旅途中的一段小小的插曲。为了适应社会主义市场经济新形势的需求，最近他又进行知识更新，自学计算机应用、体育统计与评估、体育管理学、体育比较学等学科。

原载《西江日报》1995.05.10

浮萍，在城市中漂流

——城市"盲流"谋生手段透视

随着改革开放的不断深化，我国城市化进程的步伐加快了，城市经济的日益繁荣，使城市充满着生机活力，丰富多彩的城市生活犹如磁铁一样吸引着贫困地区的人们，他们带着各种各样的目的、心态，到城市中寻梦来了，因而在全国范围内出现了大规模的人员流动，其人数之巨为世界之罕见，地域之广为中国历史之前所未有。这些流动人员像片片浮萍一样在城市中漂流、游荡，他们没有固定的职业，不做正经事而能在自己一无所知的城市中生活下去，究竟他们依靠什么手段能在光怪陆离的城市中找到自己的生存空间？近日，笔者作了一些专门的观察调查，下面录几组镜头，供读者诸君鉴诚。

一锤一凿一斧"打天下"

在繁华的闹市街头，你常常会看见这么一些人，他们手执或锤或凿或斧，蹲坐在街边排成一列或围成一堆，用高度警觉的双眼扫视着过往的行人，只要你跟他们打一声招呼，他们便会立即蜂拥而上，将你团团围住，希望你能叫他们干点什么计活。这些人一般没什么特长，仅凭手中的一锤一凿一斧"打天下"。他们似乎什么事情都能干，又似乎什么事情都干不了。笔者在市区光华路段采访了其中几位贵州民工，他们说，家乡的生活条件极差，只好出外谋生。虽然自己没什么"手艺"，但是凭着年轻，身体好，有的是力量，什么粗重活都能干，什么脏活都愿干，只是来叫他们干活的人太少了，有时眼巴巴等上一天也是白搭了。有一个叫陈大壮来自遵义市郊的小伙子，今年18岁，来茂名已有两年，他告诉笔者，茂名很不错，街道又宽又直，在这里比家乡好多了，不过，若找不到活干就得挨饿，"饱一餐饿一餐"对于他们来说是家常便饭，言辞间颇有几分得意，但更多的是无奈、苦涩。

"行乞"是最惯用的谋生手段

在一个举目无亲、人生地不熟的繁华城市里，"行乞"成为"盲流"在自己家乡不可能做、不好意思做或不敢做的谋生手段，钱来得省事省力，不用学人人都会。因而，行乞者讨钱方法各异，五花八门，"四脚齐全"的年老人，沿途乞讨，见人便叫"行行好"；中年妇女则负幼携小，以"灾"为名，穿街走巷，来往于人头涌涌的车站码头；手残脚跛者，蹲坐街头巷尾，装作可怜兮兮样子；眼瞎者，前摆钱盒，口中念念有词，"先生小姐们，好人一生平安啊"；儿童则专抢开"的士"车门，一见乘客便来一百八十度鞠躬，伸手要赏钱。一天下来，他们少则十几元，多则几十元乃至成百元。一位从贵州西部某小城市出来的许某，因自己的脚跛，而在全国四处漂流，几年下来还挣了不少钱，按他的话说：至少比厂里当个一般工人收入高。

"行骗"是另一重要的谋生手段

"行骗"成为在城市游荡、不谋正业而终日游手好闲的"盲流"的主要谋生手段。他们在城市中杀人放火的大法一般不犯，偷摸行骗的小法不断。按他们的说法：即使被抓了，也伤不到自己的筋骨，最多拘留几天或者遣送回原籍。为此，在行骗方法上，他们连连出高招，而且变幻莫测。扮和尚、尼姑化缘化斋，以修建寺院庙宇为名，挨家挨户谋取慈善款，获取高效"利益"；老夫老妻，摆卖假药，一买一卖，一唱一和，配合默契，得手之后逃之夭夭；睇手相，观神色，看风水，大搞魔邪迷信活动，骗财骗色；借空头公司，扮经理，假招工，巧骗报名费，事后换巢改名，重新行骗……"盲流"的行骗，多种多样，不胜枚举，可谓"手段高明""诡计多端"，达到以假乱真的地步。他们的行骗足迹遍及农村城市、街头巷尾、车站码头、市场路口、大家小室，随处可见，令人咋舌。

捡破烂、小偷小摸是"盲流"的又一伎俩

捡破烂做点小买卖，是"盲流"最易挣钱的方式。既不要本钱，又不用花大力气，只要在这个垃圾堆一"捞"，那个商场、酒店或学校一"捡"，然后到废品收购站"走一趟"，"钱财"便应运而生。这不失为一种别人不屑一顾，而在"盲流"眼里倒觉挺好的生活的日子。但是，白天捡破烂、夜间小偷小摸"双管齐下"，更是"盲流"酷爱耍的伎俩。今天在这地方偷鸡摸狗，明天换个地方屠猪杀羊，过几天再来个"换汤不换药"，"重温旧梦"，神不知鬼

不觉的，还慨叹"老天爷有眼""上帝保佑"呢！

整治"盲流"现象刻不容缓

漂流在城市的"盲流"，居无定处，住无定所，生活盲目，行踪流动。"背井离乡，颠沛流离，苟且偷生，得过且过"成为"盲流"生活的真实写照，给社会带来一系列发人深思的问题和矛盾，并且有可能泛滥成灾，愈演愈烈，后果是不堪设想的。首先，"盲流"的求生方式和发财手段，与中国实行改革开放后，人民安居乐业，人人奋发图强，社会欣欣向荣的生活图景极不相称，极不协调，有种"格格不入"的味道，同时，有损国格，有损社会主义国家在国际上的形象。其次，"盲流"的大量出现，加重了本来人口密度就大的城市的负荷，造成城市基础性综合服务加重，户籍管理和流动人口管理的难度加大等。再者，"盲流"的大量存在，给城市的社会治安综合治理带来许多不稳定因素，使城市犯罪率上升，易滋生黑社会和犯罪团伙等。还有，"盲流"大部分来自农村，造成农村耕地丢荒，大面积水田被毁，人口流失严重，加剧城市与农村贫富分化；"盲流"中的儿童无法接受教育，将来难以成有用人才，也是不容忽视的问题；至于由"盲流"带出的连锁问题，更是刻不容缓的问题了。

面对"盲流"现象带来的一系列的社会问题，有关部门再也不能等闲视之了，应采取多形式、多渠道、多途径教育、帮助、扶持漂流在城市中的浮萍，刹住"盲流"这股歪风，让他们在生活中真正找到自己的位置，为国家、为社会、为人民做出应有的贡献。

原载《茂名政协报》1995.10.08

无碘盐：害人没商量

　　碘，是人体必需的微量元素，人们称之为"智慧之神"。如果人体缺碘，甲状腺就不能制造出足够的甲状腺激素以供正常生理新陈代谢、生长发育的需要，从而造成地方性甲状腺肿大（即大脖子病）、地方性克汀病（呈聋、哑、呆等症状）、地方性亚克汀病和智力低下，也会导致孕妇流产、早产、死胎、胎儿先天畸形。碘缺乏病，严重威胁着人体健康，直接影响着国计民生和民族素质的提高。据有关资料显示，碘缺乏病已达到触目惊心的地步。

　　——世界卫生组织的一次调查表明，全世界约有 10 亿人处在碘缺乏区；

　　——我国大陆除上海市以外的 29 省、市、自治区的 1762 个县和 20000 多个乡镇流行碘缺乏病，人口达 4.25 亿，占全国人口的 38.7%，占世界碘缺乏区人口的 42.5%；

　　——目前，我国因缺碘造成地方性甲状腺肿大、克汀病患者 820 万人，智力低下儿童 800 万人；

　　——我国 1017 万智残人中 80% 是因孕妇缺碘而导致孩子出生后出现聋哑、呆傻、瘫痪等，目前，我国每年仍然以新增 100 万智残儿童的速度急剧上升；

——1988～1995 年，我国因食用伪劣食盐中毒事件 55 起，10000 多人伤残，47 人死亡。

私盐泛滥，生产发展失控，流通领域混乱

私盐泛滥，生产发展失控，流通领域混乱，这是造成碘缺乏病的罪魁祸首。一些地方为了自身利益，中饱私囊，盲目发展小盐场，大量平锅盐、非碘盐、劣质盐、土制盐充斥食盐和碘盐市场，严重干扰了加碘盐的正常运作和供应，破坏了盐政管理。"精明"的私制盐贩者，或辟一方浅浅的"盐池"，挖一条短短的水沟，把工业废水引入他们的"生产基地"自行熬制；或在矮矮的棚屋里，架着几个硕大的铁锅，用铁锹在锅里不停搅拌，几经周折后，居然也可捞取似模似样的"食盐"……如此炮制土盐，方式简单，成本低廉，其诱惑是不言而喻的，但后果却可想而知。面对种种恶劣行径，盐务管理人员只能"望盐而兴叹"，不敢"轻举妄动"，稍有风吹草动，私制盐贩便会以"一损俱损，一荣俱荣"的强大凝聚力，倾巢、倾村而出；或采用"敌进我退，敌退我进"的迂回战术，灵活而顽强地与盐务管理人员周旋，盐务管理人员被搞得疲惫不堪，晕头转向，最后不得不落荒而逃，不了了之。假冒碘盐的泛滥，给人们生活和社会治安带来了严重危害。

缺乏食用加碘盐的自觉性和自我保护意识

缺乏食用加碘盐的自觉性和自我保护意识，这也是造成碘缺乏病的重要原因。一位 60 来岁的老伯说："人家吃什么盐，你们

政府管得着？"他脸上显出一副得意忘形的神情，"我们祖祖辈辈，老老少少，从没吃过什么加碘盐，总不见有什么大脖子、痴呆等病？骗人的把戏！"说完扬长而去。看着这位老伯远去的身影，笔者只能摇头慨叹：愚昧而善良的人们啊，怎能以偏概全呢?！戴运来，一个挺吉祥的名字，然而，当他郁闷、痛苦过早地逝去的那一刻，都没法弄明白是什么残酷地让他6个子女中的4个变成了傻子——大女儿蓬头垢面，双目呆滞，时不时咬手指傻笑；二女儿半傻，已出嫁，居然为他人生儿育女；三女儿聋哑呆傻，勉强嫁了出去，婆家三天两头要往回退人，愁得老母亲不知如何才是；小儿子肥头耷耳，眼呈三角形，见人便叫"我妈在地里劳动"。黎氏，别墅式的洋楼，鸟语花香，宽敞明亮，可在房里，老母亲卧床不起，半呆半傻，两位弱智的媳妇居然还怀了孕，出生的孩子健康状况如何，不得而知。活生生的例子告诉我们，愚昧的报复是缓慢、持久而残酷无情的，又怎能存在侥幸心理呢?！劣质盐的冲击，给人们平静的生活蒙上了一层薄薄的阴影，再加上广大人民对碘缺乏病危害认识不足，我们实际处于危险境地。

无路可退，别无选择，强力推行食盐加碘

国家先后制定颁布了一系列法规，加大自觉食用碘盐生存意识的宣传力度，加强盐政管理，坚决制止劣质盐在市场上销售，采取以食盐加碘为主，药物治疗为辅的措施。1991年3月，李鹏总理代表我国政府在世界儿童问题首脑会议上通过的《儿童生存、保护和发展世界宣言行动计划》上签字，承诺到2000年中国实现消除碘缺乏病的目标。为保证实现我国1996年全民食用加

碘盐，国务院第 163 号令发布了《食盐加碘消除碘缺乏危害管理条例》。新闻媒体及有关部门也深入开展《食盐加碘消除碘缺乏危害管理条例》和《规划纲要》的宣传教育活动，强化和增强了人民群众对碘缺乏病的防患意识，有力地推动食盐市场的净化和管理，为确保人类健康发展和整个中华民族素质的提高起了推波助澜的积极作用。

原载《西江青年报》1996. 03. 31

原载《茂名政协报》1996. 02. 28

今年4月份以来，我市发生80多宗飞车抢包案，市民忧心忡忡，引起我市高层关注，警方大规模出动，布下天罗地网……

飞车大盗　插翅难逃

作恶多端激起众怒

1996年5月2日，茂南区农业银行信用社女职工何海燕，在下班骑车途中被案犯抢包摔伤头部，大脑充血，生命垂危，住院抢救，花去人民币20多万元，至今仍昏迷不醒，成了植物人。伤者今年24岁，出事前正与男朋友筹备婚礼，如今其男朋友一直在其身边守候、照料她，期盼她能早日醒来，同时希望公安机关尽快将案犯绳之以法。茂名电视台曾在"新闻聚焦"节目以"呼唤良知"为题报道了何海燕不幸遭遇，呼吁广大市民立即向公安机关举报提供案犯线索，早日将案犯抓获归案，为民除害。这一报道在群众中引起了强烈反响，不少群众纷纷打电话向公安机关提供有关案情线索。

市委书记亲自过问

市区频频出现案犯飞车抢包案件后，引起了茂名市委、市人大、市政府，茂南区委、区人大、区政府领导的高度重视。市委书记肖贤成亲自过问案件的侦破情况，指示公安机关尽快抓获案犯，早日破案。市人大执法检查组在检查执法工作时也一再过问案件侦破的进展情况。市委常委、政法委书记、公安局局长吕晓多次组织召开市公安局、茂南区公安分局局长会议，专门研究和布置警力，并成立了打击飞车抢包案指挥部。

按指挥部的部署，从7月10日开始，市、区两级公安机关联手抽调200多名干警，在市区范围内可能作案的复杂地段和交通要道设立100个点，每个点警力2人，配备摩托车等交通工具，使用对讲机100台，进行统一定时、定点、便衣守候伏击，拉开了一张狩猎飞车抢包案犯的大网。如此大规模的伏击行动在茂名尚属首次。按照事前报案提供的资料，伏击干警重点加强对无牌摩托车的监控，捉现行。结果一连五天大规模守候伏击未果。7月16日指挥部取消大规模伏击，将该案件的侦破工作交由茂南区公安分局巡警大队继续实施。

茂南干警先行一步

茂南区巡警大队在侦破飞车抢包系列案件中已先行一步。自7月4日开始，从各中队抽调精干队员组成小分队，专职进行该系列案件的秘密调查、摸底、伏击工作。在队员们的艰苦努力下，曾几次发现可疑案犯骑红色125C铃木王摩托车在市区游弋伺机作案，在跟踪和追赶时，案犯逃脱。

为了加大侦破力度，7月24日晚，茂南区分局局长谭仁海主持召开分管刑警、巡警的副局长、巡警大队、刑警大队、河东、官渡派出所等单位主要领导战地加温会议。将前段时间飞车抢包案件进行了详细的综合分析研究，按目前掌握的资料分析，拟定案犯下一步作案的点和面，采取有针对性的打击。强调各单位主职领导一定要亲自抓该系列案件的侦破工作，指定由巡警大队徐冠新副大队长牵头，抽调人员组成专案组，并立下军令状，保证7月底前破案。

红色铃木再次出现

7月26日下午，伏击队员在官山东路与光华北路交汇处发现可疑作案的红色125C铃木王摩托车出现，当晚专案组同志集中汇报案情，徐冠新副大队长综合收到的各方面有关情况，认为官山东路、方兴市场周围有可疑车辆的踪迹，将这一带列为重点伏击范围。

7月27日下午2时30分，在油城六路方兴市场出口名人酒店路段守候伏击的余开德、邓桂祥突然发现一男青年驾驶一辆前面有牌后面无牌的铃木王摩托车由该路口飞速驶出，往乙烯宿舍区方向高速驶去。案犯及作案摩托车特征早已印入每个队员的脑海。见此情景，余开德、邓桂祥即开车紧紧盯上目标。到了乙烯宿舍区附近，案犯停下车，急匆匆走入路旁荒地，为了避免打草惊蛇，弄清情况，余开德、邓桂祥不动声色开车驶过，借助路旁建筑物的掩护，观察案犯动静。由于障碍物的遮挡，只是看到案犯从衣内拿出一样东西蹲在地上。不久，发现案犯从旁边的水泥预制件中取出一块摩托车后车牌快速回到车旁装上，驾车往茂石化公司输油管方向窜去。为了弄清案犯逗留的情况和盯住案犯，余开德、邓桂祥作了分工，余开德负责跟踪。邓桂祥发现案犯逗留过的地上有两个搜掠过的女挂包，邓随即将这重要情况向大队值班室汇报。这时余开德尾随案犯至鳌头茂石化公司输油管道时，由于路面复杂，失去了目标。尽管如此，余开德却掌握了一条非常重要的线索——案犯所骑摩托车原来有牌为粤K36367，案犯每次作案前都是拆下后车牌，作案后又装上车牌，真是一只狡猾的狐狸！

徐冠新副大队长接到余开德、邓桂祥提供的重要线索后，在失去目标的情况下，即采取果断措施，命令专案组队员撤回案犯曾出现过的官山东路东胜蛇羊餐馆周围守候伏击。狡猾的狐狸，始终逃不出猎人的掌心。果然不出所料，到下午5时39分左右，案犯驾驶粤K36367红色125C铃木王摩托车载着两个男青年进入东胜蛇羊餐馆停车场旁的一栋商品楼下，开车者上楼，另两人在楼下等候。案犯的一举一动早已被在此守候多时的队员监视，队员邓海新发现目标后，即通过对讲机向徐冠新副大队长报告。这时正在值班室坐镇指挥的徐副大队长即令所有专案组队员盯紧案犯，封锁案犯所上楼房的周围路口，与此同时，令值班员用中文寻呼通知所有巡警赶赴现场围捕案犯。随后开车搭载几名巡警赶赴现场。途中，伏击队员邓海新及时将现场情况向徐冠新副大队长汇报，围捕工作正有条不紊地紧张进行。突然对讲机中又急促传来邓海新的请示："案犯下来了，怎么办？""下来就捉，封锁案犯上下楼梯口，一个不能漏。"话音刚落，徐副大队长的警车已冲到现场，此时久候的伏击队员如饿虎擒羊猛扑上去，将已下楼的案犯及其同伙擒获。经现场突击审讯，得知案犯还有几个同伙在502房，伏击队员随即押着案犯直扑502房。此时，陆续赶来增援围捕的巡警，按徐副大队长的部署，将整栋楼严密封锁，逐层搜索。躲在502房的疑犯拒不开门，徐冠新即令破门入屋，抓获疑犯四男一女，搜出8只女装挂包，海洛因一小包，注射器两支。

经审讯，被捉获的飞车抢包案犯名叫饶翔，初步交代作案 30 多宗，同案犯张军（扩线抓获）作案 8 宗。同时破获一个长期吸毒窝点，伏击前后共抓获吸毒人员 20 人，缴获毒品海洛因 3 克。

从战地加温会议立下军令状仅三天时间，经过专案组同志艰苦努力和巡警大队全体队员的积极配合，使公安机关在"严打"期间花费了大量人力、物力、财力和广大市民极为关注的飞车抢包系列案，到此终于画上了一个圆满的休止符。

原载《茂名晚报》1996.08.15

满腔心血育桃李

——记高州大坡中心小学教师吴庆佳

提起吴庆佳老师，在高州市大坡镇无人不晓。他是大坡中心小学普普通通的语文教师，为了大山的孩子，他扎根大坡山区整整 24 个春秋，勤勤恳恳，任劳任怨，曾多次被评为"高州市先进教师""优秀班主任""基础教育先进工作者"。

吴庆佳 1974 年中师毕业后，回到大坡山区，从此与大山的孩子结下了不解之缘。刚踏上三尺讲台，学校便向他压坦子，负责毕业班语文教学兼班主任工作。他大胆试用读与写相结合的教改方法，经过大量的试验与实践，取得了令人满意的效果，大大提高了教学质量。他所撰写的教学论文《读写结合，提高学生阅读写作能力》曾获高州市优秀论文三等奖；《再学守则，畅谈体会》曾获优秀课例奖。

吴庆佳老师除了积极探索教学改革新路子外，班主任工作也开展得有声有色，"抓学生思想工作是班主任工作的先导"，吴庆佳老师这样认为，也是这样做的。他抓学生思想工作坚持"五个结合"，即正面教育与反面教育相结合，关心爱护与批评教育相结合，国内形势与国外局势相结合，学生个人特点与班级实际相结合，自身默染与情感激励相结合。他常常通过张贴"学先进，树典型""学先进，做好孩子"墙报等形式，教育学生迎难而上，刻苦学习；利用班会课学习宣传先进典型，如黄茂林、冯波、赖宁等先进人物，教育激化学生奋发图强；他自己则以身作则，教育学生自觉遵守纪律，坚守岗位。今年四五月间，高州市举行学科竞赛，同时全市统考将至，全校师生正进入紧张的备战阶段。恰在此时，吴庆佳老师却病倒了，连续三周发高烧不退，他为了不影响学生的备战，抱着重病的身体，坚持下班辅导学生，难以支撑时，便找凳坐着，不离教室半步，学生深受感动。

吴老师所付出的汗水并没白费，自该校取消重点班制度后，他所担任的教学班，升入高州中学人数历年居全校第一，1992 年 4 人、1993 年 3 人、1994 年 6 人（其中有 1 人获高州市总分第一名，1 人语文单科获高州市第一名）、1995 年 6 人、1996 年 4 人；另外，他辅导的高州市学科语文通讯赛，每年都有学生获奖。

原载《茂名晚报》1996.10.08

培育人才的一方沃土

——高州市大坡中心小学教学改革纪实

　　朗韶大坡，山清水秀，人杰地灵。大坡中心小学更是一方孕育国家栋梁的沃土。该校连年在各种比赛中都取得令人瞩目的好成绩，毕业会考也连年名列高州市农村中心校的前茅。特别是1993～1994学年度，毕业会考获高州市四项第一，即升入高州中学10人，位居全市（农村学校）第一，个人总分第一，语文单科第一，作文满分第一。1995～1996学年度，高州市四、五年级通讯赛获奖9人；三、六年级学科竞赛获奖14人，其中，六年级数学9人，位居高州市农村中心校第一名；全国小学奥林匹克奖3人，其中，二等奖1人，三等奖2人；小学毕业会考升入高州中学7人。该校在其他方面也多次获殊荣，曾获《岭南少年报》优秀小记者奖20人，大坡中心小学小记者站被评为《岭南少年报》优秀小记者站；1人获94国际少儿友谊书信征文优秀奖，3人获佳作奖。

　　1984年高考英语科状元凌耀淦、1989年高考理科状元杜志艺、1987年高考茂名市文科状元吴兵、中考茂名市状元吴建琼、"茂名市十大杰出青年"黄茂林、直升北师大附中实验班（全国仅39名）学生李广都是该校的毕业生。

面对一串串的闪光数字，原高州中学校长陈耀良感慨万分，他说："高州市大坡中心小学是培养状元的摇篮！"高州市教育局如是评价："大坡中心小学是山区教育的一面旗帜！"是的，大坡中心小学为大坡教育事业的发展，为高州山区的教育史写下了光辉的一页。

积极引进竞争机制

大坡中心小学作为山区的一间中心校，在教育教学工作管理上，坚持"德育为首，教学为主，育人为本"的方针，在不断完善各项规章制度，抓好"三风"建设的基础上，勇于开拓，大胆创新，实行"引进竞争机制，检查竞争效果，奖励竞争优胜"的管理方法，全面调动教师的积极性和主动性。他们首先稳定教师队伍，把业务水平、工作能力、教学经验相当的教师分在一级同一科组；其次取消重点班，按学生思想表现、考试成绩均匀编班，力求做到思想表现、成绩高低、人数多少三个同等；然后开展班风、学风竞赛，比平均分，比合格率，比优秀率，比巩固率。于是，教师各出奇招，各施法宝，诸如"分组辅导""一帮一""一对红"等等便应运而生。吴庆盛、陈国明老师的分组帮学经验倍受欢迎。他们把全班分成4人一组，每组分一名优生、两名普通生和一名差生，优生负责帮助差生学懂学会，达到共同进步的目的。全国优秀教师吴峰老师小学生识字法在全国推广，深受专家同行者的好评。学校通过激烈的竞争，形成了一股"教师安教乐教，学生勤学善学"的良好风气，大大提高了学校的教学质量。

注重培养青年教师

振兴民族的希望在教育，振兴教育的希望在教师。而青年教师代表着学校的未来，选用和培养青年教师是提高教学质量的重要因素。该校校长葛锋深深知晓个中道理，在他的大力倡导下，学校在选用和培养中心校教师上抓了4个环节。一是选人才。凡调入该校的教师，务必中师毕业，在面上小学任教两年以上，并经教办组织人员听课、考察，认定有较强事业心和教育教学能力，上进心强，虚心好学，方可调入。二是提要求。新教师到校后，学校通过谈话向他们提出严格要求：一年站稳课堂、两年成教学骨干、三五年形成个人教学风格。并鼓励他们岗位学习、岗位实践、岗位立功、岗位成才。三是传帮带。传，中老年教师要为青年教师传授教学经验；帮，领导跟踪听课，帮助青年教师备课、修改教案，直到合格为止；带，挑选业务水平高的教师跟班，带动新老师，明确任务和时限。四是大胆任用。对青年教师培养一段时间后大胆使用，向他们压担子，承担镇内或对外公开课，承担教研课题研究等。此外，学校领导对中老教师也严要求，务必做到师德修养是楷模、教学方法能示范、专业知识能答疑、教育科研能带头，最大限度地提高中老年教师在教学工作中的示范作用。

重视改革课堂教学

大坡地处茂北山区，山高路陡，交通不便，信息闭塞。但该校领导并不被环境所限，反而想方设法，多渠道采集八方教改信息，除了要求教师在报纸、杂志上收集信息外，还定期组织教师走出去，到广州、湛江等地学习经验，不定期请广州荔湾区教研室主任朱亮尧到校讲学，组织教师积极参加市、镇教研活动。在此基础上，该校狠抓教学目标、教学内容、教学方法、教学手段、课堂结构、信息反馈等方面的课堂整体优化研究试验。组织观摩课、示范课，带动课堂教学整体优化；承担镇教研活动，向全镇教师或对外公开课，促进课堂教学整体优化；移植外地经验，开展专题试验，加快课堂教学整体优化；开展课堂教学大比武，评选优秀课例，深化课堂教学整体优化。目前，该校已走出了一条适合学校实际的课堂整体优化的教学路子。

……

由于领导有方，措施得力，全体师生认真贯彻落实"严、勤、精、巧"的校风校训，严勤拼搏，不断深化教学改革，结出了丰硕成果：1984 年、1995 年高州市两度两次山区小学教育现场会在该校召开；该校先后被授予"广东省先进普教单位""茂名市优秀中心校""高州市文明单位""高州市治安事故为零学校""高州市《义务教育法》宣传教育先进单位""高州市中小学'五心'教育工作先进单位"……该校校长葛锋也多次被评为高州市先进教师、基础教育先进工作者、优秀共产党员等。

原载《茂名晚报》1996. 10. 10

浓墨重彩描绘教育蓝图

（一）

茂南区镇盛镇是"老、边、穷"镇之一，经济起步较迟，发展速度缓慢，"等、靠、要"思想普遍存在，严重削弱了广大干部群众的积极性和主动性，给镇盛的教育事业蒙上了一层阴影。几年前，全镇 19 所学校居然有危房 10000 多平方米，占校舍总建筑面积的 70％，7000 多名小学生在危房中上课。恶劣的教学环境，导致骨干教师大量流失，大中专师范毕业生谁也不愿意调进来，造成了教学质量严重滞后，教师队伍编制严重失调。面对如此困窘，镇盛镇召开"振兴镇盛教育誓师大会"，制定了关于镇盛镇 20 世纪末教育发展规划，为镇盛的教育事业描绘了一幅宏伟蓝图。

（二）

镇盛镇是人口大镇，学生人数与日俱增，校舍日显不足，教师宿舍、教学用房的紧张程度也越来越突出，再加上大面积的危房，形势十分严峻。镇盛镇委、镇政府决定下大力气抓危房改造，全面实施"普九"工程。层层召开动员会议，印发有关文件，拉横幅、贴标语、出动宣传车，大力宣传"普九"工程的重要性；加大了校园校舍建设力度，不断加大教学设备的投入。在1991～1993年的上半年，镇盛镇全面掀起改造危楼高潮，共筹措资金400多万元，对全镇中小学校进行了一次性改造，建起了25栋20000多平方米的教学楼，大大改善了学校的教学环境。镇盛镇顶住各种阻力和压力，克服重重困难，在1993年下半年投入300多万元扩建市八中和新建镇盛一中；1994年，该镇党委、政府划出18亩地，拨出17万红砖，经多方努力，建起了镇盛二小，从而使该镇完成了"普九"工程，顺利通过了省检查验收，得到了省、市、区领导的高度评价。

为加快全镇的改危步伐，向花园式学校迈进。1996年11月，镇盛镇党委、镇政府投入110多万元，建起了2000多平方米的教师村；腾山小学、茂坡小学、白沙小学等学校在镇委、镇政府的大力支持下，也相继建起了新校舍；今年6月，镇盛镇再次投入40万元，建起了茂山一小第二栋教学楼，扩建了一个标准的运动场。同时，该镇加大了对校园环境和教学设备的投入，先后投入了80多万元为部分学校铺设了硬底化校道3000多平方米，增设了一批校园的绿化、美化景点，为镇盛一中购置了35台电脑，为全镇各中小学购置了"两机一幕"243套，结束了教师"一支粉笔、一本书上讲台"的历史，圆了电化教学梦，镇盛镇成为茂南区第二个实现"班班两机一幕"的乡镇。

（三）

随着改革开放的纵深发展，人民生活水平有了显著提高。但是，作为培育人才的学校普遍受到"金钱至上"思想的冲击，"三观"淡薄，严重影响了学生身心发展。为此，该镇筹集资金近10万元，为全镇各中小学校购进了用瓷片制作的中国地图、世界地图、长城、雷锋像等壁画70多幅，购置铝合金材料制作的名人名言等条幅1300多条，为全镇中小学校创造了良好的社会氛围。

与此同时，该镇还制定了一系列文件，要求各中小学校师生从"爱我家园""爱我学校"出发，定期组织师生进行"三观"教育和职业道德教育，学习先进事迹，树立先进典型，以点带面，全面促进德育工作顺利开展，营造了良好的德育环境。据不完全统计，该镇自加强德育工作以来，全镇以自然村为单位共成立了学雷锋小组152个，他们长期为特困户、五保老人做好事，送温暖，献爱心，义务献勤，一位老伯颇有感触地说："镇盛这一做法可喜可贺！"

原载《茂名日报》1997.10.22

镇盛：构筑亮丽风景

沸腾了镇盛——"改神坛庙宇，建千村书库"的热潮正在镇盛的大地涌动着。昔日香火缭绕的庙宇，已变得黯淡无光，风光不再，镇盛人在构筑着一道亮丽的风景，熠熠生辉，引人注目。全镇 39 座庙宇，有的改建成文化娱乐室，有的改建成图书室，有的改建成管区办事处，有的改建成储物仓库……每当闲暇之时，那里变成了村民们的天地，读书看报、走围棋、下军棋象棋、摸麻将、打骨牌、甩扑克……荡漾着一股怡悦文明之风，令人心旷神怡，流连忘返。市委常委、宣传部部长宋寿金对此激动不已，啧啧称赞："镇盛镇做了一件有意义的、功德无量的大事，为全市人民'破迷信，树新风'带了一个好头！"

是的，为了这件让人倍感欣慰的大事，为了构筑这道亮丽的风景，镇盛镇委、镇政府的领导干部付出了多少心血啊。今年 3 月，茂名市委、茂南区委分别发出《关于坚决查禁封建迷信活动的通知》，镇盛镇委、镇政府迅速反应，于 6 月 18 日作出了《关于将镇内现有神庙改建为文化阵地的决定》，决定把"改神坛庙宇，建千村书库"作为一件大事来抓。然而，消息尚未传出，全镇许多庙宇的神像、菩萨一夜间"不翼而飞"。镇盛镇领导意识到，唯有解决干部群众的思想疙瘩，才能使这项工作顺利开展。于是，镇盛镇召开各管区支部书记、村民代表及封建迷信分子会议，层层学习有关文件精神，要求他们树立正确的世界观、人生观、价值观，致力于发展农村经济；同时组织全镇领导干部，深入农户，大讲封建迷信思想的毒害；此外，还采用标语、横幅、宣传车等多渠道多形式宣传"破迷信，树新风""改神坛庙宇，建千村书库"的意义；组织广大干部群众学生积极开展"致富靠什么"的大讨论，动员他们捐款捐书，开展"你我齐出一分力，同建'千村书库'"活动。

接着，镇盛镇委、镇政府在全镇范围内开展了一场声势浩大的收缴神像、迷信物品和拆改神坛大行动。镇委书记蓝冲、镇长吴华尧亲自指挥部署，全镇150多名干部职工，兵分五路，从东、南、西、北、中，浩浩荡荡，向全镇18个管理区和1个居委会长驱直入，包抄了39座庙宇。大家挽起袖子，搬神像的，扛菩萨的，拆神坛的，登记迷信物品的……有条不紊，各自行动开来。他们心中只有一个信念：必须铲除根深蒂固的封建陋习，带领广大群众发家致富，构筑镇盛亮丽的风景。

镇盛镇将庙宇改为文化阵地，加强社会主义精神文明建设的这一重大举措，引起了上级领导的关注。8月11日，市委常委、宣传部部长宋寿金，茂南区委副书记谢文焕深入镇盛镇指导改建庙宇工作，并当场拍板支持每个管区1000元建书库；8月15日，镇盛镇又一次小规模行动，检查和督促各管区完善庙宇改建工作；8月25日，宋寿金再次带队，将市委宣传部、茂名晚报、中国平安保险公司茂名办事处等单位干部职工捐赠的图书2500多册送到了镇盛镇竹山文化室，至此，该镇已有捐赠图书2万多册。

8月29日，在茂名市破迷信树新风现场会上，镇盛镇委书记蓝冲代表镇委作了题为《抓好神庙改造破迷信树新风》的经验介绍，它像一篇战斗檄文，激励着全市人民破迷信、树新风、讲科学、除陋习。目前，茂南区镇盛镇到处出现振奋人心的"改神坛庙宇，建千村书库"的景象。他们为构筑这道亮丽风景而群策群力，决心全面有力地推进镇盛镇社会主义物质文明和精神文明建设。

原载《茂名日报》1997.10.27

人民公仆的本色

——记茂南区镇盛镇委书记蓝冲

一年的光阴，对平平庸庸的人来说，也许碌碌无为。然而，对调任茂南区镇盛镇委书记刚满一年的蓝冲来说，这是他勤政的一年，开拓的一年，务实的一年，奉献的一年。

开拓：确立经济发展新思路

"开拓"是蓝冲的工作支点。1996 年，镇盛镇的账户仅仅剩下 6 毛钱，干部职工已 6 个月没领工资，全镇欠债 1800 多万元。10 月份，蓝冲受命于危难之际，走马上任镇盛镇委书记。面对如此困境，蓝冲深深意识到，经济要发展，坐等不是办法，唯有集中全镇干部群众的智慧，解放思想，更新观念。于是，蓝冲重新调整领导班子，以团结拼搏、开拓进取的精神，结合镇盛镇的实情，继续完善了"科技兴镇、工业立镇、大力发展'三高'农业、大兴第三产业、建设城郊型经济"的发展战略。为了尽快改变经济贫穷落后的面貌，蓝冲根据发展战略的具体要求，在不断深化发展"经济发展总公司""农业技术开发公司""茂南旅游实业总公司"的基础上，组建了"村镇建设开发公司"，为加快镇盛经济发展的步伐奠定了坚实的基础。

蓝书记深信"科技是第一生产力"。为此,他广招人才,充实干部队伍力量,招聘了一大批大中专毕业生,从根本上扭转了干部队伍素质低下、工作被动的局面,使全镇干部队伍向知识化、年轻化、专业化方向迈出了可喜的一步。

自茂南区提出"一二三"工程后,蓝冲带领新一届领导班子,以此为契机,全面启动全镇经济发展的增长点,因地制宜,制定了"发展一批支柱产业,兴建一批大型企业集团,开发一批名牌产品",按"一乡一品""一村一品"建设农业商品基地的工作思路,在全镇掀起了向荒山残林挑战的种果热潮;大力推进农业规模化、集约化、产业化,重点发展水果、黄烟、甘蔗、蔬菜、玉米、蒔菇、养猪、养鸡、水产、种兔等十大基地。为了优化农业产品结构,蓝冲带领全镇干部职工积极改善投资环境,招商引资,引进资金56万元大力发展忆湾综合养殖基地,初步形成了兔、猪、鱼、菜、果、烟等多项目齐发展的格局,年产值可达3000多万元。

务实:旧貌换新颜

"务实"是蓝冲的工作作风。过去,镇盛机关有的干部职工整天沉迷于吃喝玩乐,作风涣散。蓝冲上任之后,制定了上班制度、财务管理制度、领导干部工作制度等一系列制度,并针对一些不良作风进行了整治。同时,加强了对干部职工政治、理论的学习和教育,健全了各项学习教育制度。通过大力整改,全镇的机关作风大为改观,大大增强了广大干部职工的凝聚力、向心力和战斗力。

为改变镇盛社会治安混乱的状况，蓝冲向全镇发出了总动员令，以"严打"为突破口，级级签订治安达标责任书，层层狠抓安全小区的落实。建立了治安联防队18个，拥有治安队员130人；成立妇女禁赌会，并加强了对派出所、司法所、法庭、综治办的领导，构成了严密的治安防范网络，有效地预防和遏制犯罪源的滋生。目前，全镇社会治安良好，呈现出一派人民安居乐业、致力发展经济的良好局面。

蓝冲上任后，把计生工作作为大事来抓，层层落实岗位责任制，建立计生工作"万户册"，实行计生对象回访制度。由于计生措施得力并持久深入开展，转变了全镇农民的生育观念，有力地促进了当地经济的繁荣和社会稳定。

蓝冲上任以前，镇盛群众迷信思想严重，打斋、拜神、建庙等封建迷信活动盛行，"治贫先治愚"，蓝冲上任后，带领全镇群众开展"改神坛庙宇，建千村书库"大行动，把神庙改为文化室、图书室或储物仓库，引起了中央、省、市、区领导的高度重视。目前，镇内迷信风气基本杜绝，形成了人人奋发向上、共同致富的良好氛围。

勤政：乐为群众办实事

"勤政"是蓝冲的工作风格。去年，蓝冲刚刚上任便确立了"水利第一"的思想，仅去冬今春，便投入资金430万元，完善了石壁水闸、雍州岭水闸的新建工程、梅江小围的修复加固工程，以及23公里长的干渠、33公里的支渠、318公里的斗渠清淤工程，这项工程被茂名市评为水利建设一等奖。

在经济十分困难的情况下，蓝冲经多方筹措资金80多万元，完善了镇计生服务所的医疗设备；投资 80 多万元建起了敬老院，把敬老院老人的生活费从 70 元提高到 200 元。同时，又投入 130 多万元改建影剧院，健全了文化站、市场管理制度，改建了医院大楼、居委会综合楼。蓝冲还带领干部群众开展了"万人修路"大行动，并投入 10 多万元完善了青年湖的基础设施建设。

身为父母官的蓝冲，在得知那田小学学生刘林创的家庭有困难后，便发动全镇干部群众、师生捐资，为刘林创家建起了一间 90 多平方米的房子。今年 7 月，蓝冲了解到茂山一小因教室不足，学生只能轮流上课，严重影响教学质量时，他立即召开班子会议，决定支持 28 万元，帮助茂山一小增建了一栋教学楼。为了解决全镇人民饮水难的问题，蓝冲想方设法筹集资金 30 多万元，对自来水厂的机械设备、蓄水池、管网、管道等方面进行了技术改造，使全镇用水率达 70% 以上。

短短的一年，蓝冲带领镇盛的全体干部群众同心同德，艰苦拼搏，开拓进取，使全镇从党政管理到经济发展等方面发生了翻天覆地的变化，这就是他作为一名人民公仆的本色。

原载《茂名日报》1997.10.27

为了一个不幸的家庭

茂南区镇盛镇那田小学的学生刘林创，年仅 13 岁。1994 年，他的父亲因病离开了人世，遗留给他的是一个已届 93 岁高龄的祖母，一个先天就不能走路的残疾母亲，一个痴呆的姐姐和一间破烂不堪的泥砖瓦结构的房子。

"家"，本来已不似个像样的家了，经济拮据，生活极端寒苦。可偏偏祸不单行，今年 8 月，第 13 号强热带风暴把刘林创的"家"全部刮倒了，一家四口安栖在两间闲置的猪舍里过着非人的生活⋯⋯

镇盛镇委书记蓝冲、镇长吴华尧了解到刘林创的不幸之后，指示那田管理区和镇民政部门一定要想方设法，妥善安置孤儿刘林创一家的生活，尽快为这个不幸的家庭重建家园。蓝冲书记和吴华尧镇长亲自带头为刘林创捐钱捐物，镇教办和那田小学也作出了全免刘林创小学学费的决定。为了让刘林创早日圆建"家"之梦，镇盛镇政府在经济十分困难的情况下，先后向刘林创送去了 3000 元和 2 万块红砖，那田管理区也拿出 4000 元接济他们，善良而淳朴的村民也纷纷伸出友谊之手，慷慨解囊，自发为不幸的刘林创一家捐助近 3000 元。

这微薄的捐资距建一座 90 多平方米的楼房还差一大截呀！资金不足，使建房之事被迫中断，工程欠款更甭说了。中秋节前夕，镇委书记蓝冲和镇长吴华尧得知刘林创建房中断后，心急如焚，旋即会同镇民政、教办等领导带上慰问金和礼物再次前往刘林创家慰问，并为刘林创建房进行现场办公，指示镇民政部门再设法拿出 3000 元，那田管理区再拿出 2000 元；镇民镇教办也立即作出反应，于 9 月 16 日向全镇中小学师生发出《为救助一个不幸的家庭》的呼吁信。

目前，为了刘林创重建家园，镇盛镇上下发扬"一方有难，八方支援"的精神，掀起了一股共建社会主义文明大家庭的捐资捐物热潮。

原载《茂名日报》1997.10.29

市政协委员、市凌志气公司经理朱汝志，一路风尘一路歌，把情和爱洒向了贫困地区——

扶贫情结

今年5月，全国政协湘西视察团视察了贺龙元帅的家乡湖南桑植县。桑植人民仍在贫困线上挣扎！失学儿童俯拾皆是！贫困人民需要我们的帮助与扶持啊！湘西视察团看在眼里急在心上——到贫困地区办学校！多渠道多形式帮助贫困学生圆读书梦。作为视察团成员之一的市政协委员朱汝志第一个站出来，理直气壮地说："我们政协委员有义务有责任支持这一义举。"

在视察活动中，一位名叫官碧云的特困学生引起了朱汝志的注意。她家境贫寒，全年收入不足200元，仅依靠父亲东拉西扯来维持生计，她的学习费用也全靠银行贷款。朱汝志当即表示每年赞助400元，供她读完初中。随后，他又资助面临辍学的两男两女，每人每年400元，直至初中毕业。

湘西之行，朱汝志感触良多，使他更坚定了自己扶贫的决心。最近，本着扶贫的目的，积极投身于家乡金塘镇的经济建设，与山东农业科学院畜牧兽研究所联营，大力发展种兔养殖场，投入近100万元，改建了30多间种兔栏舍，购买了500多只良种母兔，3000多只良种兔苗，并聘请了全国三大养兔专家之一的山东农业科学院畜牧兽研究所研究员张玉笙女士为技术顾问。金塘镇委、镇政府也十分重视，召开了各级会议，发动广大农民大力养殖种兔，在政策上倾斜，在场地上扶持，在治安、税收、环境等方面一路开绿灯，并出资为种兔养殖基地修通了公路，免收两年近100亩场地的租金。

为了解决农户的就业和技术问题，招聘的员工必须是特困户。朱汝志自备教材，免费为农民举办技术培训班、养兔知识讲座；还给技术人员配备摩托车专程送养兔技术下乡，为农户指导养兔技术；在疫苗、兔苗、饲料、工资待遇等方面，按照"扶持一方、带动全局"的思路，实行全方位优惠、照顾，并实行"公司＋农户"的经营模式，大力扶持贫困地区人民早日脱贫致富。目前，朱汝志秉着扶贫济困的宗旨，以小规模养殖为重点，大规模生产为目标，朝着种苗→生产饲料→种兔出口→深加工的屠宰生产线方向迈进。

今年11月，朱汝志被中国农村劳动力资源开发研究所、国务院发展研究中心农村部联合授予"97企业之星"称号，此刻，朱汝志的扶贫情结系得更紧更密更富有生命力！

原载《茂名晚报》1997.12.02
原载《茂名政协报》1997.12.08

这个青年家里一贫如洗，但他却把一年到头捕鱼捞虾、打零工换来的钱用去帮助孤寡老人——

助人为乐的农村青年

近日，当茂南区镇盛镇农村青年邓见昌获得"广东省敬老好儿女金榜奖"的消息在乡里传开时，乡亲们并不感到意外，因为这个荣誉邓见昌受之无愧。

今年 20 岁的邓见昌是镇盛镇白沙管理区白沙村人，家境贫寒，他 6 岁丧母，和年迈的父亲相依为命，是乡亲们用血浓于水的真情帮助他父子俩渡过了难关。乡情二字，令幼小的他刻骨铭心。从 8 岁懂事开始，他就开始帮助村中的 6 名五保老人，为他们挑水、送柴、洗衣……每逢周末，就扛起父亲的渔网，到河里捞虾给老人们加营养。哪个五保老人病了，他就为他端屎端尿，一口一口喂他们吃药吃饭。这一帮，就是 10 个年头。在他的照顾下，这 6 名孤寡老人安享着暮年。黎伯芳、黄玉琼两个老人直到去世前，还眷恋地呼唤着见昌的名字。

中学毕业后，邓见昌心里立下一个心愿，要用自己的力量，发动身边的人去帮助全管区的孤寡老人！1996 年初，他在村中成立了一个"敬老青年志愿服务队"，村中 20 多名青年纷纷加入，一时间，村里敬老爱老蔚然成风。1997年初，为了筹经费更好地帮助这些孤寡老人，19岁的邓见昌外出打工，中秋节前夕，他用自己辛苦打工换来的2000多元钱购买了30多盒月饼和衣物，骑着破旧的自行车分别送到管区30多位孤寡老人手中。今年春节，他又用打工得来的钱为每位孤寡老人添了一套暖暖的冬衣。尽管他至今家徒四壁，但他无怨无悔。白沙管区的五保老人一说起他，就眼含热泪："这辈子我们没见过雷锋，但在我们的心中，见昌这孩子就是活雷锋！"

邓见昌现在的心愿，就是希望有更多的人理解和支持他，加入他的敬老大行动。

原载《茂名晚报》1998.06.30

哭

翻开新华字典，"哭"的解释是，"哭，因痛苦悲哀而流泪发声。"对于"哭"的描述，我们从古汉语中亦可见一斑。"哭，哀声也。"（东汉·许慎在《说文》）"哭声震天动地。"（张博《五人墓碑记》）"秦伯素服郊次，向师而哭。"（《左传·僖公三十二年》）"有妇人哭于墓者而哀。"（《苛政猛于虎》）"蹇叔之子与师，哭而送之。"（《左传·僖公三十二年》）"哭"，在古代也表现为一种礼节。"哭踊"，就是古代丧礼的一种仪节，意思为哭泣踊跳；古代帝王的丧事，往往集众举哀，这叫"哭临"，意为到现场啼哭；"则哭以厌之。"（《汉书·王莽传》）可注释为"哭者所以告哀也。"实为"吊唁，祭奠死者并慰问家属"之意。

哭，在我们日常生活中可谓司空见惯，见怪不怪。哭，是人类生理情绪的一种表达或表露，或者可这样理解，哭，是人类表达情感的一种方式，是一个消除压抑、不良情绪的无意识行为。哭，一般可以理解为由于痛苦或激动而流泪出声。

我们平常遇到的哭，绝大部分是最正常的一种哭，或受了某种委屈而表现出悲诉状呜咽，或因恐惧而表现出低声抽泣，或遭受创伤而表现出疼痛之哭，或失去亲友而表现出悲哀之哭。我们耳熟能详的民间传说——孟姜女哭长城，就是其中的一种哭。相传秦始皇为修筑长城，征召数十万民工，孟姜女的丈夫范喜良被征修长城一年有余，杳无音信，孟姜女便千里迢迢地来到长城脚下打听丈夫的下落，结果被告知丈夫已死并被埋在长城脚下。于是，孟姜女悲痛欲绝，痛哭流涕，哭得天昏地暗，突然"轰隆"一声巨响，长城倒下了800里。《红楼梦》中的林黛玉被视为"泪人儿"的形象代表，她原为绛珠仙草，受过顽石的滴水之恩，为了感恩，于是陪顽石下凡间偿还其一世的眼泪。林黛玉多愁善感，整天愁眉苦脸，泪流满面，既可怜楚楚，又不失妩媚动人。当然，男性对"哭"视之为懦弱的表现，"男儿流血不流泪""流马尿""男儿有泪不轻弹"都是男人对流泪的鄙视，而对女性传统观念的"一哭二闹三上吊"的闹剧于今也是被人嗤之以鼻。

婴儿的哭是婴儿一种不快情感的流露。婴儿自打娘胎出来，第一声便是哭，婴儿通过哭，可以吸入大量的氧气，从而促使呼吸器官慢慢地开始运转；婴儿或小孩在不舒服或情绪不满的情况下也会哭闹，向父母传递或饿或渴或热或冷或痛或尿床等信息，父母听到婴儿的哭声后，很自然地对婴儿作出适当的反应；医生们也常常捕捉婴儿哭的信息来诊断婴儿是否患病。

无缘无故而哭，以泪洗面，哭嚎连天，这种无端的哭常常表现为一种心理病态之哭。三国时期魏国的思想家、文学家阮籍是其中一个，每每郁闷出游，无路可走之时便恸哭而返，"时率意独驾，不由径路，车迹所穷，辄恸哭而返。"（《晋书·阮籍传》）这就是成语"穷途之哭"的由来；唐朝王勃更是对阮籍如此病态之举进行了猛烈的抨击和辛辣的讽刺，"阮籍猖狂，岂效穷途之哭!"（《滕王阁序》）据说，唐代有一个人叫唐衢，逢事必哭，每读文章必哭，喝完酒也必哭。这是先人们不正常的病态之哭。

心情怡悦、激动而哭也是哭的一种表现。哭，在日本这个国度经常被理解为"感动"。我们中国人常说的"喜极而泣"，在日本得到充分体现，特别在日本的电视剧集、电影、动漫等影视作品中均有哭的表现，而且表现得淋漓尽致，声泪俱下，或毫无表情而流泪，或又哭又笑，或哭笑不分，作为日本人倒也十分乐意接受这样的"哭"。而在中国的文化元素里，这样的"哭"压根没市场。在中国，要么哭，要么笑，要么哭后再笑，要么笑后再哭，即使是"喜极而泣"，也只不过是遇到意想不到的事情而激动得流泪罢了，并没有哭。如果哭中带笑或笑中带哭，则被视为另类、异端，被视为现代版不正常的病态之哭。在中国，只有精神病患者才有如此行为，这就是日本与中国的文化差异而已。

当人们痛哭流涕的时候，通常会流下三种眼泪，一种是因情感而流下的情感性眼泪，另外两种是因伤风感冒及风沙、洋葱等物体刺激或碰戳眼球而流下的反射性眼泪。

眼泪中含有溶菌酶这种化学物质，可起到杀灭病菌的作用，因而，流泪有益于身心健康。当人们在极度痛苦或过于悲伤时，泪水会在每次眨眼睛时流出来，泪水浸润着眼球，滋润着眼角膜，使眼睛得到充分过滤、清洗；而反射性的泪水则会在眼睛不小心被戳，或洋葱的刺激性气体冲向眼睛时涌出来。眼泪的蛋白质含量很高，情感性眼泪蛋白质种类比反射性眼泪多 20% ~ 25%，钾含量更是反射性眼泪的 4 倍，而且锰浓度要比血清中的高 30 倍。这种蛋白质是由于人们精神压抑而产生的有害物质，压抑物质积聚于体内，不利于人体的健康，流泪便可以把体内积蓄的导致忧郁的化学物质和激素清除掉，从而减轻心理压力。情感性泪水中不但富含人在承受压力时释放的"肾上腺皮质激素"和控制泪腺上的神经递质受体的"催乳素"，而且富含脑啡肽复合物等多种重要化学物质。这些化学物质仅仅存在于受情绪影响而流出的情感性眼泪中，反射性眼泪中没有这些化学物质。当人们焦虑不安、压力过大时就会产生过量的肾上腺皮质激素；青春期之后，女性体内高浓度的催乳素，则是解释"女人为什么总比男人更爱哭"的原因所在。婴儿出生后的第一要务就是哭，哭闹对婴儿而言，是很好的运动方式。哭闹不但可使婴儿全身能得到运动，增加肺活量，而且可促进婴儿血液循环，还可帮助婴儿消化和排泄，有利于婴儿健康活泼成长。而动物也有泪管，呜咽、呻吟和嚎叫之时也会流泪，但绝不是动情而落泪，动物的流泪只起清洁眼部、浸润和呵护眼球的作用，即使是与我们亲缘关系最近的灵长类动物亦然。

泪水也起到重要的防护作用。当眼睛有异物入侵时，眼睛便会自然反射分泌泪水，可及时冲走异物。女子的寿命普遍比男子长寿的原因，除了职业、生理、激素、心理等方面之外，善于啼哭也是一个重要因素。人们哭泣后，在情绪强度上通常会减低40%，反之，若不能利用眼泪把情绪压力消除掉，将影响身体健康。因而，当人悲伤而不哭，该哭时却强忍不哭，时间长了便会积郁成疾，这等于"慢性自杀"。哭，是人内心极度痛苦而不得不做出的外在流露，就其本身而言，哭是自我保护的最好"杀手锏"，人哭后心情自然豁然开朗、舒畅、畅快。当人受到严重精神创伤，或陷入可怕的忧虑和绝望状态，或茶饭不思、寝食难安之时，如能想方设法使其痛快淋漓地哭一场，或许对拯救其将要崩溃的精神将会大有裨益。

有人认为，过度的哭会使人视力受损，甚至双目失明，其实这是对哭的误解。流泪过多并不会导致瞎眼，只有角膜破皮才会导致双眼失明。痛哭后视力模糊，这是眼球肌肉疲劳，睫状肌收缩所致，因此，只要好好休息就不会造成眼睛永久性伤害。众所周知，一般人哭的时候会用手或纸巾去擦或揉眼睛，这可能会损及眼球表面的角膜。倘若用力过度，则会造成角膜破皮，引发感染，如不及时处理，可能致使角膜溃疡，眼睛剧痛，流泪不止，如此一来，视力就会严重受损，甚至导致双目失明。

当然，哭不宜过长，以 15 分钟为宜，如果压抑的心情得到了发泄、缓解，那么就不能再哭了，否则对身体有害无益。因为人的胃肠机能对情绪极为敏感，当忧愁悲伤或哭泣时间过长，胃的运动就会减慢、胃液分泌减少、胃酸度下降，影响人的食欲，甚至引起各种胃部疾病。男子的胃溃疡病和精神分裂症患者中，长期不哭者占了多数，因而，长期不流泪的人患病几率会比流泪的人高出一倍。

常言道：笑比哭好。我说，哭，比笑好，你说呢？

原载《茂名日报》2014.08.04，发表时有删节

斌斌的心事

斌斌抱着一展才华，回报社会，报答家乡的夙愿，大学毕业后放弃都市生活，毅然选择回到了家乡桃花镇工作。他有知识有文化，而且年轻有为，朝气蓬勃，自然受到镇领导的赏识和重用，安排他负责组织、人事、文秘等工作。

无巧不成书。斌斌刚参加工作的那一年，正好赶上殡葬改革浪潮。镇长在殡改动员会上，传达了县政府殡改工作考核方案，实行每周一通报，每月一小考，半年一中考，年终一大考，排名落后的要通报全县，作检讨，表决心，迎头赶上；两次黄牌警告或排名末位的，要实行"一票否决"，镇党政主职领导就地免职。

镇委书记在会上也作了指示，要求举全镇之力，从镇政府机关到圩镇单位，从学校到管理区，从单位到个人，横到边，竖到底，上下联动，一级抓一级，层层签订责任书，实行干部包干到户，责任到人。不完成火化任务的驻队干部和管理区干部要通报批评，并与晋升、年终奖金挂钩。

刚踏出校园的斌斌从未经历过如此阵势，发蒙了，一头雾水。

会后，同事们回到办公室，你一言我一语聊起了火化任务，像炸开了窝一样，办公室里充斥着浓浓的焦味。

老邱是老油条，资格老，基层经验颇为丰富，他怨气最大，火药味十足，天不怕地不怕地开了头炮，说："我见的世面多了去了，生人（计划生育）要分指标，已见了几十年，可死人（火化）也要分指标，这可头一回，乱套了，乱套了。"

"对，对，对呀，难道人何时死也可任人左右和支配的？"小颖附和着。

蒋主任叼着烟，挺着大肚腩在走廊踱步，听到办公室有人议论殡改工作，赶紧走了进来，打着官腔说："大家不要有抵触情绪，国策嘛，无论怎样都得执行，以后少议论，多来点实际的，共同把殡改工作做好。"

斌斌伏在办公桌上，静静地听，一言不发，可心里却犯难，嘀咕着，如果自己完成不了火化任务，不仅拖了镇的后退，还影响自己的前程，该如何是好呀？听着，想着，就后怕起来了。

斌斌驻队三包管理区，有8条自然村，离镇政府不远，且村场较为集中，人口不多，火化任务不重，一年仅3例，可斌斌还是深感压力大，每晚睡不着觉，忐忑不安，毕竟对群众来说殡改是新鲜事物，要群众接受得有个过程，难度可想而知。

斌斌每天忙完办公室事务，便立马往管理区跑，与管理区干部商量如何打开殡改工作局面。斌斌灵机一动，何不以宣传为突破口呢？于是，便与三包小学联手，大张旗鼓地开展宣传攻势，刊出殡改宣传专栏，张贴标语，拉挂横幅，挨家挨户派发宣传小册子，深入田间屋头散发宣传单张，斌斌还亲自担任播音员，利用广播宣讲殡改政策，使殡改政策深入人心，家喻户晓。

　　三个月转眼过去了，可效果不尽如人意，火化任务仍然空白，斌斌思前想后，自然担惊受怕起来。在周一召开的镇殡改工作推进会上，斌斌作了深刻检讨，并立下军令状，下个月务必打破零的纪录。

　　斌斌回到宿舍，来回踱着方步，每每想到驻村的殡改被动落后局面，总是心事重重、心神不宁的样子，如坐针毡。

　　某日，斌斌正为火化任务空白而一筹莫展的时候，管区干部突然收到"风"，称三包细村有位老人去世了。闻讯后，斌斌与管区干部立即赶到死者家里做工作，可家属却说老人到外地探望女儿了，没有那回事，还被家属臭骂了一顿。

　　随后，斌斌与管区干部走访了附近村民，但都无法打听到任何有关老人去世的消息，只好垂头丧气地离开。他们前脚刚踏进管区，死者儿媳后脚也到了管区，向斌斌和管区干部作了一番解释，并为刚才骂人的行为赔礼道歉。看她样子也不像失去了亲人，有说有笑，善解人意，对镇村干部毕恭毕敬。难道她是来试探"军情"的？斌斌心存疑虑。

　　此时，县殡改站工作人员也到了管理区，斌斌与他们再次到死者家核实老人是否去世。殡改站工作人员一到现场，发现死者家中的水缸倒转空放在地上，凭着老到的殡改经验，断定这家中肯定有人去世了，按农村风俗习惯，只有家中死了人才会如此倒放水缸的。于是，他们一边做死者家属思想工作，政策攻心，动之以情，晓之以理，一边在死者家中搜寻被匿藏的尸首，最终在死者家中的铁皮大谷桶中找到了死者的尸首，斌斌紧皱的眉头略略舒展开来。

　　"入土为安"的传统思想观念在农村根深蒂固，要一下子转变谈何容易呀！为逃避火化，群众使出浑身解数，想方设法偷葬，玩"捉猫猫"，斌斌被弄得晕头转向，焦头烂额，精疲力竭。斌斌也绞尽脑汁来应对，发现哪家有奄奄一息的病人，便蹲点轮流守候做工作；发现偷葬的，先做通家属思想工作，再起棺火化。一年下来，火化任务倒也完成了，可群众见了镇村干部却像老鼠见猫，敬而远之，斌斌的眉头再次紧锁，又失眠了……

原载《茂名日报》2015.02.17

三　爹

　　黄达福从邻村搬家到大坳村后，成了大坳村唯一一户黄姓人家，因家境贫穷，快40岁了尚未结婚。也许他在家中排行第三的缘故，村人都习惯叫他三爹，而小朋友每次喊他三爹时，都把"爹"的声调变成轻声，以示三爹与其他"爹"字辈的有所区别。

　　三爹身材偏瘦，一米六左右，颧骨高高，眼睛深陷，与村人和睦相处，对小朋友更是呵护有加，平时有什么好吃的都会分给小朋友。每逢墟日，买糖果是三爹必做的"功课"，回到村中，小朋友便蜂拥而上，围着他团团转。至于三爹是干啥的，村人未曾透露，小朋友也不会问，有糖果吃就行。

　　某日，三爹又去趁墟，刚到墟尾，老远就看到墟头挤满了密匝匝的行人。每逢墟日，人来人往，车水马龙，趁墟之人都往商店或成衣铺里挤，凑凑热闹，最正常不过了。然而，今天的墟日有点不寻常，人群也挤挤压压的，却围着一台中巴车指指点点，议论纷纷。出车祸了？赶紧过去帮忙！于是，三爹三步并作两步走，走近中巴车，看见车内医生、护士走动而忙碌的身影。

　　"这是干啥呀？出事了？"三爹十分紧张，好奇地问旁边的路人。

"不知道，我看见镇长也在车上，挽起袖，露出手臂，正与医生聊天呢。"路人搭讪道。

"大救护车都来了，应正在抢救病人吧。"

"不像，他们好像在抽血。"

"抽血？不是抽血吧！镇长都来了，肯定出车祸了。"三爹不假思索地说。

"不可能，你看，镇长，还有我村年轻的刘老师都在车上呢，他们应该在抽血。"路人很不耐烦地说。

"对，对，对，是抽血。"三爹看着无偿献血的宣传资料，自言自语地嘀咕着，"镇长、老师都来献血，要不，我也来献一下血。"

三爹的脚不由自主地踏入了车厢，一边挽起袖子，一边冲着医生喊："医生，医生，来，来，来，我也抽血。"

一位正忙着的医生抬起头，瞟了三爹一眼，然后不紧不慢地说："你要抽血？你先到车下找护士。"

"护士，护士，我也要抽血。"三爹径直走下车。

"你先填一下体检表，我再帮你量一下体重，测测血压。"护士一边拭汗，一边拿表给三爹，并帮忙填写。抽了少量血样后，三爹走到太阳伞下休息等候体检结果。

"黄达福，黄达福，你的各项指标均合格，可以献血，你上献血车吧。"护士焦急地冲着人群喊。

能与镇长同在一辆献血车上献血，近距离接触一镇之长，沾沾"官气"，三爹心里甭提有多高兴。

三爹把《献血证》揣在衣兜里乐滋滋地往家里赶，还不忘带些糖果给村中的小朋友哩。

三爹回到村中只字不提献血之事，一有时间就绕着环村大道跑跑步，有时爬爬山，锻炼锻炼身体。此后，三爹每隔三五个月便往献血车上钻，一钻就是 10 年。

一日，适逢墟日，三爹又往献血车里钻。也许刚献完血，头有点晕，他下车的时候不慎一脚踩了个空，头正好撞在献血车侧边的摩托车上，血流如注，不省人事。

"伤者伤势严重，急需住院输血治疗，立马派车过来。"医生、护士一边帮忙简单处理包扎伤口，一边拨打 120 呼叫救护车。

三爹脸色苍白，头部裹着厚厚的纱布，躺在病床上一动也不动，时不时发出痛苦的呻吟声。

三爹出事了，大坳村的村民仍蒙在鼓里，小朋友还盼着三爹趁墟早点归来，品尝三爹的糖果呢。

"大家快看电视新闻，三爹上电视了，还受重伤住院了呢!"突然，不知哪家传出惊讶声，很快，全村的大人小孩都聚拢在电视机旁观看电视新闻。

"各位观众，大家看到躺在病床上的这位就是献血达 40 次的仁兄黄达福了，年年都评为县献血先进分子。今次，他为了献血，受了重伤，如今正在医院接受免费输血治疗……"新闻主播激昂的声音颤动着，画面出现了一拨拨被三爹 O 型血挽救过的人群，镇长来了，县长也来了……

小小的大坳村沸腾了。从此，村民们也争先恐后献血去。

原载《茂名日报》2015.05.08

往事如烟

蔡雄忙完手头上的工作，信手拿起当日的河口日报随便翻阅，要闻版醒目的头条文章《"天下第一难"不再难》深深吸引了他的眼球，于是仔仔细细地阅读起文章来，并对文章的内容一字一句地咀嚼回味。自己从事的计划生育工作正像文章里所描述的一模一样，不偏不倚，如今的计划生育工作不再像 20 世纪 90 年代那样简单而粗暴了，再也没有"大兵团"作战了，一切以人为本，做计生对象工作和风细雨，促膝谈心，润物细无声，并与计生对象结对子，交知心朋友，扶助促生产，计生对象在干部感化之下自觉结扎、上环、妇检，主动缴纳社会抚养费……"天下第一难"不再难了。读着读着，蔡雄居然潸然泪下，抽噎起来，脑海里渐渐地浮现了当年参与计划生育工作惊心动魄而又举步维艰的日子。

20 世纪 90 年代末，蔡雄大学刚刚毕业，很幸运，搭上了不用考试便可进入公务员队伍的末班车，被安排到清湖镇当了一名国家干部。

上班的第一天，"大胆黄"上气不接下气地跑进办公室，甩出一句无头无尾的话："计生工作，真是天下第一难啊！"蔡雄听着这句不咸不淡的话，简直是丈二和尚摸不着头脑。何为计生？为何说是天下第一难？刚踏出大学校门的懵懂后生仔自然一窍不通，如何开展计划生育工作，更是门外汉，新兵蛋子一个。好奇心的驱使，使蔡雄鼓起勇气，小心翼翼而且十分腼腆地问："黄哥，什么是天下第一难呀？"

"嘿，乳臭未干的后生仔呐，天下第一难，犀利啰。""大胆黄"咧着嘴，装作神秘兮兮的样子，伸出舌头舔了舔嘴唇，解释说，"计划生育工作呗，即是生人，懂吗？"

"生人？"蔡雄用手挠了挠后脑勺，像拨浪鼓般直摇头，"不明白。"

"傻子，生人就是生小孩呗。""大胆黄"显得有点不耐烦了，"生小孩，也就是计划生育啰，以后你坐我的摩托车尾，跟着我就行了，学一学如何抓计生工作。"

"哦，哦，哦。"蔡雄似懂非懂，像母鸡啄米一样不住地点头应允。

那时，全国计划生育工作形势严峻，正值夏季计划生育工作高潮，清湖镇干部每天都得加班加点，没日没夜地抓计生对象，凌晨两三点，突击搞计生大行动是家常便饭。蔡雄新兵一个，每次突击搞计生，都坐在"大胆黄"的摩托车尾，形影不离。

清湖尾村是清湖镇一个偏远而且人口众多的村庄，社会治安差，赌博、吸粉、斗殴、抢劫时有发生，因此，只有实行"大兵团"作战，镇干部才敢进村抓计生对象。

凌晨2点，蔡雄睡得正酣，"起床，起床，起床！""大胆黄"拍着碌架床大声疾呼着。蔡雄一骨碌坐了起来，揉了揉惺忪的双眼，耳边又响起了"大胆黄"的声音，"集合，集合，集合啦！"原来是要对清湖尾村开展一次计生统一大行动，县、镇干部分四大"兵团"，总指挥部设在相对开阔而出入方便的地方。蔡雄首次参与计生大行动，且从未见过如此阵势，心中不免忐忑不安起来。此时，大雨滂沱，全镇干部全副武装，身披雨衣，脚穿雨鞋，总指挥一声令下，东南西北四路并进，浩浩荡荡，长驱直入清湖尾村。

蔡雄一手拿着电筒，一手挂着木棍，屁颠屁颠地跟在"大胆黄"后面，挨家挨户搜寻计生对象。为防止计生对象逃跑，镇干部提前分散独自守候在对象家门口，搜索队没到之前，绝对不能惊扰对象。蔡雄站在一户计生对象门口的屋檐下，一动也不敢动。而"大胆黄"是全镇出了名的胆大包天，天不怕地不怕，任何事都敢做，而且只要他在场，什么事便可迎刃而解，因此，计生工作的搜索队少不了"大胆黄"，前锋也非他莫属。时间一分一秒过去了，搜索队仍然不见到，毕竟第一次参与计生大行动，心中无底，而且"大胆黄"又不在身边，如果碰着计生对象逃跑，或者发生其他事情，真不知如何是好，蔡雄不禁打了个冷战，脚直打哆嗦，额冒冷汗。

搜索团队终于到了，蔡雄立即敲门进入对象家中一边搜查，一边检查有关证件，结果发现计生对象手续不全。于是，"大胆黄"把对象带到了总指挥部，镇领导意见直接把对象带回镇政府等候处理。次日一上班，"大胆黄"便带着蔡雄开始做计生对象思想工作，通用做法就是"通不通三分钟，再不通龙卷风"，该结扎的结扎，该上环的上环，该处罚的处罚，没钱的封屋清产。蔡雄有了第一次计生工作经验，以后工作起来便得心应手，应付自如了，屡受镇领导的表扬……

"蔡雄，蔡雄，发什么呆呀?""大胆黄"人未到声先到，还用力拍了一下蔡雄的肩膀，打断了蔡雄的思绪。

"没什么，想起往事，想起以前的计生工作。"蔡雄忙不迭地拭去脸上的泪水。

"哦，那么有雅兴呀！你还是我的徒弟呢！""大胆黄"似乎来劲了，口若悬河地说起了当年的威水史，"记得当年吗？我带领你们几个后生仔踩点，摸清了三丫村部分计生对象藏匿的地点。"

"记得，记得。当时，镇领导决定组织北片全体干部职工来一次统一大行动。晚上9点左右，我们北片干部职工不动声色地猫着腰摸到计生对象藏匿的山岭脚下，然后向山顶匍匐前进。快到山顶的时候，看见几个对象正在搭着的蚊帐里睡觉，偶尔传出婴儿的哭声。""大胆黄"一说起那次威水史，蔡雄的大脑也潜意识地飞快地旋转着，拉回到当时的情景，并滔滔不绝地搭讪着。

"对，对，对呀！那时，我们不约而同地一跃而起扑了上去，把几个对象团团围住，他们像泄了气的皮球一样，什么都没说便瘫倒在地上了。""大胆黄"说起当年勇，眉飞色舞，口水花四溅，"如今基层工作难做了！天下两大难，一难生人（计生），二难死人（殡改）！"

蔡雄与"大胆黄"对视之后，莞尔一笑，往事如烟啊！好汉不提当年勇，再艰难的日子都挨过了，岂惧"天下两大难"？他俩一转身又全心全意地投入了工作。

原载《茂名日报》2015.05.19

误　会

　　东东自幼长在农村，老实巴交，性格有点内向和孤僻，不善言辞。调到新单位后，东东仍然一如既往地保持正值性格，头脑灵活，工作起来以一顶三，而且写一手好文章，还精通电脑，不逊于单位其他能说会道、能歌善舞之人。

　　张局长对东东欣赏有加，非常信任他，很多工作交与他，两个字：放心！局里许多规章管理制度的出台和工作开展的想法都出自他的手。为此，引起了个别同事的眼红和妒忌，甚至私底下造谣，说东东不学无术，工作能力平淡无奇；说东东只会溜须拍马，阿谀奉承，想方设法讨好领导；说东东野心勃勃，一心搏升，踩着别人的肩膀往上爬，不一而足，一时谣言四起，为东东蒙上了一层阴影。

　　人言可畏啊！令东东有种风声鹤唳之感。然而，东东很快调整了心态，既自我安慰又自言自语地说："只要我夹着尾巴做人，默默无闻地做好自己本职工作，甚至比以往做得更好，表现更出色，能力更出众，那么谣言自然而然就会不攻自破了。"于是，东东不当一回事，无所畏惧，勇往直前，工作埋头苦干，任劳任怨，勤勉有加，逢人打招呼，满脸堆笑。

年末了，局要召开一次民主生活会，东东按照要求收集并整理了干部职工对领导干部德、能、勤、绩、廉等方面提出的意见和存在问题，并原汁原味地反馈了领导本人，以便领导做好民主生活会发言准备。

民主生活会上，张局长发言完毕，其他领导跟着发言，大家积极开展批评与自我批评，而且一针见血，唆唆到肉。当轮到文副局长发言时，他把话锋一转，怒气冲冲地说："东东提了我的意见，而且失实，无中生有，有意为之，目的是对我打击报复。"文副局长这样一说，顿时引起其他领导的议论纷纷，有的说这些事情无依无据，不能凭空冤枉一个人，会后找东东了解一下情况再说；有的说东东老实巴交，人品好，为人正直，不会做这些事情的；有的说不要小题大做，提领导意见最正常不过了，既然向干部职工征求意见，有意见就可以提，更何况是不是东东提的，现在不能妄下断言，领导班子都不相信是东东所为。

会后，张局长找东东了解情况，东东一头雾水，根本不知咋回事，一口否认了。张局长建议他到文副局长办公室当面解释一下，把事情的来龙去脉说清楚。东东百思不得其解，文副局长怎么会怀疑是自己提他的意见呢？虽然他不分管自己这块工作，但是平时工作当中关系也不错，难道谣言起了作用？抑或有小人在他面前搬弄是非？抑或他与小人是穿一条裤子的？唉，不管怎么样，搞清楚事情真相再说吧。

东东回到办公室立马从抽屉里取出自己那份还没有上交的空白征求意见表，急急忙忙地走进文副局长办公室。"不做亏心事，不怕鬼敲门"，东东没有一点紧张感。"文局长，有关征求意见的事情，我想向你解释一下。"东东不慌不忙地递上那份空白的征求意见表，小心谨慎地说，"老实说，我真的没做过这样的事情，你看，我的表还没有填呢！"

"不用解释了，你的表虽然在你手上，但是，你是用电脑把意见打印在白纸上的，况且我局里只有你一个人会使用电脑，不是你是谁呀？"文副局长不由分说，满脸怒火的样子。

"文局长，你也知道我的为人，我压根儿就不是这样的人，何来对你有意见呢？再说，你是领导，我是下属，我得罪你，对我有什么好处呀？"东东想尽一切办法据理力辩，作出解释。可是文副局长就是不听，仍然一口咬定是东东所为，并扳着手指头，口若悬河般一五一十地罗列出了几大原因，"一是单位只有你一个懂得电脑，会打字；二是所提的意见文字凝练，文笔犀利，我局只有你才有这样的文字功底；三是提拔你为科长，我投了反对票，因而你对我打击报复。"

文副局长如此一说，东东哭笑不得。文局长如果这样认为，简直就是以小人之心度君子之腹，可东东还是强装着笑脸说："文局长，你这些原因根本不成立，按你这么说，我跳入黄河都洗不清了。要不这样吧，我请示一下张局长，把意见表的原文给你看看吧，好吗？"

"好的。"文副局长显得有点不耐烦了，挥了挥右手，"去吧，去吧。"

东东噔噔地走进张局长办公室，哭丧着脸说："张局长，文局长不信，还说了一大堆原因证明是我干的，怎么办呢？要不，拿征求意见表的原文给他看看吧。"张局长也觉得文局长的做派着实不可理喻，同意了东东的想法。

东东拿起一份填有意见的征求意见表翻了翻，5个领导干部每人1页，共有5页，其中4页均为手写"无意见"，唯独文副局长的那张表用电脑打印了几条意见，属实与否不得而知，但提法相当尖锐，谁看了都不舒服。

东东不假思索地把意见表送到了文副局长面前，他随意翻看了一下那份意见表，尔后，似乎明白了什么，脸露惭色地说："不好意思，东东，误会了，误会了！对不起，实在对不起呀！"

"文局长，仅说对不起不行，你还要在班子会上提出来以正视听，消除我的影响才行。"东东不知哪来的胆色和勇气，居然理直气壮地向文副局长提出所谓的"无理要求"。

"好的，好的，我一定会在下次班子会上澄清事实，以消除对你的不良影响。"文副局长的头连连点了几下，并与东东击掌，"我们还是朋友，最好的同事。"

压在心头上的大石终于落地了，东东走出文副局长办公室，满面春光。但是，东东始终弄不懂文副局长只翻看了那份意见表就判若两人了，难道他从笔迹窥探了"猫腻"，明白了一切？按他的性格，能随随便便放过一个人才怪呢！看来，只有天知地知"他"知，文副局长知了。

原载《茂名日报》2015.07.07

选　情

　　福水镇司法所所长谭彪能说会道，极尽溜须拍马之能事，说起话来嘴像抹了油一样，因而得了个外号"滑头棍"。

　　镇委书记赖德利见惯大场面，也清楚谭彪的为人，然而每次听完谭彪的汇报，却总是笑得见牙不见眼。

　　镇人大副主席职位空缺了半年，赖德利认为谭彪是不二人选，于是谭彪很顺利地补选为镇人大副主席。赖德利十分看好谭彪，加之镇的经济工作在全县排名落后，得要急起直追，因此在班子分工时，谭彪除了负责人大日常工作外，全镇经济工作的重担也自然而然地落在谭彪身上。

　　谭彪当上镇人大副主席后，司法所的工作很顺理成章地交与江美婵。作为一个女流之辈，江美婵来了一个华丽转身，还真的得了谭彪的真传，把谭彪那套工作作风学得有板有眼，甚至有过之而无不及，讨得赖德利十分欢心。一年之后，赖德利把江美婵作为副镇长候选人推到了镇人大例会上。

　　按照选举办法，副镇长必须实行无记名差额选举。代表们讨论酝酿副镇长候选人时，10人联名又提名了3名副镇长候选人，经过组织谈话，其中2名候选人自愿退出，这样一来，差额候选人就只剩下一名无论群众基础抑或工作能力都与江美婵旗鼓相当的社会事务办主任邓家育。看着两名副镇长候选人，赖德利有点担心起来了，选情毕竟不受人操控，结果有三种可能，一种是江美婵顺利选上，那是组织意图；另一种是江美婵落选，作为差额候选人的邓家育选上；再一种是最坏的结果，两个都选不上。后两种结果，赖德利最不愿意看到，毕竟这对以后工作的开展很不利，弄不好残局难收。人算不如天算，果不其然，两个候选人的赞成票都不过半，江美婵进领导班子的愿望落空了。

谭彪对自己分管的经济工作倒也下足了功夫，大张旗鼓地开展招商引资工作，跑外地，拉项目，游说外出老板回乡投资置业，但是能力有限，作风漂浮，做人又不诚实，招商效果不尽如人意，经济工作局面难以突破，坊间对他颇有微词。赖德利也开始怀疑谭彪的工作能力了，"滑头棍"毕竟是"滑头棍"，夸夸其谈者怎能抓好全镇的经济工作呢。于是，赖德利盘算着在换届时如何调整谭彪的职务。

换届时间到了，赖德利煞费苦心，甚至变着戏法儿综合权衡考虑镇党委、人大、政府三套班子的人选搭配问题。按照换届政策，镇人大副主席必须兼任镇党委委员，但谭彪不适宜再担任人大副主席了，只能安排镇党委委员。现在的问题是，一般情况下，不能随随便便地把谭彪撤换了事，否则会影响谭彪的工作士气和情绪，乃至全镇的选情，唯有在选举过程中，神不知鬼不觉地让谭彪自然落选。于是，赖德利表面上继续提名谭彪为人大副主席候选人，却提名人大工作经验丰富的镇人大办公室主任苏三明为差额候选人，明眼人都看得一清二楚，这是"有意放牛食大爹的禾"。

经过上一年的选举风波，赖德利对江美婵的职位安排也变得审慎多了。为了确保江美婵能顺利进入领导班子，经过一番考量和深思熟虑后，决定提名她为镇党委委员候选人，毕竟做党代表的思想工作较人大代表容易得多了。

这次换届选举顺顺当当，基本上按赖德利的思路选举产生了福水镇新一届领导班子。

谭彪对今次换届人事安排颇为不满，自己没能选上人大副主席，人大办公室主任苏三明却选上了，心里很不舒服，工作老是提不起劲，整天浑浑噩噩。继续在福水镇干下去也没什么意思了，倒不如提前退休算了，刚好碰上乡镇机构改革，谭彪得偿所愿。

江美婵当上镇党委委员后，工作如鱼得水，顺风顺水，还努力着争取下一届更进一步。

转眼5年过去了，又到了换届时间。县委拟安排赖德利做县人大常委会委员，过渡一两年就退下来。江美婵为了能当上福水镇政府新一届的镇长，好像抓住最后一根"救命"稻草一样，千方百计地巴结讨好赖德利。赖德利也深知自己将要退居二线，圆江美婵镇长之梦也不失为一件功德无量的大好事，于是竭尽所能地帮忙运作。

赖德利也一清二楚，自己要做县人大常委会委员必须得过选民这一关，要顺利当上县人大代表才行。他认为自己作为福水镇党委"一把手"，又在福水镇工作多年，有群众基础，选民不看僧面也得看佛面，当选县人大代表理应不成问题。于是，他作为县人大代表候选人被安排在选民少而且群众基础好的大坳村参选，希望能顺利当选。意想不到的是，选民认为他硬生生地把政绩平淡无奇的江美婵提名为镇长候选人，有失公允，也有徇私舞弊、受贿之嫌，选举结果不言而喻。很快，选不上县人大代表的赖德利也隐退江湖了。

江美婵的选情也随之告急，在县工作组的全程监督之下，获镇长赞成票才勉勉强强过半，镇长当选得极没面子。镇长这把交椅还没坐热，江美婵却在征地拆迁工作中犯了一个不可饶恕的低级错误而被降为科员……

原载《茂名日报》2015.08.11

生活充满阳光才是真幸福

　　幸福是相对主观感受而言的，生活在不同层面的人，不同的时间、不同的环境对幸福的主观感受不尽相同。"积极心理学"之父马丁·塞利格曼曾把"幸福"划分为快乐、投入、意义三个维度，每个维度的幸福都充满美好。然而，只有将低层面的快乐转化为深远的满足感和持久的幸福感，让生活充满阳光，那才是真正意义上的幸福。

　　人们生活在大千世界里，生活多姿多彩，然而，不同的人生观、价值观和世界观却有着不同的幸福观，不一样的出彩人生。毋庸讳言，幸福这座大厦是由不同的支撑点共同撑起，而且受到诸多因素的影响，为此，人们常常为物质决定幸福抑或精神决定幸福而困惑不已。其实，对于这个问题，我们不能一概而论，要具体问题具体分析，但是，幸福是物质因素和精神因素共同作用的结果，这是毋庸置疑的。物质方面主要表现为强健的体魄和有钱、有房、有车等生活富足；而精神方面主要表现情感丰富，保持愉悦、快乐、轻松的心情。那么，如何研判物质因素和精神因素对幸福的影响呢？我们大体可以把普通生活的物质水平作为基准线，越低于普通生活的物质水平，物质因素对幸福的影响越大，反之，越高于普通生活的物质水平，物质因素对幸福的影响也就越小。而精神因素则永远影响着更高层面的幸福。

日常生活当中，我们会发现这样的现象，富人住别墅，而普通人家住一般居民楼。在常人看来，普通人家的幸福与富人的幸福是无法比拟的，而事实上却并非如此，有的富人别墅只是豪华的房子而非温暖的家。有这样一则故事，一个富豪因为失去了妻儿而喝醉酒倒在路边，警察让富豪赶快回家，可那个富豪却说："我没有家，那只是房子。"这恰恰说明了有的富人尽管住别墅，开豪车，物质生活为世人所羡慕，然而其精神世界却空虚得犹如贫民窟。显而易见，精神因素对幸福的影响远远大于物质因素。同时，我们也会经常看到这样的情景，没有名胜古迹作为背景，外出没有小车，没有飞机，没有高铁，只见男孩骑着自行车带着长发飘飘的女孩，女孩的双手轻抱着男孩，穿过林荫街道，拐过鲜花盛开的街角，那是多么唯美的幸福画面。由此可见，有钱、有权、有别墅、有豪车所产生的幸福感并不一定比普通人家强，他们只是生活在低层面的物质世界里，而高层面的幸福则应生活在高尚的精神世界里。

幸福来源于丰富的物质生活，亦来源于高尚的精神生活。无论生活在哪个层面，我们都应按照既有的目标和愿景快乐地生活着，放飞自己的理想和梦想，努力将低层面的快乐生活转化为深远的满足感和持久的幸福感，永远保持着愉悦、轻松、快乐的心情，让生活充满阳光，充满正能量，这才是我们所需要的真正幸福。

原载《茂名日报》2015.10.19

感悟包茂高速

12 月 26 日，以"走包茂高速，看茂名发展"为主题的茂名市第二届全民健身徒步节如期举行。我很幸运成为两万多名徒步者当中的一员，亲身体验包茂速度，品味包茂神话，领略包茂风采，感受茂名发展，见证茂名崛起。

不必说市委、市政府在推动包茂高速建设中的睿智眼光和战略思维，不必说茂名人在包茂高速建设中的丰功伟绩，不必说包茂人在包茂高速建设中创造的"包茂速度"，仅仅从茂名市第二届全民健身徒步节参与人数达两万之众，就足以看到了包茂高速在茂名人心目中的分量，足以看到了作为举办方茂名日报社过人的胆识、超凡的魄力和非凡的组织策划能力。茂名日报社从市民最为关注的"包茂高速"着眼，选取了代表包茂高速茂名段亮点，凸显茂名崛起的徒步线路，真可谓用心良苦。可以这样说，在包茂高速正式通车前夕，茂名日报社组织策划徒步走高速，意义非同凡响，让茂名人来一次"走包茂高速，看茂名发展"，不失为人生一大快事。也许人生就仅此一次徒步走高速，可谓"前无古人，后无来者"。既可饱览沿途无限风光，又可切身感受发达的交通网，还可见证茂名的崛起与腾飞，这是市民所热切期盼和希冀的，也是市民踊跃参与的真正原因之所在，意义之所在。

茂名作为欠发达地区，很多市民也许感受不到甚至忽略了自己身边日新月异的变化，茂名日报社精心策划，量身定做此次徒步活动，恰好迎合和满足了广大市民的强烈愿望，让人们亲身经历和切身感受到了茂名的巨变和发展。市民中心作为今次徒步节的起点，地处犹如一颗璀璨明珠耀眼崛起的市民片区，气势恢宏的群众艺术中心魏然屹立于市民公园旁，俨然地标式的艺术殿堂，熠熠生辉；与民众生产生活息息相关的"华南商贸城""粤西农批""茂名·亿丰""国信创谷"等项目建设如火如荼，工程进度有条不紊地推进；市民大道与包茂高速延长线交汇的包茂大道南是刚刚启航被誉为"茂名健康产业航母"的广东茂名健康职业学院，这是我市抓住"一体两翼三大抓手"发展思路，实施向东向南靠海发展战略的一个缩影，也是我市加快推进"一本四专"建设的最好注脚；包茂高速和茂东快线沿途风光旖旎，风景秀丽，乡村如画，秀色可餐，美不胜收；终点油城十路"荔晶新城""东汇城"等新楼盘如雨后春笋般拔地而起，鳞次栉比，令人叹为观止。全程20公里，与其说是20公里里程，不如说是40里画廊，步步为景，处处皆画，洋溢着茂名发展的气息，跳动着茂名腾飞的脉搏，闪耀着茂名崛起的光芒。

走包茂高速，看茂名发展，这不仅仅是茂名市第二届全民健身徒步节的主题那么简单，而是市委、市政府紧抓省振兴粤东西北地区发展战略的有利时机，围绕"对外交通高速化、对内交通快捷化、港口建设现代化"总体目标，全力开展"交通大会战"，向全市人民所作的一次汇报会，展现的是我市实施"十二五"规划，实现历史性跨越的成绩单，展示的是我市实施滨海发展战略和"一体两翼三大抓手"发展思路的丰硕成果，体现的是我市综合实力的整体提升。包茂高速、茂东快线、油城十路、市民大道二期等项目正是我市开展"交通大会战"夺取辉煌战果的最好佐证，彰显了市委、市政府以人为本的执政理念，凸显了各级党员干部重视民生、为民务实的惠民情怀。我们亲身体验，亲眼所见，亲历感悟，品味"包茂"神话，领略"包茂"风采，体悟"包茂"速度，感受茂名发展，见证茂名崛起。

走包茂高速，看茂名发展，走的是一条茂名人期盼已久的路，看的是一条凝聚各级党委、政府满腔热血的为民务实之路。我们期待着茂名人积极培育和践行五大发展理念，再创发展新优势，再续"包茂"神话，再书"包茂"速度，再造"包茂"传奇！

后　记

　　本人中文专业毕业后，先从业党政机关后入职高校，坚持做好本职工作的同时，一直笔耕不辍，用祖先发明的文字记录下一些自认为有意义的事和呐喊时代呼声的心语。久而久之，记录的文字多了起来，不便记忆，干脆把它结集在一起，于是有了这套带有浓浓家乡味道的丛书"故乡三部曲"（经济新闻评论集《明亮专注乡里的双眼》、文化评论集《独秀故乡曲》、散文集《美人圆月咱故乡》）。经济新闻评论集《明亮专注乡里的双眼》已于2020 年 6 月由四川民族出版社出版发行。散文集《美人圆月咱故乡》是本人 20 多年来在报刊发表过的散文，写故乡的人、故乡的物、故乡的事、故乡的情，也有部分是他乡的景、他乡的事。大学和工作期间发表的部分纪实性作品，意义特殊，因而也被收录进了这本散文集。

　　舞文弄墨是件苦差事，但当你有感而发又有所得且博爱妻鞭策之欢时，总觉得是个快乐的事。本人把它当作工作之余的一种寄托和消遣，亦可以说是一种爱好而已。散文集收录的文章，跨度时间 20 多年，基本上按发表时间的先后编辑排版。20 多年来，因工作事务繁忙，有 10 多年没有文章见报。2014 年 5 月，在妻子苦口婆心的劝说下，本人才再次拿起手中之笔写一些拙文，经过茂名日报编辑的润色，居然亦能频频见于报端，感激之情油然而生。今天，结集出版《美人圆月咱故乡》是本人最大的夙愿。

散文集《美人圆月咱故乡》能顺利出版，主要得益于好友、同事陆军强的穿针引线和忙前跑后，国家一级编剧、"五个一工程奖"获得者罗瑞为本套丛书"故乡三部曲"作总序《爱党·爱国·爱乡·爱好》，著名作家、茂名市作家协会原主席晓音为本书作序言《万水千山总是情》，茂名市书法家协会主席吴学翔为本书题写书名。茂名日报副总编黎华强，茂名日报副总编、茂名晚报常务副总编、高级记者杨建华，以及茂名日报社尹兆平、李勇伟、陈丹丹、柯小瑛、吴彤彤、杜燕盛、谭筱、杨海云、邓海菲等编辑给予了极大的关心、支持、指导和帮助，值此书面世之际，对各位的关爱和帮助表示衷心的感谢。由于时间仓促，文字差错在所难免，还望读者斧正。

作　者

2020 年 11 月于茂名